suhrkamp taschenbuch 1153

Herbert W. Franke, 1927 in Wien geboren, studierte Physik, Mathematik, Chemie, Psychologie und Philosophie. Er promovierte an der Universität Wien mit einem Thema aus der theoretischen Physik zum Doktor der Philosophie. Seit 1957 ist er freier Schriftsteller. Seine ersten Science-fiction-Geschichten publizierte er in den Jahren 1953 und 1954 in der Wiener Kulturzeitschrift *Neue Wege.* Weitere Veröffentlichungen: *Der grüne Komet,* 1960; *Das Gedankennetz,* 1961; *Der Orchideenkäfig,* 1961; *Die Glasfalle,* 1962; *Die Stahlwüste,* 1962; *Der Elfenbeinturm,* 1965; *Zone Null,* 1970; *Einsteins Erben,* 1972; *Ypsilon minus,* 1976; *Zarathustra kehrt zurück,* 1977; *Sirius Transit,* 1979; *Schule für Übermenschen,* 1980; *Paradies 3000,* 1981, u. a. 1980 wurde Franke zum Mitglied des Internationalen PEN-Clubs gewählt, im selben Jahr wurde ihm der Berufstitel Professor verliehen.

In 70000 Jahren sind auf der Erde nur noch wenige Regionen bewohnbar – in abgedichteten Arealen, in Kuppelstädten. Längst ist die Wissenschaft zu einem Spiel der Computer geworden, die Technik läuft im Verborgenen ab. Der Held der Geschichte, Andres, genannt Ramses, wird als Bibliothekar im Dienste der Regierung eingesetzt und merkt, daß er damit in politische Machenschaften und Intrigen einbezogen ist, die ihn zu überfordern drohen. Daneben aber wird er auch auf andere Erscheinungen aufmerksam, in denen sich ein umwälzendes Ereignis andeutet, dessen Sinn und Auswirkungen ihm verschlossen bleiben.

Herbert W. Franke
Endzeit

Science-fiction-Roman

Phantastische Bibliothek
Band 150

Suhrkamp

Redaktion und Beratung: Franz Rottensteiner
Umschlagmotiv von H. R. Giger, Zürich

suhrkamp taschenbuch 1153
Erste Auflage 1985

Satz: Wagner GmbH, Nördlingen
Druck: Ebner Ulm · Printed in Germany
Umschlag nach Entwürfen von
Willy Fleckhaus und Rolf Staudt

1 2 3 4 5 6 – 90 89 88 87 86 85

Endzeit

Erster Teil

Das Ende eines Zeitalters

– Noch hing die Sonne tief am Horizont, ein orangeroter Ball, der unbeweglich an einen flachen, gelben Himmel geheftet schien und doch stetig an Höhe gewann, aus dem dünnen Staubmeer auftauchte, das als trüber Schleier über der Senke lag. Von Minute zu Minute nahm der Druck der Hitze und des Lichtes zu, lastete auf den riesigen Flächen getrockneten Schlamms – durch Risse zu tellergroßen aufgewölbten Kacheln zerbrochen –, erzeugte dicht über dem Boden eine nahezu greifbar verdichtete Schicht aus aufgeheizter Luft, an der sich die Horizontlinie mehrfach spiegelte und dem Mann, der sich müde dahinschleppte, in der Reglosigkeit der Landschaft irritierende Wellenbewegung vortäuschte.

Unter seinen Füßen das knirschende Geräusch zerbröckelnder Lehmkonkretionen, hinter ihm eine Scherbenspur, von der Staub aufstieg wie Dampf und sich in einer träge schwankenden Wolke aufgewirbelter Teilchen verlor.

Von Zeit zu Zeit blieb Andres stehen, atmete tief, ohne Erholung zu finden, blinzelte in die flirrende Helligkeit, die durch seine Augen ins Gehirn zu dringen schien und es mit Schmerz überschwemmte, nestelte an der Tasche seiner Jacke und holte das Peilgerät heraus – das Letzte, was ihm geblieben war. Dort irgendwo hinter ihm, am Rande der Senke, hatte er seinen Traktor zurücklassen müssen und mit ihm die Ausrüstung, die letzten Vorräte an Lebensmitteln und Wasser. Am Rücken, auf einem Traggestell, trug er einen Wasserbehälter – eine leichte Last, denn nur noch ein geringer Rest warmer, schal schmeckender Flüssigkeit war übriggeblieben. Trotzdem konnte er nicht widerstehen, einige volle Züge davon zu trinken.

Das Wasser belebte ihn, aktivierte die letzten Spuren von Spannkraft, die sein Körper noch enthielt. Jetzt erst konnte er sich zu einer Messung aufraffen. Er zog den Reflektor aus dem Kästchen, entfächerte ihn, steckte das Verbindungskabel zur Recheneinheit ein und richtete die Parabolantenne gegen den Himmel. Er war zu müde, um eine genaue Peilung vorzunehmen, doch er wußte ungefähr, auf welcher Linie sich der Satellit bewegte, und ein kurzer Kontakt genügte, um das Signal einzufangen. Schon nach wenigen Sekunden kam das piepsende Geräusch; er konnte Richtung und Entfernung ablesen. 25 Kilometer, auf plus/minus zehn Meter genau. Andres blickte seinen Weg zurück, verglich mit dem eingebauten Kompaß: Die Richtung stimmte. Auch an der Entfernungsangabe bestand kein Zweifel, und doch hatten die auf der Flüssigkristallanzeige rot schimmernden Ziffern noch eine andere Bedeutung: daß das Ziel nahe war und doch wieder unfaßbar weit.

Mit seinem Raupenfahrzeug wäre diese letzte Strecke Wegs eine Kleinigkeit gewesen, aber das Gefährt lag dort irgendwo hinter dem Horizont mit erschöpften Batterien, halb im Sand vergraben ... Er mußte sich auf sein Ziel konzentrieren, das dort irgendwo hinter einem Vorhang aus spiegelnder Luft und Staub liegen mochte. Er packte das Navigationsgerät zusammen, steckte es ein, machte sich träge wieder auf den Weg.

Die Sonne stieg höher, erbarmungslos regnete die Wärme herab, brachte Unruhe in das Staubmeer, setzte lokale Wirbel in Bewegung, die aus dem Nichts heraus zu entstehen schienen, seltsame rauschende und pfeifende Töne von sich gaben, gebündelte Energie, langsam dahinwandernd.

Andres ging unentwegt weiter, so müde er war, so spürte er doch noch genügend Kraft, um vorwärts zu kommen. Er war die halbe Nacht hindurch gewandert, hatte gehofft, den größten Teil der Strecke noch während der Dunkelheit zurückzulegen, doch hatte ihn ein Netz tief eingekerbter Gräben aufgehalten, zu Umwegen gezwungen, auf der Suche nach Stellen, an denen er über die Rinnen hinwegspringen konnte, ohne Gefahr, an den brüchigen Rändern einzubrechen. Natürlich enthielten die Eintiefungen keine Spur von Feuchtigkeit mehr, das System der Rinnen mündete in der Senke aus gehärtetem Schlamm, auch dieser war trocken, von der Sonne zu Ziegeln gebrannt. 500 Meter unter dem Meeresspiegel – wie sich das anhörte! Aber das Meer war ausgetrocknet, das Wasser verdampft, zum Teil in den Weltraum hinaus: verloren für immer.

Das Spiel der Luftspiegelungen wurde stärker, der alte Trug der Fata Morgana, erstaunlich realistisch das Bild weiter, wellendurchlaufener Wasserflächen, blau, farblos schwarz, darüber milde glitzernde Reflexe. So täuschend der Eindruck war, so gern er sich ihm überlassen hätte, so bemühte er sich, die Sinne wach zu halten, die Kontrolle über Gedanken und Gefühle. Er mußte seine Aufmerksamkeit auf den Boden lenken, der nun holpriger wurde, da und dort größere Lehmplatten, deren aufragende Ränder Stufen bildeten, hin und wieder Fährten von Tieren, Pfoten, mit Krallen bewehrt, Schleifspuren zu Stein verfestigt, und dann stieß er auf ein Feld dahingebreiteter Knochen, keine ganzen Skelette mehr, doch wie von einem Präparator mit Sachkunde angeordnet, die Wirbel zu einer Kette gelegt, rechts und links aufgereihte Rippenbögen, daneben wieder klobige Röhrenknochen, gesäumt von kleineren, für den Laien nicht identifizierbaren Stücken, gekrümmte Krallen, noch immer gefährlich anzusehen, auf Raubtiere deutend. Und da und dort die Überreste von Köpfen, Schädeldach, Stirnbein, Kiefer, die hellweiß aus der fahlen Knochenmasse herausschienen. Was waren das für Tiere? Andres wußte es nicht, obwohl er – um sich abzulenken – darüber nachdachte. Auf Reste von Fischen war er oft gestoßen, Schuppenkleider, die Strähnen von Flossen, doch hatte es offenbar – in der letzte Phase der Vertrocknung – auch noch Landtiere gegeben.

Andres mußte wieder auf den Weg achten; obwohl er noch nicht weit gegangen war, vielleicht zwei oder drei Kilometer, sehnte er sich schon wieder nach einer Rast, die aber hier, inmitten des Glutkessels, sinnlos und gefährlich gewesen wäre. So hoffte er auf den Rand der Senke, an dem er zwar gewiß keine schattenspendenden Gewächse erwarten durfte, aber vielleicht doch eine Felserhebung, die vor der direkten Sonneneinstrahlung schützte. Wahrscheinlich markierte das Knochenfeld die tiefste Stelle dieses letzten Meeresrests, damals ein sich immer weiter einengendes wasserbedecktes Areal, dann nur noch ein Sumpf, zuletzt nur noch ein feuchter Fleck inmitten einer sterbenden Landschaft, Zuflucht des in die Enge getriebenen Getiers. Er merkte, daß es wieder leicht bergauf ging, spähte in die Ferne, um das Anzeichen einer Küste zu finden, doch der flach streifende Blick fing lediglich das blaue Weben des erhitzten Luftmeeres ein, verfälschtes Abbild des Himmels.

Was hatten seinerzeit die Beduinen gesehen, als sie die Wüste durchquerten? – Oasen, Palmenhaine, Brunnen? In Wirklichkeit vielleicht nur ein paar vertrocknete Agaven, ein wenig verdörrtes Gebüsch, doch von der Luftspiegelung vergrößert, vervielfältigt. Andres erwartete keine Palmen, keine Oasen. Und doch blickte er gespannt, ja fast verzweifelt in die Ferne, versuchte das flirrende Weben zu durchdringen ... Irgendein Signal, ein Hinweis ... Hinweis wofür? Er wußte es nicht. Alles, woran er sich halten konnte, war der eindeutige Schriftzug der Buchstaben und Ziffern, der Koordinaten: ein Ort einsam und versteckt, verlassen und leer, wie es eben nur in der Wüste der trockenliegenden Meere möglich war, von der Fläche her größer als alle alten Kontinente zusammengenommen. Manchmal stiegen aus den mattblauen Wellen Gebäude empor, metallisch schimmernde Dächer, flach abgesetzte Türme, dann wieder tauchten Gitterkonstruktionen auf, Plattformen, Schienenkonstruktionen einer Hochbahn, Röhrenschlangen, auf Masten gestützt ... Und wenn er sich auch davor hütete, diese Dinge als Wahrheit zu nehmen, so flackerte doch immer wieder Erwartung auf, jäh aktivierte Spannung – die Hoffnung, endlich Antwort auf alle offenen Fragen zu bekommen! –, doch diese wie Blasen aufschwellenden Wünsche verschwanden ebenso schnell, wie sie gekommen waren – sobald die Phantomgebilde ins Zittern gerieten, im blauen Vorhang der Luft zerrannen ...

Andres wanderte zwei Stunden, drei Stunden – die Sonne stand über ihm wie ein Fallbeil, zu dem er nicht aufzusehen wagte. Von Zeit zu Zeit blieb er stehen, nahm einige Schlucke Wasser, vergewisserte sich, daß er noch immer die Richtung hielt.

Gegen Mittag erreichte er den Hang der ehemaligen Küste. Er war so matt, daß es ihm kaum gelang, die von den letzten Wasserständen geschaffenen Stufen zu überwinden. Auf halber Höhe blieb er liegen, wälzte sich in eine schattige Einkehlung, war zu müde, zum Wasserbehälter zu greifen. Er schlief ein.

* * *

Sie hatten ihn gerufen, und er war gekommen.

Im Schleusenraum der Kuppel mußte er längere Zeit warten – so lange dauerte die Überprüfung, die Sicherungen waren streng.

Als er ein paar Minuten zuvor durch einen ziehharmonikaartig ausgezogenen Gang direkt aus dem Container ins Kuppelinnere getreten war, hatte er einen letzten Blick auf die Stadt werfen können: die sich wie Berge erhebenden Wabenbauten der Wohngebiete, die er in den letzten fünfzehn Jahren nicht mehr verlassen hatte. In der anderen Richtung konnte er durch eine matt getönte Glaswand hindurch ins Innere der Kuppel sehen: die Garten-

landschaft, die inmitten von Grünflächen liegenden Freizeitbauten – Kaffeehäuser, Konzerthallen, Theater, mehrere Freilichtbühnen, dazwischen in Lauben eingebettete Tisch- und Stuhlreihen, die zum die ganze Stadt umfassenden Restaurations- und Versorgungssystem gehörten. Hinter dem Park die hochragenden Regierungsgebäude mit ihren abenteuerlichen Formen – jedes für sich zugleich das Denkmal des Architekten, der es entworfen hatte. Fast unscheinbar wirkte dagegen der historische Stadtkern, halb Fußgängerzone, halb Museum, der – soweit er nicht sowieso erhalten war – nach alten Plänen sorgfältig nachgebaut worden war.

Seinerzeit, während der obligatorischen fünf Jahre der Berufsausübung, hatte Andres hier gearbeitet – als Bibliothekar. Er hatte keine Ahnung, warum man ihn noch einmal einberufen hatte; eigentlich hatte er damit gerechnet, den Rest seines Lebens im Wohnzentrum zu verbringen, an die Versorgungsanlage angeschlossen, durch das medizinische System betreut, durch den Kommunikator mit sämtlichen Plätzen der Welt verbunden und somit freier Herr aller Entschlüsse. Er war sich nicht darüber im klaren, ob ihm diese Unterbrechung willkommen war oder nicht. Auf der einen Seite hatte er seine Tätigkeit aufgeben müssen, die Beschäftigung mit babylonischer Keilschrift, die sein Hobby war, die Besichtigungsfahrten und Abenteuerprojektionen an der 3D-Wand, sportliche Übungen am Universal-Motivator und Meditation im Schwarzen Trog. Seine Zeit war so ausgefüllt, daß er die freie Bewegung in der Kuppel, die er immerhin fünf Jahre lang erlebt hatte, kaum vermißte. Auf der anderen Seite … Im Gegensatz zu manchen seiner Kollegen hatte er nichts dagegen gehabt, sich für einige Zeit auch einer dynamischen Ordnung zu unterwerfen, einen Beitrag zu leisten für die sorglose Existenz, die der Menschheit dank uneingeschränkter Energiereserven gewährleistet war. Wenn man auch nie wissen konnte, ob man in Wirklichkeit nicht nur an einem Simulationsprogramm teilnahm – als Vorbereitung für die Übernahme echter Aufgaben –, so hatte er doch eine Art Genugtuung dabei empfunden, die eigene Leistungsfähigkeit zu erproben und eine nicht unerhebliche Belastbarkeit festzustellen. Dazu kam aber schließlich auch der Aufenthalt in den Kuppelräumen, die Möglichkeit des direkten Kontakts mit anderen, die ungehinderte Bewegung im überdachten Raum, die einen gewissen Ausgleich für die eingesetzte Mühe bildeten. Es sollte sogar einige geben, denen diese Art zu leben so wertvoll erschien, daß sie alle möglichen Tricks anwandten, um die Zeit der beruflichen Betätigung zu verlängern. Das gelang aber nur wenigen: jenen, die so wichtige Aufgaben zu erfüllen hatten – und sich dabei ungewöhnlich gut bewährten! –, daß man nicht auf sie verzichten konnte.

Ein Gongsignal riß ihn aus seinen Überlegungen. Ein grünes Lämpchen über der Tür zeigte an, daß die elektrische Sperre aufgehoben war. Er sah, daß draußen eine Droschke stand, zweisitzig mit Polsterlehne ohne Wand, jedoch durch einen weiß und blau gestreiften Baldachin überdacht. Er schützte vor unmittelbar einstrahlendem Licht, sei es von der Sonne, wenn sie an schönen Tagen durch das Kuppeldach schien, sei es durch die Nuklearleuchte an der Kuppelspitze, die in trüben Stunden freundliche Helle spendete. Rasch trat er durch die Sperre und setzte sich.

»Willkommen in Orlando 8! Ich bin DISY, das Dienstleistungssystem. Wir wünschen einen angenehmen Aufenthalt. Bitte lehnen Sie sich zurück, die Fahrt beginnt.« Die Stimme klang freundlich und warm, jedes Wort wurde betont gesprochen, längst war man davon abgekommen, kleine Fehler und Stockungen einzuprogrammieren, um nicht erkennen zu lassen, daß es eine synthetische Stimme war. Und niemand fühlte sich dadurch gestört.

»Wohin fahren wir?« fragte Andres.

»Staatssekretär Adonis wird Sie empfangen. Die Herren erwarten Sie im Foyer, Trakt fünf. Bitte, halten Sie sich fest.«

Nach der Luftlinie gemessen, mußte sie nicht mehr als fünfhundert Meter zurücklegen, doch das Straßennetz nahm Rücksicht auf die Parkanlagen und führte in weit ausschweifenden Kurven hindurch. Die Droschke setzte sich in Bewegung, so sanft, daß die ausgesprochene Mahnung im nachhinein geradezu lächerlich wirkte. Andres sank tief in die Polsterung und genoß den Anblick: ein schöner Tag, die Spazierwege belebt, ein Großteil der Stühle besetzt, da und dort das leise Rauschen der Ballonräder durch Musik übertönt. Die meisten Menschen schienen zu Fuß unterwegs zu sein, nur wenige Droschken kamen ihnen entgegen. Da Wege und Straßen getrennt angelegt waren, dazwischen farbenfrohe Blumenbeete, fiel Andres ein hochgewachsener magerer Mann mit langer blonder Mähne auf, der an einer Straßen-

kehre stand und ihnen entgegensah. Kurz blickten sie einander in die Augen, dann machte der Unbekannte ein paar rasche Schritte, faßte mit den Händen nach der Lehne und schwang sich mit einem Sprung hinauf. Einen Augenblick lang kämpfte er mit dem Gleichgewicht, dann ließ er sich neben Andres ins Polster sinken.

»Dort vorn nach links ... Er soll abbiegen ...«, sagte der Mann etwas atemlos. Und als ihn Andres erstaunt ansah, ohne zu reagieren, fügte er drängend hinzu: »Rasch, geben Sie den Befehl! Er ist auf Ihre Stimme fixiert.« Andres hatte kaum Zeit zu überlegen, sie waren der angekündigten Stelle schon nahe, und so gehorchte er unwillkürlich, gab Anweisung, im geforderten Sinn abzubiegen.

Der Unbekannte lehnte sich – befriedigt, wie es schien – zurück. Er kramte in den Taschen seiner Jacke, holte eine etwas zerdrückte Zigarre heraus und zündete sie umständlich an. »Keine Sorge, Sie erreichen schon noch Ihr Ziel. Wir machen nur eine kleine Rundfahrt, nicht mehr als fünf Minuten. Das fällt nicht auf. Übrigens – ich bin Cliff. Cliff Bernstein. Daran erkennen Sie meine künstlerischen Neigungen. Ich dirigiere alle klassischen Symphonien vor der Kamera, ein Erlebnis, sage ich Ihnen.«

»Was wünschen Sie von mir?« Erst jetzt kam Andres dazu, die naheliegende Frage zu stellen.

»Ach ja, verständlich, daß Sie die Art meiner Annäherung verwundert. Natürlich habe ich meine Gründe, auf diese Art Verbindung mit Ihnen aufzunehmen – dafür muß ich mich entschuldigen. Aber es geschieht zu Ihrem Besten. Was Sie hier sehen –«, er machte eine weit ausholende Bewegung mit der Hand, »täuscht eine längst verspielte Ruhe vor. In den letzten zehn Jahren – Sie müssen wissen, daß ich zu den Fortschrittlichen gehöre –, in den letzten zehn Jahren also haben sich Anzeichen dafür ergeben, daß die Periode des Friedens auf der Erde bald zu Ende ist. Es bedarf radikaler Änderungen, um den bevorstehenden Verfall aufzuhalten. Dagegen aber wehrt sich eine Gruppe von Konservativen, die ihre Privilegien um jeden Preis erhalten wollen ...« Die letzten Worte hatte Cliff rascher gesprochen, nun unterbrach er sich und deutete auf den Fahrweg nach vorn. »Sollen wir noch eine Runde machen? Lieber nicht! Fahren Sie dort geradeaus, ich werde abspringen. Jedenfalls wollte ich sie warnen: Man wird Sie in die Auseinandersetzungen einbeziehen, Sie haben eine entscheidende Rolle im Intrigenspiel. Nehmen Sie

sich in acht, ich melde mich wieder!« An der Biegung, wo die Droschke das Tempo verringerte, sprang er ab, winkte Andres kurz zu, lief ein paar Schritte über den Rasen und war schon zwischen den Bäumen verschwunden.

Der Wagen fuhr nun geradeaus, es gab nur noch wenige Wege rechts und links, und auf diesen sah man nur selten einen Menschen. Sie hatten das Regierungsgelände erreicht.

Andres war nicht gerade beunruhigt, doch der Genuß der Fahrt war ihm verleidet. Er dachte wieder darüber nach, warum man ihn gerufen haben könnte. Handelte es sich um eine Übung? Gehörte die Warnung des Unbekannten, der sich Cliff genannt hatte, dazu? In den letzten Jahren hatte er sich immer wieder in Abenteuerspiele eingeschaltet, war Detektiv, Trapper, Agent, Raumfahrer und vieles andere gewesen ... Schien es nicht typisch für den Handlungsaufbau solcher Spiele, daß zu Anfang geheimnisvolle Zeichen auftraten, Andeutungen von Unheil, unerklärliche Geschehnisse, geheimnisvolle Personen? Das alles diente der Herausforderung, der Steigerung der Spannung, der Aktivierung der Kräfte, ob es nun ein Spiel war oder eine Prüfung. So war er über das Auftauchen des Unbekannten gar nicht so erstaunt, fast erschien es ihm selbstverständlich, eben von den immer wieder durchlebten Abenteuern her gewohnt. Nur wenn er voraussetzte, daß es sich hier ja unter Umständen auch um eine Realsituation handeln könnte, wäre Verwunderung am Platz gewesen. Doch er fragte sich, ob es überhaupt Kriterien gab, um Wirklichkeit und Täuschung auseinanderzuhalten. Geruhsam ließ er sich in die Polsterung sinken.

Wie schon angekündigt, erwarteten ihn einige Herren im Foyer des Innenministeriums. Der dunkelhäutige Mann mit den klassisch schönen Gesichtszügen, der auf ihn zutrat und ihn den andern vorstellte, war Stig Adonis. Auf der Anrichte waren Gläser mit einer dicken gelben Flüssigkeit vorbereitet, offenbar ein alkoholisches Getränk, das Andres nicht kannte. Schon nach wenigen Minuten spürte er, daß ihn ein Schwindelgefühl erfaßte. Er merkte, wie seine Konzentrationsfähigkeit nachließ, daß er Mühe hatte, sich die Namen des Empfangskomitees zu merken. Die Gesichter verschwammen vor seinen Augen, schienen alle gleich diffus und maskenhaft auszusehen, ihre Anzüge waren von neutralem Schwarz, selbst die einzige Frau, von der er sich nur den Namen Cordula merkte, hatte sich bei der Farbwahl ihrer

Kleidung auf schwarz und weiß beschränkt. Dann stand er vor einem zur Fülle neigenden älteren Mann, merkte selbst, daß er bei einigen nichtssagenden Phrasen, die er mit ihm wechselte, ins Stottern kam und erfuhr erst nachher, daß es der Regierungschef Dolf Buckminster gewesen war. Dann fand er sich gemeinsam mit Adonis und Buckminster an einem niedrigen Tischchen in der Ecke des Raums, tief in Fauteuils versunken und meilenweit von den andern getrennt, irgendwo hinter ihm auch Cordula, die ihm gelegentlich etwas zuflüsterte, was er nicht verstand. Es schien sich um ein einführendes Gespräch zu handeln, um die Aufgaben, die er zu erfüllen hatte, um die Gründe, die seine Mitwirkung wünschenswert erscheinen ließen. Aber vielleicht sprachen sie auch nur über Theateraufführungen und Konzerte, über Gesellschaftstratsch und empfehlenswerte Restaurants. Andres hielt ein weiteres Glas mit dem gelben Getränk in der Hand, das ihm immer besser schmeckte und ihn zu erfrischen schien. Plötzlich war er ganz glücklich, fühlte sich schon einbezogen in diese Gemeinschaft, es schmeichelte ihm, daß er von der höchsten Führungsspitze der Weltregierung empfangen wurde.

»Ihr könnt euch auf mich verlassen«, sagte er, »ich werde mein Möglichstes tun, ohne Zweifel!« Cordula und Adonis hatten ihn untergehakt, sie führten ihn durch lange Gänge, ein paar Treppen hinauf und hinunter, hielten sich längere Zeit in einem dämmrig erleuchteten Raum auf, gingen dann wieder durch Gänge und über Treppen bergauf und bergab. Irgendwie verabschiedete er sich dann von ihnen, wobei er nur merkte, daß er nicht die richtigen Worte des Danks fand. Dann schloß sich die Tür hinter ihm, er lag auf einer Couch, umgeben von Rosarot, und schlief ein.

Als er erwachte, lagen die Lider so schwer über seinen Augen, daß er lange brauchte, um sie ein wenig heben zu können. Zuvor versuchte er, sich zu konzentrieren, sich des Erlebten zu entsinnen; dabei kam ihm immer wieder die milchig-gelbe Flüssigkeit in den Sinn, die er getrunken hatte – vermutlich Alkohol, der, wie er gemeint hatte, seit Jahrhunderten nicht mehr benutzt wurde. Schon der Gedanke an dieses Getränk verursachte ihm Übelkeit, er merkte, daß er den Geschmack noch an der Zunge, zwischen den Zähnen, an den Lippen hatte und daß sich die Übelkeit bis zum Eklat verstärken mußte, wenn es ihm nicht gelang, an etwas anderes zu denken. Fast gewaltsam riß er die Augenlider auf –

und war wieder von jenem zuckersüßen Rosarot umgeben, an das er sich dunkel erinnerte. Erschöpft machte er die Augen zu und schlief erneut ein.

Als er wieder aufwachte, fühlte er sich besser, sein Kopf schmerzte nur noch schwach, dafür hatte er brennenden Durst. Er setzte sich auf, blickte umher: Der Raum, in dem er sich befand, war in cremigen Farben gehalten, vor allem das auffällige Rosarot, dazwischen viel Weiß und ein wenig Gold. Die Couch rosafarben, ebenso die Bespannung der Stühle, die Tischdecke, der Teppich, die Vorhänge, die Wand. Dazu kamen weiß lakkierte Möbel mit goldenen Leisten und Schlössern, auf gedrechselte Beine gesetzt – Schränke, mehrere Tischchen mit Glaseinsätzen, ein Klavier in Flügelform, ein dreifacher Spiegel, an dem goldgefärbte Blumensträuße, Kränze, Kiefernzapfen und ähnliches hingen oder steckten. Er stand auf und versank bis zu den Knöcheln in einem rosafarbenen Teppich aus synthetischem Lamafell, die Haare struppig und doch weich, eine Art Rasen, in dem man baden konnte, schwimmen, sich rundum wälzen ...

Da der Raum keine Wasserleitung enthielt, wollte er sich nach Nebenräumen umsehen, wohin einige Türen zu führen schienen, doch erwiesen sie sich alle als versperrt. Einige Zeit hindurch versuchte er vergeblich, den Verschlußmechanismus zu finden, doch reagierten sie weder auf Druck noch auf ein gesprochenes Wort. Es mußte doch in diesem Raum, so altertümlich er auch eingerichtet war, einen Kommunikator geben! Er tastete die Wände ab, blickte hinter die Vorhänge, hinter die Möbel – nichts! Laut gab er einige Befehle, verlangte, daß die Türen geöffnet würden, daß man ihm Erfrischungsgetränke brächte, daß sich zumindest jemand melden sollte ... Auch diese Versuche blieben vergeblich. Er wartete einige Zeit, überlegte, sein Durstgefühl wurde nahezu unerträglich. Er versuchte das Fenster zu öffnen, was ihm aber nicht gelang – der Riegel ließ sich nicht bewegen, die mattundurchsichtigen Scheiben, durch die diffuses Licht einfiel, waren aus stahlhartem Kunstglas und hielten seinen Schlägen stand. Er wütete im Zimmer, riß Schranktüren und Läden auf, verstreute die herausquellenden Kleider und Kosmetikartikel über den Boden. Dann legte er sich wieder auf die Couch, verzweifelt, resignierend, dazwischen wieder angestrengt überlegend – ohne Ergebnis.

Aus seinem halben Dämmerzustand riß ihn ein abrupt einset-

zendes Summen. Er setzte sich auf, lauschte. »He, Schlafmütze, bist du endlich wach!«

»Wer bist du? Hilf mir hier heraus, ich verdurste.« Andres' Stimme war heiser, er hätte sie selbst nicht wiedererkannt.

»Oh! Dich hat es ja ganz schön erwischt. Warum öffnest du den Deckel nicht? Du kannst mich ja nicht sehen.«

Es mußte ein Mädchen sein, das da sprach. Eine helle Stimme – vielleicht noch ein Kind, doch die Person, mit der er sich unterhielt, war Andres im Moment gleichgültig – ihm ging es darum herauszukommen, seinen Durst zu löschen.

»Welchen Deckel, zum Teufel!«

Ein helles Lachen war die Antwort. »Den vom Klavier natürlich, du Dummkopf!«

Andres lief zum Flügel, riß den Deckel hoch. Mit ihm gemeinsam hob sich ein holografischer Bildschirmrahmen aus der Versenkung, und von diesem lachte ihm, überlebensgroß, das Gesicht eines Mädchens entgegen. Andres sah jetzt, daß es kein Kind mehr war, wenn die Achtzehn- oder Zwanzigjährige, die ihm da entgegensah, auch noch manche kindliche Züge aufwies: eine glatte zimtfarbene Haut, ein hübsches, fröhliches Gesicht, ein angeschminktes Kußmündchen, eine kurze, nur eine Spur zu breite Nase und zu zwei kurzen Zöpfen geflochtenes schwarzes Haar.

»Ich bin Isa«, sagte sie. »Und du bist Andres – ich weiß.«

Einen Moment lang vergaß Andres seinen quälenden Durst, seine Neugier überwog. »Wer bist du? Was soll das alles?«

Isa lachte. »Ich muß jetzt Schluß machen. Vielleicht melde ich mich wieder einmal – du bist nett, Andres.«

»Halt!« rief Andres. »Wo bin ich hier? Wie komm' ich hier heraus?« Der Bildschirm wurde dunkel, doch die Stimme klang immer noch hell: »Du bist in Ossips Wohnung. Die Automatik ist jetzt eingeschaltet – die Türen sind offen. Lebe wohl!« Kurze Zeit noch der summende Ton, dann Stille.

Als Andres an die nächste Tür trat, öffnete sie sich von selbst. Vor ihm lag ein großes Zimmer, keinerlei Ähnlichkeit mit dem rosaroten Boudoir: der Arbeitsraum eines Mannes, schwerer Schreibtisch, Bücherschränke, Ledersofa, Vorhänge aus besticktem Samt. Der Kommunikator in einem Wandschrank eingebaut, hinter bunt gefaßtem Glas, als gelte es ihn zu verbergen. Was waren das für Leute, die hier gewohnt hatten? Sollte das jetzt seine Wohnung sein?

Andres ging ins rosarote Zimmer zurück, versuchte es mit einer anderen Tür – und hatte Glück. Er stand in einem Badezimmer, auch dieses in Rosa, Weiß und Gold, doch was ihn viel mehr interessierte, waren die Armaturen der Badewanne, der Brause, des Waschbeckens. Er nahm einen Becher vom Glasbord, drehte das Wasser auf und trank in tiefen Zügen.

* * *

Die Sonne hatte den Zenit überschritten, ihre sengenden Strahlen fielen in steilem Winkel von Westen ein. Allmählich drangen sie auch in die Nische, in der sich Andres verkrochen hatte, heizten sie auf wie einen Backofen. Er wälzte sich einige Male unruhig hin und her, dann wachte er auf. Er stellte fest, daß er um keine Spur munterer war als vor dem Beginn seiner Rast. Im Gegenteil: Er hatte das Gefühl, nur noch eine kraft- und willenlose Masse zu sein, der Hitze und der Trockenheit schutzlos ausgesetzt, dazu verurteilt, inmitten dieser riesigen Wüste, die einst ein Meer gewesen war, zu verdorren, zur Mumie zu werden, passend zu den anderen Spuren von erloschenem Leben, die doch nichts anderes bekundeten als dessen Vergänglichkeit. Hinter seinen Augen lag ein dumpfer Druck, die Helligkeit überschwemmte ihn wie eine brennende Flüssigkeit, rosarot – er konnte die Dinge ringsum nur durch einen Schleier erkennen, der alles unwirklich erscheinen ließ – vielleicht ein Hologramm, plastisch und doch nicht faßbar, die Projektion eines dreidimensionalen Bildes, die sich von einem Moment auf den anderen abschalten ließ und lediglich die leere Dämmerung einer Bühne zurückließ.

Andres hatte es schwer, in die Wirklichkeit zurückzufinden; und die Umstände waren nicht dazu angetan, ihm das leicht zu machen. Er hatte schwer geträumt, ohne sich an Einzelheiten erinnern zu können, und in seinem Traum hatten sich Gegenwart und Erinnerung vermischt. Plötzlich verspürte er quälenden Durst, und sein Verlangen nach Wasser war so stark, daß es seine Lähmung überwinden half; er tastete nach der Wasserflasche, berührte den heißen, weich gewordenen Kunststoffbehälter, der aber immer noch einen Rest schaler Flüssigkeit enthielt. Er nahm sich fest vor, nur einen Schluck zu trinken, und nahm dann einen zweiten und einen dritten, irgendetwas war stärker als sein Wille – er trank, bis sich kein Tropfen mehr heraussaugen ließ. Dann warf er die Flasche – wie es die Cowboys in den Filmen tun – in flachem Bogen hinter sich.

Und wieder spürte er die Wirkung der lebensspendenden Feuchte, die von seinem Gaumen aus, der Speiseröhre, dem Magen, in den Körper einsickerte, das dick gewordene Blut verdünnte, in Bewegung brachte. Er erhob sich auf die Knie, stemmte sich an der Felswand empor, stand dann schwankend, doch ohne sich zu stützen, da. Hinter ihm lag die Mulde, die er vorher durchquert hatte: jetzt ein See aus erhitzter Luft, die das Licht so stark brach, daß er nicht auf den Boden blicken konnte. Er wandte sich um, Richtung nach Osten, wo das Ziel lag, dem er nun schon sehr nahe sein mußte. Er setzte seine Peilantennen in Funktion, überzeugte sich davon: Noch fünf oder sechs Kilometer, das müßte zu schaffen sein. Er überlegte kurz, ob er die Nacht abwarten sollte, das letzte Stück seines Wegs unter Sternenschein zurücklegen, während der Abendstunden, in denen es zwar nicht kühl wurde – die Hitze strahlte dann vom Boden aus in die Höhe, in den leeren Abgrund des Himmels hinaus –, die aber wenigstens von der Geißel der Sonne befreit waren, von der tödlichen Hitze, dem alles überflutenden Licht. Doch er verwarf diesen Gedanken – weil ihn die Wartezeit nur noch müder gemacht hätte, ausgedörrter, jetzt, da er kein Wasser mehr hatte. Er ließ das Traggestell und den Behälter liegen, nahm nur noch sein Peilgerät mit. Er setzte sich in Bewegung.

Es ging bergauf. Hier, an einer früheren Uferzone, mußte sich das Leben relativ lang gehalten haben. Andres hatte Mühe, sich einen Weg durch vertrocknetes, aber immer noch mit scharfen Dornen versehenes Gestrüpp zu bahnen, da und dort lagen Baumstämme herum, die unter seinen Füßen nachgaben, zu einer pulvrigen Masse zerfielen. Bei einigen der gestürzten Baumriesen war das Astwerk noch erhalten, weiße Arme mit gespreizten Fingern, die nach dem Himmel griffen. Davon hingen Fäden wie Wolle herunter, vielleicht die Reste von Schlinggewächsen, Schmarotzer, die ihre Wirte nicht lang überlebt haben mochten.

Andres hatte das Gebüsch hinter sich gelassen, an seinen Kleidern klebten abgebrochene Zweige, dürre Blätter, Kletten und Dornen. Er machte sich nicht die Mühe, sie herunterzustreifen.

Es ging bergauf, die Reste der Pflanzen blieben unten zurück, der Hang war steil, die Stufen, aus geschichtetem Gestein gebildet, hoch. Endlich erreichte er den Kamm der Erhebung: Vor ihm ein Plateau, rechts und links von flachen Bergen gesäumt. Frühere Inseln? Sicher nicht, so lange das Meer sein Bett noch erfüllt hatte, bevor der Mensch eine seiner letzten natürlichen Reserven, das Wasser, verlor und sich das Klima zu ändern begann. Wie lang lag diese Zeit zurück? 60 000 Jahre? 70 000? Die Senkung des Meeresspiegels hatte so langsam eingesetzt, daß niemand eine genaue Zeitangabe machen konnte. Von den Menschen, die in den Wohnsilos lebten, wäre auch keiner auf die Idee gekommen, danach zu fragen. Hier aber war das ganz anders: Hier war der Schauplatz des Geschehens. Leben, das aus dem Wasser gekommen war ... Im Wasser hatte es seine letzte Zuflucht gefunden – einmal abgesehen vom Menschen, der außerhalb der Entwicklung stand. Und wenn das Wasser in den letzten Jahrtausenden auch nur noch eine dicke Salzbrühe gewesen war, so hatte es doch Tiere gegeben, die sich angepaßt hatten, denen selbst hier noch ein ihnen gemäßer Lebensraum gegeben war.

Jetzt gab es hier kein Wasser mehr, nur die durch Kohlendioxid angereicherte Luft, in der die Stimmen hoch und quäkend klangen, wenn man sich nicht über Funk verständigte.

Wasser, das auf die Wärmezufuhr der Sonne reagiert hatte wie ein Schwamm, der alles in sich aufsaugt, ohne sich äußerlich zu verändern. Ein Puffer zwischen Luft und festem Boden, ein Reservoir, das im Sommer Kühle spendete, im Winter Wärme ... Eine dichte Wolkendecke, Jahrtausende hindurch nahezu geschlossen, der Erdball in trübem Dämmerlicht versunken, und dann, ein langsamer, aber unumkehrbarer Prozeß, ihre Auflösung bis auf kleine Reste schwefelgelber Schwaden. Jetzt, ohne das schützende Naß, brannte die Sonne auf den wehrlosen Planeten herab, heizte die Luft auf, und dort, wo einst tropisches Leben gediehen war, erstreckte sich eine endlose tief gelegene Wüste. Die erhitzte Luft stieg empor, mischte sich mit kühleren Schichten der Atmosphäre, bildete Wirbel, die wie geschlagene Reifen über das Land jagten, sich mit vielen anderen vereinigten: Sturmfronten, die über das Land rasten und alles niederwalzten. Sie rissen scharfe Sandteilchen hoch, trieben sie über den Boden, der an manchen Stellen schon glattgeschliffen war wie Eis, peitschten sie auf jeden Fels, der sich über die Oberfläche erhob und sich dem Sturm entgegenstellte. Andres sah die Spuren dieses gigantischen Sandstrahlgebläses, das sich von Zeit zu Zeit ohne sichtbare Ursache heraus einschaltete und wie eine zerstörerische

Jagd über die Plateaus raste: Felstürme, gedreht und gewunden wie durch den Meißel eines Bildhauers, manche Figuren alten indianischen Totempfählen ähnlich, andere spitz zulaufende Türme, die an gefährliche, Angreifern aus der Luft entgegengerichtete utopische Waffen erinnerten. Doch die Windschliffe fanden sich – etwas unscheinbarer – auch am Boden, und Andres hatte Mühe, in der manchmal sanft geriffelten, manchmal auch kugelig durchhöhlten, aber immer glatten Bodenfläche Halt zu finden. Erst als er, etwa eine Stunde später, in tiefere Regionen kam, änderte sich das Bild: Durch eine linkerhand nach der Ferne zu ansteigende Felswand geschützt lag hier ein Tal, in dem sich der vom Wind vertragene Sand gefangen hatte, ein riesiges Feld von Rissen durchzogenen Felsbodens, auf dem – mit der hohen Seite dem Berg zugewandt – eine Unzahl kleinerer und größerer Dünen lagen.

Von einer flachen Erhebung am Rande des Dünenfelds herab suchte Andres den Horizont ab. Gab es irgendwo eine Stadt, eine Häusergruppe oder auch nur ein bescheidenes, einzelstehendes Gebäude, das darauf hindeutete, daß er das Ziel erreicht hatte? Weit und breit nicht der geringste Hinweis darauf.

Wieder holte Andres sein Peilgerät heraus, richtete den Reflektor gegen den Himmel. An der Richtigkeit der Angabe bestand kein Zweifel: Er war am Ziel. Er war an jenem Ort angekommen, an den sich alle Hoffnung geknüpft hatte: die Lösung aller Probleme, der Schlüssel zur Zukunft. Es waren die Koordinaten, die die Maschine ausgegeben hatte, das Ergebnis jahrhundertelanger Berechnungen, das Resultat von Kalkülen, so kompliziert, daß sie niemand mehr verstand, die Information, so wertvoll, daß Jahrtausende hindurch lethargische Menschen wieder zur Aktivität erwachten – bereit waren, ihr Leben einzusetzen, das eigene und jenes von andern. Waren sie einem Phantom nachgejagt, hatte das Verständnis wirklich nicht gereicht? War die Interpretation falsch?

Wieder von neuem anfangen?

Seine letzten Reserven waren erschöpft, er hatte alles gegeben, was er aufbringen konnte. Nun war er angekommen. Er ließ sich zu Boden sinken, Arme und Beine ausgestreckt, das Gesicht der Sonne zugewandt.

Sein Weg war zu Ende.

* * *

Andres hatte den Durst gelöscht, das Wasser kühl und geschmacklos, er hatte es in die Waschmuschel laufen lassen, sein Gesicht hineingetaucht. Nun saß er wieder im rosaroten Zimmer, das ihm gründlich mißfiel. Warum war er hiergeblieben? – vielleicht aus einer gewissen Trägheit heraus, einem Beharrungsvermögen, das einen den Platz behalten läßt, den man einmal eingenommen hat.

Obwohl die Mikrofone des Kommunikators seine Stimme von jeder Stelle des Zimmers aufgenommen hätten, stellte er sich doch unwillkürlich vor den Bildschirm, der nun dunkel war bis auf ein blinkendes Licht: EINGESCHALTET UND AUFNAHMEBEREIT.

»Wo bin ich?« Er zögerte kurz, besann sich darauf, daß er auf diese unpräzise gestellte Frage wahrscheinlich eine unbrauchbare Antwort bekommen würde, die Raumnummer vielleicht oder auch bloß eine auf Tausendstel Bogensekunden genaue Angabe der geografischen Koordinaten. Darum setzte er eine zweite Frage hinzu: »Wem gehört diese Wohnung?«

»Es ist deine Wohnung«, antwortete die Automatenstimme sanft.

»Diese Einrichtung ...« Andres fixierte einen Punkt an der Wand, die, obwohl weiß tapeziert, von einem rosaroten Abglanz überhaucht zu sein schien. »Wer hat früher hier gewohnt?«

»Die Wohnung gehörte Ossip 315, genannt Turandot.«

Andres ging einige Schritte zurück, ließ sich vorsichtig auf dem Sofa nieder und suchte doch unwillkürlich erschreckt nach Halt, als er tief in der weichen Fülle des Schaumstoffs einsank. »Wer ist Ossip? Wer war das Mädchen, mit dem ich vorhin sprach? Was habe ich hier zu tun?«

»Bist du mit der Lufttemperatur einverstanden? Soll ich das Licht etwas dämpfen? – der helle Schein scheint dich zu stören? Möchtest du Musik hören?«

»Ich möchte wissen, was meine Aufgabe ist.« Die Automatik blieb still, vielleicht bedeutete ihr die Frage ein schwieriges Problem, zu dem der Computer mehr Rechenzeit benötigte. Oder gab es administrative Schwierigkeiten? Andres setzte hinzu: »Ich bin Andres 822, genannt Ramses. Ich wurde hierher beordert, Einberufung zum Sonderdienst. Dazu keine weiteren Angaben. Ich möchte wissen, was ich hier zu tun habe.«

»Links von dir, die kleine Tür, führt zum Speiseraum. Du bist

an das 1B-System angeschlossen, hast freie Wahl der Kontaktpersonen und bist an keine Ausgangszeiten gebunden. Soll ich das Menü verabreichen?«

Hatte ihn der Computer nicht verstanden? Nützte es, Ungeduld oder Ärger zu zeigen? Andres erhob ein wenig die Stimme: »Ich habe eine Frage gestellt, ich bitte um Antwort!«

Wieder eine längere Pause. Dann antwortete die Stimme: »Hier spricht DISY, das Dienstleistungssystem. Ich habe den Auftrag, all deine persönlichen Wünsche zu erfüllen. Wünschst du ein Videospiel? Benötigst du einen Stimmungsspray? Vielleicht etwas Dämpfendes, Beruhigendes?« Andres blickte auf, das Licht auf dem Bildschirm blinkte stetig … War da eine Süffisanz im Ton gewesen? Erlaubte sich das System, ihn zu verspotten? Er war sich nicht sicher. »Meine Frage –«

»Deine Frage kann ich nicht beantworten. Meine Kompetenz beschränkt sich auf persönliche Dienstleistungen. Deine Frage liegt auf einer höheren Konkordanzebene. Ich bin weder befugt noch in der Lage, sie zu beantworten.«

»Und wer kann sie beantworten?«

»Auch diese Frage übersteigt meine Möglichkeiten. Ich bin DISY, das Dienstleistungssystem.«

Andres blieb einige Minuten tief ins Sofa vergraben sitzen, er hatte sich gut erholt, nur eine träge machende Müdigkeit saß ihm in den Gliedern, und er mußte seinen Willen zusammennehmen, um sich aus seiner bequemen, doch die Bewegung hindernden Position zu befreien. Zerstreut machte er sich daran, die Wohnung zu untersuchen. Er ging in den Nebenraum mit den Möbeln aus nachgeahmter Eiche, der Kunststoff schwer und gediegen, teures Material. Er öffnete die Laden des Schreibtisches, die Türen der Schränke und Kästchen; er fand Schachteln mit noch verschlossenen, unbenützten Mikrofilmpackungen, Stöße von Xerox-Farbpapier, mehrere Laser-Schreibgriffel und ein Tele-Steuergerät. In einem Wandschrank, hinter Bücherattrappen verborgen, stand eine Batterie von Flaschen. Er öffnete einige Verschlüsse, schnüffelte … verspürte die ekelhafte Ausdünstung von Alkohol.

Durch eine gepolsterte Tür kam Andres in einen weiteren Raum, der einen überraschenden Gegensatz zur düsteren Atmosphäre des Arbeitszimmers bildete. Das vorherrschende Material war Glas – an den Wänden standen Glasschränke, im Raum verteilt Vitrinen, und in der Raummitte, auf einem Podest mit Spiegelboden erhob sich eine große Glasfigur, der Torso einer nackten Frau. Rundherum waren mehrere aus weichem Plastikmaterial gefertigte Bänke verteilt, von denen man, zum Zentrum gewandt, die Statue betrachten konnte, nach der andern Richtung guten Ausblick auf die Vitrinen hatte, deren Inhalt durchaus bemerkenswert war: altmodische Puppen, Zinnfiguren, Modelle von Flugzeugen und Raketen, eine ganze Sammlung winziger Videospiele, eine Reihe der Größe nach geordneter Kaleidoskope und außerdem eine Menge von Dingen, deren Sinn nicht ohne Weiteres erkennbar war – beispielsweise Systeme aus Glasröhren, durch die – auf unerklärbare Weise bewegt – buntfarbene Kugeln rollten.

Auch ein Schlafzimmer gehörte zur Wohneinheit: ein riesiges, ovales, ein Stück in die Wand hineingebautes Bett, mit einer schwarzen Seidendecke bespannt, darum herum, auf einer eingelassenen Schiene beweglich, zwei niedrige Nachtschränkchen mit schalenförmiger Oberfläche, Muscheln nachempfunden. Die Wände mit Schränken verkleidet, ovale Spiegel in die Türen eingelassen, und auch die Decke eine riesige gewölbte Spiegelfläche, so geformt, daß sie im Zentrum – dem Bett – liegende Gegenstände vergrößert wiedergab. In den Schränken selbst Unmengen von kleinen Kissen, zusammengerollten Decken, Schlafanzügen und Morgenmänteln, ein ganzes Fach voll Flakons – belebende Essenzen, Parfüms, Massageöle, Salben, Behälter mit verschiedenfarbigen Pillen.

Da und dort lagen teuer und extravagant anmutende Kleidungsstücke verstreut, auf dem Bett, auf dem Teppich, auf dem Toilettetisch. Sie deuteten auf Luxus, ein verschwenderisches Leben – befremdlich für einen, der zwar gut versorgt, doch, auf die ihm zugestandenen Angebote angewiesen, immerhin beschränkt gelebt hatte. Keinerlei persönliche Gegenstände allerdings, nichts, was auf den Charakter, die Stellung der Personen schließen ließ, die hier gewohnt hatten.

Vom Eichenzimmer aus konnte man eine Diele erreichen, und von dieser wieder schien eine Tür nach außen zu führen; Andres hatte bisher davon abgesehen, sie zu benutzen, doch jetzt – obwohl er die wenigstens noch überblickbare Umgebung der Wohnung vermissen würde – entschloß er sich zu einem Streifzug durch das Gebäude – irgendwo würde sich jemand finden, der ihm Auskunft geben könnte.

Er hatte schon befürchtet, die Wohnungstür würde sich nicht öffnen lassen, doch als er hinzutrat, glitt sie lautlos zur Seite. Andres zuckte ein wenig zusammen, als plötzlich eine Person vor ihm stand: ein Mann unbestimmten Alters, die Gesichtszüge von Falten durchzogen, doch in anderer Weise auch wieder babyhaft, mit kurzem, zerrauften schütteren Haar auf dem Schädel. Er sprach mit leiser, ein wenig aufgeregter, wenn nicht vorwurfsvoller Stimme: »Ich habe auf Sie gewartet, schon ziemlich lang. Sind Sie gut zurechtgekommen?«

Andres hörte eine Mahnung aus den Worten heraus und war sich nicht sicher, ob er sich verteidigen sollte, da er andererseits wieder eine Art von Unterwürfigkeit bei seinem Gegenüber zu erkennen glaubte. »Ich bin Andres Ramses«, sagte er. »Ich glaube, wir kennen uns noch nicht ...«

»Sie erinnern sich nicht? Gestern ...! Aber sicher – die neuen Eindrücke – wir sind uns nur kurz begegnet. Ich bin Felipe Castaneda, Ihr Sekretär. Ich erwarte Ihre Anordnungen.«

Er stand immer noch nahe an der Tür, versperrte Andres den Weg. Unwillkürlich trat dieser zurück, machte eine einladende Handbewegung. Er ging ins Zimmer mit den Eichenmöbeln, setzte sich automatisch hinter den Schreibtisch. Felipe nahm ihm gegenüber auf einem der kunstlederbespannten Stühle Platz, auf denen man – wie Andres erprobt hatte – höchst unbequem saß.

»Sie erwarten Anweisungen«, sagte er. »Ich bin erst gestern hier eingetroffen – ich nehme an, es war gestern«, setzte er hinzu, als er Felipes hochgezogene Augenbrauen sah. Sollte er einen ganzen Tag lang durchgeschlafen haben? Zwei Tage? Seine stumme Frage blieb ohne Antwort. Er fuhr fort: »Jedenfalls freut es mich, daß Sie mich unterstützen wollen. Ich bin mir nicht so recht im klaren, was ich zu tun habe ... Überhaupt meine Lage ... Vielleicht können Sie mir sagen, wo ich mich befinde. Diese Wohnung – wer hat sie eingerichtet?«

Felipe schien erstaunt. »Solche Auskünfte gehören – wenn Sie mir diese Anmerkung gestatten – nicht zu meinen Aufgaben. Die Frage ist, wie mir scheint, privat.«

Andres rutschte auf seinem Stuhl herum, der ihm viel zu groß war, versuchte eine bequemere Stellung zu finden; die gleitende Bewegung über die Kunstlederbespannung ergab ein unanständiges, quietschendes Geräusch. »Ach ja, dann verzeihen Sie, bitte ...« Andres beobachtete Felipe von unten herauf, als er weitersprach. »Vielleicht können Sie mir etwas über meine Aufgaben sagen.«

»Ihre Aufgaben?« Felipe stand auf, die Hände noch an die Sessellehnen gestützt. »Ich würde mir nie erlauben, Ihnen irgendwelche Mitteilungen zu machen, die man als Anweisungen auffassen könnte. Das steht mir in keiner Weise zu, ich glaube, daß Sie meine Befugnisse weitaus überschätzen.«

Auch Andres erhob sich, der schwere Schreibtisch ein Bollwerk zwischen ihm und seinem aufgebrachten Sekretär. »So können Sie mir vielleicht wenigstens sagen, wer mir meine Anweisungen geben kann.« Er hoffte kaum noch auf Antwort, und er täuschte sich nicht.

»Ich weiß nicht, ob Sie mich mit Absicht in Verlegenheit zu bringen versuchen«, antwortete Felipe. »Ich glaube, es ist besser, wenn ich mich vorderhand zurückziehe. Wenn Sie meine Dienste benötigen – und ich meine jene Dienste, für die ich Ihnen mit meinem ganzen Können, mit meiner ganzen Kraft zur Verfügung stehe –, dann rufen Sie mich bitte über den Kommunikator. Ich darf mich verabschieden.« Er deutete eine Verneigung an, verließ den Raum.

Obwohl das Gespräch mit Felipe nicht erfreulich verlaufen war, bedeutete es für Andres eine Herausforderung – er fühlte sich munterer, unternehmungslustiger. Er versuchte sich an das Gespräch zu erinnern, das gestern, vielleicht auch vorgestern, stattgefunden hatte, an die beteiligten Personen. Dolf Buckminster fiel ihm ein, der Regierungschef, den er mit seinen Problemen nicht behelligen wollte, und Cordula Leander, die recht freundschaftlich gewesen war, ihn geradezu bemuttert hatte ... Vielleicht war das der Grund, daß er nicht gerade sie um Hilfe bitten wollte. So blieb noch Stig Adonis, der Staatssekretär. Andres fragte den Computer nach seinem Büro beziehungsweise seiner Wohnung und erhielt ohne weitere Schwierigkeiten – fast wunderte er sich darüber – Wohnungs- und Etagennummer, ergänzt durch einen Lageplan.

Andres benutzte den Lift, um zwei Etagen höher zu fahren, ging dann einen langen Gang entlang, der breit war und geräumig, da und dort von hallenartigen Erweiterungen unterbrochen, in denen grazile Stahlrohr-Sitzgarnituren standen. Er betätigte den Summer an der Tür zu Stigs Wohnung und wurde nach kurzer

Wartezeit eingelassen. Der Staatssekretär trat ihm entgegen, schüttelte ihm die Hand. »Nett, daß Sie kommen! Sie sehen gut aus.« Er schob ihn in ein Zimmer, das mit Pneumatikmöbeln in Braun und Orange eingerichtet war. Sie gingen in eine Ecke, Stig schnippte mit den Fingern, es lief wie ein Wellenschlag durch die locker liegenden samtigen Hüllen, von allen Seiten auf sie zu, wobei sich zwei schalenförmige Sitze bildeten, doch sie blieben stehen – halb einander zugewandt, den Blick auf ein großes Panoramafenster gerichtet.

In der Luft lag leise, melodische Musik. Andres war durch die Aussicht gefangen; man konnte einen weiten Teil der Kuppel überblicken, dicht davor das Parkgelände, dahinter ein wunderschöner Blick auf die Altstadt mit ihren unzähligen Giebeln, Türmen, Schornsteinen, manche vielleicht noch aus ursprünglicher Ziegelmasse.

Als sich Andres bewundernd äußerte, entgegnete Stig, daß er von seiner Wohnung aus doch denselben Blick hätte. Es stellte sich heraus, daß Andres lediglich Anweisung hätte geben müssen, die Glaswand von ›matt‹ auf ›durchsichtig‹ zu schalten.

Andres war gespannt darauf, endlich etwas über seine Aufgabe zu erfahren, doch er fing es diesmal etwas vorsichtiger an: »Es ist über fünfzehn Jahre her, seit ich meine berufliche Tätigkeit abgeschlossen habe. Recht überraschend für mich, reaktiviert zu werden.«

Stig nickte. »Ja, besondere Umstände erfordern besondere Maßnahmen. Ich gehöre auch nicht zu jenen, die man für unentbehrlich hält – sechs Jahre lebte ich in den Silos. Es war keine schlechte Zeit, man braucht nichts zu entbehren. Andererseits ... Nach einiger Zeit lernt man es, den Aufenthalt in der Kuppel zu genießen. Immerhin befinden wir uns hier im Zentrum der Landesregierung, und da werden schon einige Annehmlichkeiten geboten.«

Andres bestätigte es. »Ja, es ist schön hier. Und nach der Enge der Zellen kommt einem alles recht großzügig vor – und recht ungewohnt. Dieser Empfang, wissen Sie, ich möchte mich dafür bedanken, es war mir eine unerwartete Ehre.«

»Aber ich bitte Sie, immerhin treten Sie eine leitende Stellung an.«

Andres verlagerte sein Gewicht etwas in den nachgiebigen Massen des Pneumoschaums, der sofort wieder in wellende

Bewegung kam und neue Schichten zur Stütze seines Rückens und seiner Arme aufbaute. »Ich war darauf nicht vorbereitet«, erklärte Andres. »Zuerst diese überraschende Wende in meinem Leben. Dann die neuen Eindrücke, die ungewohnte Begegnung mit Menschen! Es ist so viel auf mich eingestürmt ... Die Getränke waren köstlich, doch, so fürchte ich, habe ich mich wohl etwas übernommen. Mein Gedächtnis läßt mich ein wenig im Stich. Haben wir uns nicht über die Aufgaben unterhalten, die ich übernehmen soll? Der Regierungschef war so freundlich, es täte mir leid, wenn ich etwas Wichtiges vergessen hätte ...«

Stig hob beide Hände, so daß die Handflächen waagrecht zur Decke gerichtet waren. Der Empfang, mit dem man Andres ja auch eine angenehme Überraschung bereiten wollte, die unvorhergesehene Umstellung ... er bekundete vollstes Verständnis dafür. »Und Ihre Aufgabe ... Wir haben kaum darüber gesprochen. Entschlußkraft, Risikobereitschaft – das ist es, was wir von Ihnen erwarten. Und Fachkenntnis. Sie sind der Fachmann – der beste, den wir bekommen kommten. Sie tragen die Verantwortung. Wir bitten Sie, nach eigenem Gutdünken zu handeln, schließlich hat Sie SELSY das Selektionssystem, aus tausenden Anwärtern herausgesucht. Und so sind Sie zweifellos derjenige, der den auftretenden Problemen am besten gewachsen ist. Aber ich habe Sie noch gar nicht gefragt, ob Sie etwas zu essen oder zu trinken wollen?«

Andres winkte ab, doch Stig bestellte, das Gesicht nach hinten zur Wand gerichtet, zwei Becher Kürbissorbet, die nach wenigen Sekunden von einem Androiden auf einem Tablett serviert wurden. Stig nickte Andres zu, sie griffen nach den Gläsern und nippten daran. Ein angenehm säuerlicher, erfrischender Geschmack!

»Und meine Wohnung ...«

Als Andres stockte, fiel Stig ein: »Sind Sie nicht zufrieden damit? Sie ist genauso angelegt wie meine, nach Süden gerichtet. Klasse 1 B.«

»Das ist es nicht. Doch die Einrichtung ...«

»Nichts einfacher als das – geben Sie an, wie Sie sie eingerichtet haben wollen. Es gibt kaum einen, der das Mobiliar seiner Vorgänger übernimmt oder sich seinen Wohnstil vom Computer auswählen läßt. Wahrscheinlich hat man darum zunächst Ihre Entscheidung abgewartet. Zögern Sie bitte nicht, Ihren ganz

persönlichen Geschmack geltend zu machen.«

Andres bedankte sich, als wäre es Stig gewesen, dem diese Ausrichtung auf individuelle Wünsche zu verdanken war, und er nutzte die Gelegenheit, sich nach dem Vorgänger zu erkundigen.

Stig nahm einen tiefen Schluck aus dem blaß violett gefärbten Fruchtgetränk, dann stand er auf, legte Andres die Hand auf die Schulter. »Der frühere Inhaber der Wohnung war – wie Sie sicher schon vermutet haben – auch Ihr Vorgänger im Amt: Ossip, genannt Turandot.«

»Wo ist er?« fragte Andres. »Sollte ich nicht Verbindung mit ihm aufnehmen, um die Arbeit im begonnenen Sinn fortzusetzen?«

Stig schüttelte den Kopf, fast ein wenig zu heftig. »Aber nein, dazu besteht keinerlei Anlaß. Sie wissen sicher selbst am besten, wie man einer solchen Aufgabe gerecht wird, schließlich sind Sie ja als Bibliothekar ausgebildet und haben die beste Benotung bekommen. Es wäre ganz falsch, seine Arbeitsweise fremden Gesichtspunkten unterordnen zu wollen – bitte, benutzen Sie Ihre eigenen Methoden.«

Andres stand auf, wobei ihm die Pneumatik durch einen kleinen Schubs unters Hinterteil behilflich war – er hatte das Gefühl, daß Stig die Unterredung beenden wollte. »Was ist mit Ossip?« fragte er. »Ist er nicht mehr hier?«

Stig führte Andres auf den Flur, ließ die Türe beiseitegleiten. »Ossip hat mehrere Jahre hier gearbeitet, wir hatten großes Vertrauen zu ihm. Doch dann lief alles anders, unerwartet ... Er ist nicht mehr hier.« Stig lächelte, reichte Andres die Hand. »Am besten, Sie kümmern sich nicht um ihn, vergessen ihn. Für Sie und für uns ist es ein neuer Anfang. Viel Glück dazu!«

* * *

Über den Felsboden bewegte sich ein seltsames Gebilde, kaum zwei Handspannen hoch, der Leib nicht größer als eine Zündholzschachtel, daran, nach allen Seiten wegstehend, strahlige Fortsätze, die meisten igelartig gespreizt, andere ohne ersichtlichen Grund geknickt, wie gebrochen. Rund zwei Dutzend davon saßen am Boden auf, versetzten das Ding spinnenbeinig in Bewegung. Es verhielt sich wie ein Tier, das erst nach allen Seiten sichert, ehe es sich für eine Richtung entscheidet, das sein Revier durchstreift, auf der Suche nach Nahrung oder Wasser.

Von Zeit zu Zeit wehte ein Staubschleier heran, von der schon wieder nahe am Horizont liegenden Sonne diffus beleuchtet, und dann zog sich das Gebilde zusammen, harrte geduckt aus, bis die Gefahr vorbei war. Jetzt kollerte es über eine Stufe herunter, bewegte sich einige Meter nach links, dann nach rechts, hielt eine breit gezackte Linie ein. Plötzlich richtete es sich auf, alle Ausläufer gestreckt. Dann rollte es weiter, auf einer geraden Linie, bis es den Fremdkörper fand, den es gesucht hatte: den regungslos daliegenden Körper von Andres. Es blieb kurze Zeit stehen, kreiste dann langsam darum herum, näherte sich, tastete vorsichtig über sein Gesicht. Schließlich kroch es die Felsfläche hinauf, verschwand in einer Vertiefung, von denen es hier viele gab.

Ehemaliger Meeresboden, Kalk, kein großer Widerstand für den äquatorialen Wind, der sägespitzenscharfe Sandsteinteilchen mit sich trug. Er hatte die Felsschicht angenagt, war dabei der natürlichen Unebenheit gefolgt, hatte ein ganzes Netzwerk von Rinnen ausgehöhlt und dabei Hindernisse umgangen. Diese Hindernisse waren Korallenstöcke, härter als die einstige schlammige Ablagerung, weiß kristallin, von blaßroten Adern durchzogen. Da standen sie vereinzelt, dort in Gruppen, steinerne Zeugen der einst so fruchtbaren, lichtdurchwirkten Zone nahe der Meeresoberfläche, vom Wasser gekühlt, von grünen Reflexen durchlaufen, Heimat unzähliger Fische und Krustentiere. Heute nur noch ein Friedhof. Und doch: was für eine Landschaft!

Aus der Mulde, in der die Sonde verschwunden war, tauchte nun ein Mann auf. Er war mittelgroß, kräftig gebaut, seine Arme schienen ein wenig zu tief herabzuhängen. Auch das Gesicht breit, die Lippen voll, das Haar trotz seines Alters – fünfzig oder sechzig – dunkel, schwarz, von wenigen grauen Strähnen durchzogen. Vorsichtig sah er sich nach allen Seiten um, ging bemerkenswert geschickt über die unregelmäßige, glatt gestufte Oberfläche, fand den liegenden Körper und kniete neben ihm nieder. Er stellte fest, daß das Gesicht zwar staubverkrustet war, dort aber, wo der Belag abblätterte, eine gesunde Farbe offenbarte, daß die Nasenflügel von Zeit zu Zeit zitterten, daß sich der Brustkorb hob und senkte. Er strich ihm über die heiße Stirn – Andres öffnete die Augen. Für ihn, der in vollem Bewußtsein alle Hoffnung aufgegeben hatte – der Einsatz verloren, das Spiel zu Ende –, war das Auftauchen eines Gesichts unmittelbar über ihm unverständlich, außerhalb alles Faßbaren.

Der dunkelhaarige Mann stützte ihn, half ihm, sich aufzusetzen. »Du bist Andres, ich weiß«, sagte er. »Wie lange hast du mich verfolgt? Ich war sicher, du würdest mich nicht finden. Wie man sich irren kann!«

»Ossip!« flüsterte Andres. Es war Ossip – wenn er ihn bisher auch nur auf dem Bildschirm gesehen hatte, so bestand doch kein Zweifel. Wieso war er eigentlich so erstaunt? Ossip war der einzige Mensch, den er hier zu finden gehofft hatte, und nun hatte er ihn angetroffen. Was war dabei so ungewöhnlich? Noch immer starrte er ihn entgeistert an. Dann blickte er umher, sah die weißen, seltsam verwundenen Gestalten der Korallenriffe, einige klein, knie- oder hüfthoch, andere von Übermannsgröße, wieder andere Türme von zehn und mehr Metern Höhe. Eindrucksvoll, gewiß, doch eben nicht das, was er sich vorgestellt hatte. Dabei hatte er nichts Bestimmtes erwartet, es hätte ein bollwerkartiges Gebäude sein können, eine Sendestation, ein paar Häuser um einen riesigen Parabolspiegel herum. Selbst einige Baracken hätten ihn nicht weiter in Erstaunen versetzt, vielleicht auch nur ein paar verfallene Steinbauten aus alter Zeit. Ossips Erscheinen änderte alles. Er war also doch an der richtigen Stelle, er hatte sich nicht geirrt. Noch immer wußte er nicht, worum es eigentlich ging, welcher Art das Ereignis sein würde ...

Und doch mußte er sich mit einer unerwarteten Situation abfinden. Gewiß, er war erschöpft gewesen, durstig, doch längst noch nicht am Ende aller Reserven. Die Kraft, die ihn gefällt hatte, war die Verzweiflung gewesen, die Einsicht, daß alles umsonst gewesen war – die irrtümliche Einsicht ... Denn wenn Ossip hier war, dann mußte zumindest dieser der gleichen Ansicht sein ...

»Steh auf! Kannst du aufstehen?« Ossip faßte Andres am Arm. »Da bist du also«, fügte er mehr zu sich selbst hinzu. »Ich kann nicht sagen, daß ich mich darüber freue, aber so ist es nun eben. Dann komm schon!«

Im rötlichen Schein der untergehenden Sonne gingen sie über die grau und braun gesprenkelten Felsplatten mit den eingravierten Spuren des Windes.

Andres' Gesichtsausdruck war anzusehen, daß er noch immer darum rang, die Situation zu verstehen.

»Worüber wunderst du dich?« erkundigte sich Ossip. »Was hast du erwartet?«

Andres antwortete nicht – er hatte nichts zu antworten.

»Wie hast du dir diesen Platz vorgestellt? Eine Stadt? Eine Kuppel? Einen Palast? Hast du ein Empfangskomitee erwartet? Singende Mädchen und Fahnen?«

Andres schüttelte nur den Kopf.

»Du warst schlau – hat es dir an Phantasie gefehlt? Sollte ich mich hier auf dem Präsentierteller anbieten? Von Satelliten aus ist jede Veränderung zu beobachten, jede Aktivität – selbst wenn ich ein Zelt aufgestellt hätte ...«

Sie überquerten die höchstgelegene Platte, die flach und glattgeschliffen war, leicht nach innen gewölbt, und dann standen sie vor einer Öffnung, einem gleichmäßigen Oval, den längeren Durchmesser entlang nicht länger als einen Meter. Als Andres noch einen Schritt nähertrat, stellte er zu seinem Erstaunen fest, daß im Kessel oberhalb der Öffnung ein kalter Luftsee lag.

Ossip bückte sich, zog aus einer dunklen Nische eine Leiter aus Leichtmetall, die sich nach dem Teleskopprinzip auseinanderziehen ließ.

Er winkte Andres, ihm zu folgen, und stieg die Stufen hinab.

Eine Minute später standen sie in einem dämmrig erleuchteten Raum, die einzige Lichtquelle das Loch an der Decke, eine Halle, rund vier Meter hoch, acht Meter lang, fünf Meter breit. Der Längsrichtung nach war sie von einer Kluft angeschnitten, die auf der einen Seite lediglich als eine Kerbe zu erkennen war, an der anderen allerdings offen zu sein schien. Die spaltenförmige Öffnung war nicht dunkel, sondern schien von hinten her schwach erleuchtet.

Es dauerte eine Weile, ehe sich die Augen an die verminderte Helligkeit gewöhnten, auch Ossip stand längere Zeit wartend da, ehe er Andres aufforderte nachzukommen. Er verschwand in der Kluftöffnung, sekundenlang noch der Hall seiner Schritte, dann Stille. Andres war einen Moment lang stehengeblieben, nun beeilte er sich, der Weg war nicht zu verfehlen. In leichten Windungen ging es dahin, nur zwanzig oder dreißig Schritte, dann wurde es hell, und unversehens änderte sich das Bild des naturbelassenen Höhlenraums auf wunderbare Weise. Sie standen in einer Art Zimmer, die Wände mit dunkelrotem Samt ausgeschlagen, der Boden mit Fellen bedeckt – den alten Vorbildern des Zebras täuschend ähnlich –, als Sitzgelegenheiten übereinandergeschichtete Matten, ein Berg von Kissen, mehrere goldverzierte Lederhocker. Von der Wand herab hingen ein halbes Dutzend radioaktiver Leuchtkugeln, in alte Öllampenfassungen eingearbeitet.

»Mach's dir bequem!« sagte Ossip mit einladender Handbewegung. »Wunderst du dich? Du solltest wissen, daß ich Luxus liebe und auf ein Minimum nicht verzichten kann.«

Er trat an eine der Wände, zog den Samtvorhang beiseite, dahinter befand sich die Armatur einer Automatenküche, allerdings durch einige ungewohnte Aufbauten ergänzt.

»Wie du siehst, sind wir perfekt eingerichtet. Ein wirksames Recyclingsystem, schließlich sind wir Selbstversorger. Was möchtest du? Wasser? Tee, Bouillon? Ich würde dir zu gesalzenem Tee raten, fürs erste. Dann werden wir weitersehen.« Er stellte einige Drehhebel ein, drückte einen Knopf, schob einen marmorierten Plastikbecher unter einen Hahn ... Schon Sekunden später rann die dampfende braune Flüssigkeit heraus.

»Du wirst dich wundern, wie erfrischend heißer Tee wirkt«, sagte Ossip. Er beobachtete Andres, der auf seinem Hocker saß, nun doch recht elend anzusehen, und den Tee schlürfte.

* * *

Andres, der noch immer keine Klarheit darüber gewonnen hatte, welche Aufgaben er eigentlich zu lösen hatte, beschloß, seinen Arbeitsbereich, die Bibliothek, aufzusuchen. Zuerst aber ging er in seine Wohnung, um sich vom Kommunikator eine Zugangsbeschreibung geben zu lassen.

Der kürzeste Weg führte durch ein System unterirdischer Gänge, doch Andres zog den Weg durch den Park vor. Er ging unter riesigen Bäumen hindurch, blieb von Zeit zu Zeit stehen, um diese Überbleibsel einer vergangenen Zeit zu bestaunen – Ungetüme mit meterdicken Stämmen, die ihre Äste acht Stockwerke hoch gegen das Kuppeldach reckten. Jeder Stamm war von einem kreisrunden, wassergefüllten Graben umgeben, von dem, über einen Überlauf, Nährlösung in das das Wurzelwerk beherbergende Erdreich rann. Daneben eine Tafel: Sequoia reconstructa.

Da und dort waren Kunststoffsessel aufgestellt, die zum Ausruhen, zum besinnlichen Betrachten der Szenerie einluden, doch Andres gab sich der Verführung, die von ihnen ausging, nicht hin, sondern folgte dem Weg so, wie er ihn im Gedächtnis behalten hatte.

Die Regierungsgebäude standen malerisch im Park verstreut und fügten sich, obwohl oft extravagant mit den Mitteln der modernsten Technik gebaut, gut in die Landschaft ein. Es waren Zweckbauten, doch die Architekten hatten es verstanden, das Nützliche mit dem Schönen zu verbinden. Obwohl zur Erledigung der Geschäfte nur noch wenige Menschen benötigt wurden, waren die Wände doch mit langen Fensterreihen versehen, die jedem Raum, der überhaupt betretbar war, die besondere Note der naturbelassenen Umgebung verlieh, Gelegenheit zum Ausblick über grüne Pflanzen, Wald, Wasserkaskaden. Erstaunlich, welch Überfluß an wertvollen Rohstoffreserven hier vorgetäuscht wurde! Andererseits aber war Wasser eine Substanz, die – abgesehen von der Energiegewinnung in den Fusionskraftwerken – bei den meisten Arten der Umsetzungen nicht verbraucht, sondern lediglich mehr oder weniger flüchtig eingebaut wurde – und sich dann wiedergewinnen ließ. In diesen kunstvoll angelegten Bächen und Teichen ging nichts verloren, auch wenn es auf die Erde spritzte, auch wenn es verdampfte, auch wenn es in Fontänen aufstieg, die im leichten Luftwirbel der Ventilatoren verwehten – schließlich schlug es sich doch wieder irgendwo nieder, beispielsweise in kühlen Nächten an der Unterseite des Kuppeldachs, wo es durch Auffangrinnen in Sammelbehälter sickerte.

Nun stand Andres vor dem Bibliotheksgebäude, seinem Arbeitsplatz. Den besonderen Bedürfnissen angepaßt, enthielt es nur wenige Fenster, der größte Raum war den riesigen Informationsspeichern vorbehalten, ob es sich nun um altmodische Mikrofilme oder Bänder handelte oder um die modernen, kompakten Elektronenspin-Speicher, die allerdings bis nahe an den Nullpunkt gekühlt gelagert werden mußten. Und trotzdem hatte auch dieses Gebäude eine architektonisch interessante Form, zwei der Wände waren überhängend angelegt, mit leicht gewölbter Oberfläche, die oben mit einem kühnen Schwung in die Dachkonstruktion überging. Andres, der zwar keine Zeit versäumen wollte, dem es aber andererseits auf einige Minuten nicht ankam, ging einmal um das Gebäude herum, betrachtete auch die nach Süden und Osten gewandten Seiten, an denen die Arbeitsräume zu liegen schienen. Dort befand sich auch das Tor. Es öffnete sich, sobald er die oberste Stufe des Eingangs erreicht hatte, mit einem tiefen Aufatmen ging er hindurch. Erst nachher wurde ihm bewußt, daß sich das Tor ohne Verzögerung aufgetan hatte – ohne daß es nötig gewesen wäre, sich auszuweisen, sich zu identifizieren. Offenbar war sein Erscheinen angekündigt worden, hatten sich die administrativen Stellen darauf eingerichtet. Waren damit die Anfangsschwierigkeiten, die er noch vor einigen Stunden gefürchtet hatte, überwunden? Fast fröhlich ging er hinauf ins Foyer, trat an die Wand, an der er einen überdimensional großen Informations-Bildschirm bemerkte. Er tastete einige Fragen ein, ließ sich einen Bauplan ausgeben, ein Verzeichnis der für Menschen bestimmten Arbeitsräume, insbesondere auch die Lage seines Büros. Zu seiner Überraschung befand sich dieses weitab von den übrigen Büroabteilungen in den Dachstuhl eingebaut. Als er an die Tür zum Lift herantrat, hörte er ein summendes Geräusch, an der Tastatur leuchtete ein rotes Lämpchen auf. Er betätigte die Ruftaste, wartete … Nichts geschah. Das summende Geräusch hörte auf, ihm war, als hörte er in der Ferne ein leises, polterndes Rumoren. Dann erlosch das rote Licht. Rasch betätigte er den Schalter ein zweites Mal – vergeblich. Er wartete eine Minute, zwei Minuten, dann wandte er sich ab, sah sich suchend um. Vielleicht konnte er jemand um Hilfe bitten. Er sah in einige Gänge hinein, die sich als leer erwiesen. Vielleicht gab es einen Pförtner, einen Verwalter? Als er auf gut Glück an eine Tür im Foyer herantrat, öffnete sich diese sofort – er stand in einem Raum, in dem lediglich einige leere Pappkartons standen. Er trat zurück, versuchte es bei einer anderen Tür, die sich ebenso prompt öffnete: Auch dieser Raum war leer – kein Mensch, kein Möbelstück, nicht einmal ein Anzeichen ehemaligen Gebrauchs. Hastig suchte Andres weitere Räume auf: alle leer und unbenutzt.

Er ging zum Treppenhaus, lief die Stufen hinauf, zur nächsten Etage. Auch hier nur leere Räume. Sollte er der einzige Mensch in diesem riesigen Gebäude sein? War heute ein Feiertag? War die Dienstzeit vorbei? Doch irgend jemand mußte sich ja hier befinden – er erinnerte sich an den Lift, der offenbar benutzt worden war. Er machte einen weiteren Versuch, die Kabine zu rufen, der wieder fehlschlug. Schließlich aber war das kein Grund, um von seinem Vorhaben, das Büro aufzusuchen, abzusehen. Seufzend schickte er sich an, die Treppe zu benutzen. Kurz bevor er die zweite Etage erreichte, erklangen Schritte, das Klappern fester Absätze auf dem Boden aus Kunststein. Die letzten Stufen über-

wand er in zwei, drei Sprüngen, vor ihm der Vorraum, in den die Gänge mündeten, ein leises Schleifen von links ... oder kam es aus dem mittleren Gang? Er lief einige Schritte hinein, kehrte um, blickte in alle Gänge ... nirgends ein Mensch, auch die Geräusche verstummt. Er setzte seinen Weg die Treppe hinauf fort, erreichte die dritte und die vierte Etage. Als er schon ein Drittel zur sechsten zurückgelegt hatte, war von unten ein leises Schleifen zu hören, dann ein angenehm klingender Gong ... Er kehrte um, lief zum Lift ... Er konnte gerade noch einen Blick in die leere Kabine werfen, dann schloß sich die Tür, sie setzte sich nach unten in Bewegung und ließ sich auch nicht aufhalten, als er mehrmals heftig auf die Ruftaste drückte.

Leise vor sich hinfluchend wandte er sich wieder zur Treppe.

In der achten Etage angekommen, versuchte er sich den Plan zu vergegenwärtigen, war sich aber über die Richtung nicht mehr im klaren. Der erste Gang, den er betrat, führte nicht zum Ziel – irgendwo mußte sich der Zugang zu einem weiteren Treppenabschnitt befinden, der ihn direkt in das Büro bringen sollte.

Er ging in den zweiten Gang, eilig und nervös – sein Ärger ließ sich kaum noch unterdrücken. Wieder suchte er vergeblich nach einem Menschen, der ihm helfen könnte – auch hier oben waren alle Zimmer verlassen. Merkwürdig, daß er kein Kommunikator-Terminal fand; der Computer hätte ihm sicher leicht Auskunft geben können.

Schließlich führte ihn seine Suche doch noch an den Zugang zur Dachetage: eine Tür, die sich durch nichts von den anderen unterschied. Wie die anderen öffnete sie sich unverzüglich, kaum daß er die davorliegende Kontaktzone betreten hatte – da lag eine enge, aus dunkellackiertem Metall gebaute Wendeltreppe, von oben ertönte leise, fremdartig klingende Musik. War jemand oben?

Als er die Treppe betrat, begann die Konstruktion zu schwingen, seine Fußsohlen verursachten blecherne Geräusche, die Windungen waren so eng, daß er sich nahezu senkrecht hinaufschraubte – nahe der vertikalen Achse fanden seine Füße kaum Platz, und er mußte sich am Geländer anhalten, um nicht abzurutschen. Als er einen Moment lang stillstand, merkte er, daß die Musik aufgehört hatte. Langsamer und vorsichtig ging er weiter, den Windungen folgend, bis er schließlich aus dem Boden des Raumes heraus auftauchte und das »Büro« betrat. Spiegelte sich

auch hier die Eigenwilligkeit des Vorbenutzers, oder war es ein Computer gewesen, dem man das Design überlassen hatte? Weiße, schwarze und silberne Flächen, die Kanten eine den ganzen Raum erfüllende Komposition in Horizontal und Vertikal, durch dünne Krypton-Leuchtröhren betont. Einige kurzbeinige Tischchen mit ringförmigen Silberplatten im Raum angeordnet, an der Decke befestigte Hängematten und Schaukelsitze. Der Raum in mehrere Etagen aufgeteilt, die über Stufen und Zwischenetagen miteinander in Verbindung standen, der Boden aus Kunstgras, auch als Sitzgelegenheit gedacht. Mehrere Raumtonboxen, auf silbernen Pyramidengerüsten, einige Farbprojektoren, auf lautlosen Luftstrahlen schwebend, in leichter Drehung begriffen. Ein riesiger Schreibtisch aus Glas und Silber, dahinter ein Schwebesitz, von einem Lichtbaldachin umgeben. Dazu Kunstwerke aus der Log-Art- und Map-Art-Periode, transparente

Würfel, in denen Strahlen in fein abgestimmten Farben, an den Innenwänden reflektiert hin- und herliefen, kybernetische Skulpturen, die ihre Form ständig änderten, kinetische Bilder in Leuchtrahmen. Andres stand eine Weile still, ehe er sich zu bewegen wagte, so fremdartig wirkte diese Umgebung, dann trat er vor, die Füße tief in den nachgiebig-elastischen Halmen. Er legte seine Hände auf die Schreibtischplatte, ging darum herum, sich die Kanten entlangtastend, als wäre er blind. Dann ließ er sich vorsichtig in den Schwebesitz gleiten, der in langsam schaukelnde Bewegung geriet, ein wenig aufstieg, dann wieder herabsank, bis Andres die Hand ausstreckte, auf die berührungsaktive Steuerfläche legte. In diesem Augenblick blieb die Höhe fixiert, nur noch ein nahezu unmerkliches Pendeln deutete die Beweglichkeit der Sitzgelegenheit an. Andres probierte einige Einstellungen aus und stellte fest, daß er mit seinem Stuhl jeden Punkt im Raum erreichen konnte. Dennoch zog er es vor, die Besichtigung zu Fuß vorzunehmen. Eine kurze, noch unsichere Schwebefahrt brachte ihn zum Ausgangspunkt zurück, und er stand auf. Sein Blick fiel auf eine Zwischenwand links im Blickfeld des Schreibtisches; dort zogen fünf quadratische Bilder seine Aufmerksamkeit auf sich: ornamentale Figuren einer seltsamen Symmetrie, die auf irgendeine schwer einsehbare Weise ununterbrochen Farbe und Form änderten, ohne sich dabei entscheidend zu verändern.

Andres streifte eine Weile im Raum umher, der keine Fenster enthielt, keinen Hinweis auf die Lage im höchsten Trakt des Gebäudes und damit auch eines der höchsten Punkte der Stadt.

Fast unmerklich setzte die Musik wieder ein, eigentlich nur einzelne, langgezogene, harmonische Tonkombinationen, ein leichter, angenehmer Duft wehte durch den Raum – wahrscheinlich eine Essenz psychisch wirkender Drogen, die Unbeschwertheit, Zufriedenheit, Optimismus erzeugten.

Vielleicht war diese Stimmung dafür verantwortlich, daß Andres überhaupt nicht verwundert war, als er zwei Augen bemerkte, die ihn beobachteten. Das geschah durch eine transparente Glaswand hindurch, hinter der eine großzügig angelegte Sitzmulde lag. Er erkannte Cordula, die ihn lächelnd begrüßte, und er freute sich über die Gesellschaft dieser schönen Frau. Er setzte sich ihr gegenüber in die weiche Masse der Schaumstoffflocken hinein, die, durch elektrostatische Kräfte zusammengehalten, so etwas wie eine trockene Flüssigkeit bildeten.

»Es ist schön hier«, sagte Andres. »Wunderbar. Dieses Licht, diese Farben – wer hätte das hier erwartet.«

»Ja, Ossip war ein besonderer Mensch.« Cordula strich das lange, kunstvoll gelockte Haar aus der Stirn, das sie heute violett trug. »Er hätte es hier so gut haben können, alle seine Wünsche verwirklichen. Doch er wollte immer mehr, immer anderes. Schade.«

Andres kam es selbstverständlich vor, hier mit ihr zusammen zu sitzen, mit ihr zu plaudern. Wie angenehm, mit jemand zusammen zu sein, mit dem man sich gut versteht! Ja, von Cordula fühlte er sich angezogen, er hatte Vertrauen zu ihr. Der Geruch in der Luft wurde ein wenig stärker und erinnerte ihn an etwas. Dieser Geruch ... und Cordula ... Wo waren sie sich doch begegnet? – hatten sich von Anfang an sympathisch gefunden.

»Hast du Ossip gut gekannt?« fragte er.

»Ja, ich kannte ihn gut. Als er hier ankam ... Ich konnte ihm helfen, die üblichen Anfangsschwierigkeiten, du weißt. Er hat sich mir anvertraut, wir standen einander sehr nahe – bis ...« Plötzlich schwieg sie, den Kopf gesenkt, das Kinn auf die Hand gestützt. Weinte sie?

»Bis ...« Andres wollte sie nicht drängen, doch andererseits war er neugierig. »Was ist geschehen? Willst du es mir sagen?«

Cordula blickte wieder auf, glitt von ihrem Sitz herab, bis sie Andres direkt vor den Füßen kauerte. Ihr Gesicht war dem seinen nah. »Ossip konnte auch sehr böse sein, sehr grausam. In bestimmten Dingen war er pervers, ja pervers.« Sie blickte zu Boden, als schäme sie sich. Dann waren die grünen Lichter ihrer Augen wieder dicht vor ihm. »Und du, Andres? Wie bist du? Bist du treu? Bist du ergeben? Bist du ehrlich?«

Andres sah ihr Gesicht jetzt verschwommen vor sich, nur noch diese Lichter, die rote Flamme ihrer Lippen ...

»Ich traue dir keine Falschheit zu. Du wirst nicht lügen, wenn ich dich etwas frage ...«

Andres kämpfte mit einem Schwindelgefühl, versuchte dagegen anzukämpfen. Er sah ihr Gesicht nahe vor sich, der Ausdruck war freundlich, vielleicht ein wenig neugierig, aber keineswegs gespannt. »Warum bist du gekommen? Was ist deine Aufgabe? Mir kannst du alles sagen – ich will dir doch helfen!«

»Deine Aufgabe ... deine Absichten ...« War das noch Cor-

dula, die da sprach? Er sah sie nicht mehr, vor ihm waren jetzt die Gesichter von Dolf Buckminster, von Cliff Bernstein, von Stig Adonis, von Felipe Castaneda. Sie umringten ihn im Halbkreis, wohin er auch blickte, so starrte ihn ein Augenpaar an. Wo war Cordula? Er wollte sich nach ihr umsehen, doch seine Halsmuskeln waren gelähmt, er konnte den Kopf nicht wenden.

»Wer hat dich gerufen? Was hast du vor? Was weißt du von dem Dokument? Wo sind die Aufzeichnungen?« Andres hörte die Stimme, doch er wußte nicht, wer sprach. Cordula war es nicht – der Ton war männlich. War es der Regierungschef? War es der Staatssekretär? Er hatte keine Angst, fühlte keinen Zwang, doch er war sich über die Dringlichkeit der Fragen im klaren. Wie gerne hätte er ihnen geholfen! Es war ihm, als könne er selbst spüren, wie enttäuscht sie waren, als er schwieg. Sein Mund bewegte sich, doch es gab nichts, was er hätte sagen können. »Was weißt du über das Dokument? Für wen arbeitest du?« Die Fragen dröhnten, donnerten. Doch es gab eben nichts zu antworten, nichts, womit er ihnen helfen konnte. Er war verzweifelt, das Dilemma, in dem er sich befand, wurde unerträglich.

»Warum quält ihr ihn so? Ihr seht doch, wie sehr er sich bemüht – daß er uns helfen will!« Das war Cordulas Stimme, doch noch immer war sie nicht zu erblicken.

»Du setzt dich für ihn ein? ... schlägst dich auf seine Seite? Das wird dich teuer zu stehen kommen!« Irgendwo von der Seite her, den Blicken Andres' entzogen, gab es Bewegung, er hörte ein Stöhnen, ein Weinen ... Er nahm alle seine Kräfte zusammen, um sich zu bewegen, doch die lähmende Schwäche hielt ihn immer noch umfangen. Das Bewußtsein der Schwäche, der Unfähigkeit, sich zu wehren, quälte ihn mehr als die fordernden Stimmen, die sich nun zu einem sinnlosen Durcheinander überlagerten. Er kapselte sich vor diesem Ansturm ab, wollte nichts mehr hören, nichts mehr sehen. Er sank seitwärts in die Flocken des Liegesitzes, das Letzte, was er verspürte, war die Welle eines süßlichen, jetzt unangenehm wirkenden Geruchs.

Als er erwachte, lag er flach in der weichen Tiefe der Sitzmulde, Cordula kniete neben ihm, tupfte ihm das Gesicht mit einem angefeuchteten Tuch ab. Eine an einem weißen Plastikschlauch befestigte Ventilatordüse verströmte frische, kalte Luft. Links über ihm auf einem Tablett, an der Sitzfläche abgestellt, mehrere

Gläser und Flaschen.

»Du bist wieder wach, wie schön«, sagte Cordula. »Komm, trink!« Sie ließ etwas klare Flüssigkeit in einen Schwenker fließen, warf ein paar gelbweiße Würfel hinein, rührte mit einem Glasröhrchen um. Andres fühlte sich schwach und willenlos. Er trank langsam, als hätte er Angst, sich zu verschlucken.

»Was ist mit mir geschehen?« Er hatte Mühe zu sprechen, die Worte kamen nur flüsternd.

»Du bist in Ohnmacht gefallen, einfach so, vom Sitz weg«, erklärte Cordula. Geschäftig hantierte sie mit Gläsern und Flaschen. »Ich vermute, du verträgst die Aromastoffe nicht, die wir hier verwenden – wir sollten vorsichtiger damit umgehen. Man muß sich erst daran gewöhnen.«

Andres erinnerte sich an den Geruch, der ihm zuerst so angenehm vorgekommen war. »Wo sind sie – die andern? Diese Fragen ... Ich weiß ja nichts ...«

Wieder strich sie ihm mit Watte den Schweiß von der Stirn. »Oh, du Armer! Ich glaube, du hast schlecht geträumt. Du hast dich hin und her geworfen, als wärst du bedroht. Denk nicht mehr daran, es hat nichts zu bedeuten.« Wieder hielt sie ihm das Glas an die Lippen, doch er drehte den Kopf beiseite. In gleichem Maß, wie er sich erholte, wuchs auch sein Ärger. Er versuchte sich aufzurichten, schob das Tablett mit den Flaschen und Gläsern beiseite. Cordula kniete nun vor ihm, strich ihm über das Haar. Doch wie stark er noch vor einigen Minuten ihre Zuneigung, ihr Mitgefühl empfunden hatte, so fand er seine Lage nun beschämend – einen Verlust der Selbständigkeit, der sich nicht nur durch seinen Ohnmachtsanfall ausdrückte, sondern durch die Umstände, die seinen Aufenthalt in der Kuppel von Anfang an begleiteten. Die Personen, über deren Funktionen er nichts wußte, die Sitten und Gebräuche, offenbar dem Sonderstatus der Unentbehrlichen angepaßt, die Lebensart mit einem Luxus, der für den Neuling keine Annehmlichkeiten, sondern eher Irritationen bedeutete, vor allem aber die absolute Unkenntnis seiner eigenen Aufgabe, auf die er zunächst – ohne Näheres zu wissen – so stolz gewesen war.

Er stand taumelnd auf der nachgiebigen Rasenmatte, die kein normales Gehen erlaubte, sondern einen dazu zwang, bei jedem Schritt auf den Boden zu achten, um nicht irgendwo hängen zu bleiben, der überdies mit seinen vielen Stufen und Mulden eher einer Berglandschaft glich – Benutzung nur für Schwindelfreie! – als einer Wohnung oder gar einem Büro. Hatte sich die Tätigkeit von Ossip, seinem Vorgänger, darauf beschränkt, ungewöhnliche Interieurs zu schaffen? Es mußte doch irgendwelche Anzeichen seiner Arbeit geben, Dokumente, Notizen, und wenn es der bescheidenste Schmierzettel gewesen wäre.

Andres ging rasch und trotzdem vorsichtig ins tiefste Geschoß hinunter, wobei er den Weg zwischen den bizarren Möbeln und Kunstgegenständen erst suchen mußte. Cordula folgte ihm mit hastigen kleinen Schritten, offensichtlich beunruhigt.

Er stellte sich an den Schreibtisch, stieß den Schwebesitz mit einem heftigen Stoß beiseite, zerrte an den Laden, riß eine Klappe beiseite, öffnete eine niedrige Tür zu einem Seitenfach – und stellte fest, daß auch hier alles leer war, ausgeräumt, als sollte jede Spur früherer Aktivität getilgt werden.

Andres blickte Cordula an, die auf der anderen Seite des Schreibtisches stand und sich in der silbernen Platte blaß spiegelte. »Ich komme mit dieser Situation nicht zurecht«, sagte er. »Gewiß, das Leben in den Silos war beengt, isoliert, eine lange Zeit, seit ich mit Menschen zusammen war ... vielleicht bin ich ihnen entwöhnt, habe Schwierigkeiten, ihr Denken und Handeln zu verstehen. Vielleicht ist es sogar gefährlich zurückzukehren, sich nach langer Zeit eines zufriedenen, geregelten Lebens wieder der Freiheit auszusetzen. Wie kommst du hier zurecht? Gehörst du zu den Unentbehrlichen?«

Cordula schien durch seine Frage überrascht. »Wer weiß das schon«, antwortete sie. »Jeder möchte zu ihnen gehören, doch das Recht dazu muß man sich erst erwerben. Wenn du dich hier bewährst, wirst du vielleicht auch für unentbehrlich erklärt ... Vielleicht kommt es sogar darauf an, daß man es versteht, sich unentbehrlich zu machen.«

»Wie soll ich mich unentbehrlich machen«, rief Andres erregt, »wo ich doch keine Ahnung habe, was man von mir erwartet? Weißt du etwas darüber? Was hast du hier zu tun?«

»Das macht ja gerade den Unterschied aus: daß man selbständig ist, in Eigenverantwortlichkeit arbeitet. Ich bin mit Sonderaufgaben betraut, und das ist, das kannst du mir glauben, weitaus schwieriger, als ein bestimmtes, vorgegebenes Problem zu lösen.«

»Welches Problem habe ich zu lösen?« fragte Andres heftig. Er

ging um den Schreibtisch herum, stellte sich neben Cordula. Beide standen leicht gebückt, blickten einander über das Spiegelbild an. »Das kann doch nicht so schwer sein«, sagte Cordula zurückhaltend. »Jeder weiß, was du hier zu tun hast, und du weißt es auch: die Leitung der Bibliothek. Was kann es Einfacheres geben für einen Fachmann wie dich – und du bist doch Fachmann, oder nicht?« Als Andres andeutungsweise nickte, fuhr sie fort: »Es ist ein wichtiger, ein ehrenvoller Beruf. Gar kein Zweifel daran, wie wichtig es ist, das über viele zehntausend Jahre hinweg gesammelte Wissen zu verwalten. Es zu bewahren, es immer wieder neu zu ordnen, den gegebenen Anforderungen entsprechend dem Zugriff offenzuhalten. Was kann daran so schwer sein? Vielleicht gibt es auch lange Zeit hindurch nichts zu tun – es kommt ja kaum noch neues Wissen hinzu, unsere Welt ist statisch, befriedet bis in unabsehbare Zeit. Die Gerüchte von einem Umbruch? Lächerlich! Unzufriedene und Schwarzseher hat es immer schon gegeben, vielleicht dauert es manchmal ein wenig länger, sie zu identifizieren, doch nichts leichter, als sie stillzusetzen ...«

»Ich kann es nicht beurteilen«, sagte Andres. »Gewiß, ich weiß, wie man Daten aufbewahrt, wie man sie ordnet – damals, während meiner Unterrichtsjahre, haben wir es gelernt –, wie man Schriftsätze auf sichere, selbst korrigierende Codes umstellt, welche Vor- und Nachteile die verschiedenen Informationsträger haben. Ich kenne die Übersetzungsprogramme und deren Theorie, weiß, wie man Daten auswertet, statistisch und heuristisch. Doch was sind denn nun die dringendsten Arbeiten, die man von mir erwartet? Diese Bibliothek ist der größte Datenspeicher der Welt, und mir ist bestens bekannt, was es da alles zu beachten gibt. Die Archivierung einlaufender Daten, die Verteilung von Information an Wissenschaftler und Künstler, ihre Fassung für Simulations- und Lehrprogramme. Hier müßte geschäftiges Treiben herrschen, Menschen, die Mühe haben, die Organisation zu bewältigen – Archivierung, Dokumentation, Selektion, Verteilung. Hier müßte es Betrieb geben, verstehst du, Hektik, Streß! Die Bibliothek, in der ich meine fünf Dienstjahre verbracht habe, war viel kleiner, doch was glaubst du, wie wir gefordert waren! Wir waren Tag und Nacht beschäftigt, in drei Schichten, rund um die Uhr.« Unwillkürlich wurde seine Stimme lauter, er hatte sich zu Cordula umgedreht, die noch immer auf die Tischplatte

hinuntersah. »Die größte Bibliothek der Welt! Hier laufen alle Daten zusammen, von hier aus gehen sie in die ganze Welt. Daß ich nicht lache! Alle Büros sind leer, der frühere Chef scheint nichts anderes im Kopf gehabt zu haben als die originellen Farbmuster seiner Möbel!« Andres beschrieb einen Halbkreis mit der Hand, ließ seinen Blick über die Projektoren, die Skulpturen, die roten Schlangen der Kryptonröhren gleiten, bis er an der Reihe der bunten Ornamente an der Seitenwand neben dem Schreibtisch hängenblieb. Manche dieser Dinge waren beachtenswert schön, es könnte Spaß machen, sich damit zu beschäftigen, die Bedeutung ihrer Muster zu entschlüsseln, aber, zum Teufel, sollte das seine ganze Beschäftigung sein?

Cordula stand nun nahe vor Andres, hatte die Hände auf seine Oberarme gelegt, als wollte sie verhindern, daß er sich ihr entzog. Ihr Gesicht war ebenmäßig gebaut, es befand sich so nahe vor ihm, daß alle Konturen und Fältchen verschwammen, und damit alles, was streng oder hart sein könnte. »Du orientierst dich viel zu sehr an deinem Vorgänger«, sagte sie. »Warum kümmerst du dich denn so sehr darum, was er getan hat oder auch nicht! Du mußt mit deiner Aufgabe allein fertig werden, sie auf eigene Art anpacken!«

»Wenn ich eine neue Bibliothek aufzubauen hätte, ja, dann wüßte ich, was ich zu tun hätte. Aber diese Bibliothek besteht seit siebzigtausend Jahren, unzählige Menschen müssen hier gearbeitet haben, und jeder setzte das fort, was der andere – notwendigerweise unbeendet – zurückließ. Und da soll ich mich nicht darum kümmern, was bisher geschehen ist? Hat man den Betrieb eingestellt? Soll ich mir neue Mitarbeiter suchen? Woher soll ich sie nehmen? Ich will ja gern von alldem absehen, was Ossip und seine Leute getan haben, nach den Prinzipien vorgehen, die ich seinerzeit gelernt habe. Das wäre aber sicher nicht im Sinn meiner Auftraggeber, im Sinn der Menschen, denen diese Bibliothek letztlich dienen soll.«

Cordula ließ die Arme sinken, machte eine ungeduldige Handbewegung. »Was stehen wir hier herum? Komm, setzen wir uns!« Sie ging zu einem der Schaukelsessel, ließ sich darauf nieder, und Andres, der wieder ein wenig beherrschter geworden war, folgte ihrem Beispiel.

»Es ist ja zu begrüßen, daß du allen Anforderungen eines Bibliotheksbetriebs gewachsen bist. Klar, daß man auf diesem

Posten eine aktive Persönlichkeit braucht. Das heißt aber noch lange nicht, daß du dich von vornherein auf hektische Betriebsamkeit einstellen mußt. Du wirst doch selbst längst erkannt haben, daß es sich seinerzeit, während deiner Ausbildung und deiner Praxisjahre, nicht um eine echte Tätigkeit im Sinn sozialer Gesichtspunkte gehandelt hat, sondern aller Wahrscheinlichkeit nach um eine Simulation – eben deshalb, damit du selbst auf einen ungewöhnlich starken Arbeitsanfall vorbereitet bist. Ich glaube aber, daß du dir ein falsches Bild von der Realität machst. Woher sollen denn die vielen Daten kommen, die du erwartest? Die Wissenschaft ist am Ende, in den Archiven dieses Hauses ist alles aufgezeichnet, was strengen Naturgesetzen oder statistischen Regeln gehorcht. Und die Künstler? Die wenigen, die noch tätig sind, sorgen schon selbst dafür, daß ihre Arbeiten reproduziert, dokumentiert und archiviert werden; das ist Routine, darum kümmert sich der Leiter der Zentralbibliothek nicht. Und wem willst du die Daten geben? Für wen sollte die Notwendigkeit bestehen, sich mit Sonderwünschen an die Bibliothek zu wenden. Sonderwünsche gibt es längst nicht mehr, und das, was an Anfragen eingeht, wird von der Automatik kurzfristig und präzise erledigt. Was willst du da als Chef der Bibliothek schon tun?«

»Ja, was will ich tun?« Andres sprach flüsternd, zu sich selbst. »Wahrscheinlich ist das die simple Erklärung des Rätsels: daß Ossip hier nichts zu tun vorfand und sich – während er sozusagen in Bereitschaft stand – eigenen Liebhabereien widmete. Das einzige, was mich verwundert, ist die Tatsache, daß überhaupt ein Bibliothekar einberufen wurde, da ein solcher offenbar sowieso nicht nötig ist.«

»Du brauchst dich darüber nicht zu grämen, das gilt für andere Regierungsposten ebenso – nur ganz wenige sind noch besetzt.«

Plötzlich fühlte sich Andres wieder schwach. Er hatte das Bedürfnis, sich niederzulegen, doch diese Umgebung wirkte beunruhigend auf ihn, enervierend.

»Ich glaube, für heute reicht's mir«, sagte er müde.

»Du willst doch nicht schon gehen?« fragte Cordula erstaunt, vielleicht auch enttäuscht. »Immerhin, wir hätten uns gemeinsam umsehen können, vielleicht hättest du Lust, die Maschinenräume kenenzulernen?«

»Da doch keinerlei Eile besteht ...« Andres schien ein wenig

aufgebracht, und Cordula machte keinen Versuch, ihn umzustimmen. »Also gut, gehen wir!«

Sie gingen gemeinsam durch den Park, und die friedliche Umgebung blieb nicht ohne Wirkung auf sie. Cordula hängte sich bei Andres ein, der die ungewohnte Berührung zuerst als peinlich empfand, sich dann aber den Umständen fügte und daran sogar Gefallen fand.

»Was hast du heute noch vor?« fragte Cordula, als sie sich dem Wohnblock näherten.

Andres hatte sich darüber noch keine Gedanken gemacht – ein wenig ausruhen, die Erlebnisse des Tages verarbeiten ...

»Hättest du Lust zu einem Liebesspiel?« fragte Cordula.

Andres war ein wenig überrascht, doch der Gedanke gefiel ihm. Sonst war es immer anders gewesen: Anweisung zur Vermittlung eines Partners, Angabe der besonderen Eigenschaften und Wünsche – man konnte sicher sein, daß sich Resonanz einstellte ... Und jetzt dieser Vorschlag Cordulas. Aber warum eigentlich nicht! Freilich war ein kleines Risiko dabei, doch gerade das reizte ihn. »Einverstanden«, sagte er, »wenn du es willst.« Sie betraten das Haus, in dem – ebenso wie die anderen Mitglieder der Regierung – auch Cordula wohnte, stiegen in den Lift.

Die Frau ließ die Kabine in der zweiten Etage halten, Andres wollte sich verabschieden, doch Cordula faßte ihn am Arm und zog ihn mit sich. »Kindskopf«, sagte sie zärtlich. »Ich habe einen Doppeltrog«, fügte sie erklärend hinzu.

Jetzt war es Andres fast schon wieder unangenehm, daß er sich darauf eingelassen hatte. Ein Doppeltrog! Bisher hatte er, wie es in den Silos üblich war, den Kommunikator benutzt: Jeder in seiner eigenen, gewohnten Umgebung, das ist die richtige Voraussetzung, um sich zu entspannen, die Geschehnisse des Tages zu vergessen. Die körperliche Nähe, die Cordulas Erklärung andeutete, konnte allenfalls die Stimmung zerstören oder, richtiger, erst gar nicht aufkommen lassen. Er zögerte, ging langsamer, und Cordula zog ihn geradezu mit sich.

Ihre Wohnung war in futuristischem Stil eingerichtet, bevorzugte Farben violett und grau, trotzdem wirkte sie anheimelnd und bequem, entbehrte nicht ein gewisses Maß an Individualität. Selbst die Kommunikationswand, die recht luxuriös ausgestattet war, fügte sich gut ins Ganze ein: ein großer Holoschirm, mehrere Monitore und einige Raumschall-Lautsprecher. Der Trog, nach dem sich Andres unauffällig umsah, stand in einer Nische, ein Kasten, zweimal zwei Meter im Geviert, ein goldglänzender Deckel mit einem wertvollen, handgearbeiteten Relief – eine Künstlerarbeit.

Cordula öffnete die Tür, schaltete ein – ein leises, beruhigendes Summen ertönte. Dann legte sie ohne jede Scheu die Kleider ab, ein Anblick, der Andres schockierte. Trotzdem nahm er mit gewisser Befriedigung auf, daß sie gut gebaut war, vielleicht ein wenig mollig, doch nicht ohne fraulichen Reiz. Zweifellos hätte er sie nicht als Partnerin gewählt, doch wieder mischte sich in sein Unbehagen eine gespannte Neugier, wie er sie nie zuvor empfunden hatte. Er merkte plötzlich, daß er sehr erregt war.

»Wo bleibst du?« Cordula streckte eine weiße Hand aus der schwarzen, tintigen Wolke, die das Innere bildete, und winkte ihm zu. Rasch zog er sich aus und kroch hinein. Eine samtige Dunkelheit umgab ihn, er war auf den Tastsinn angewiesen, spürte eine Mulde, streckte sich aus. Sorgsam vermied er, Cordula zu berühren. An einem dumpf klappenden Geräusch merkte er, daß sich die Tür geschlossen hatte.

Noch immer das Summen, doch es war so leise und gleichmäßig, daß es genausogut das Rauschen seines Bluts oder eine Sinnestäuschung hätte sein können. Er spürte, wie die Schwerkraft allmählich nachließ, wie er zu schweben begann. Keine Sinnesreize mehr von außen, auch kein Anzeichen, daß sich die Frau mit ihm im gleichen Behälter befand. Eigentlich war es nicht anders als sonst, nur das Bewußtsein des Ungewöhnlichen bildete einen besonderen Reiz, der aber bald durch das gewohnte widersprüchliche Gefühl, in dem sich der Zustand des Schlafs mit dem einer gesteigerten Wachheit mischte, verdrängt wurde. Und dann kam jener fast ruckhafte Übergang in das Nichts, die Rückkehr in weiche Dunkelheit und Feuchte, das Bewußtsein eines unbeschreibbaren Wohlempfindens – sicher Voraussetzung dafür, daß nun alle Sinne und Gedanken für das große Erlebnis bereit waren, bei dem zwei Menschen ihre emotionale Kraft aufeinander projizierten. Leise kribbelnd setzte die streichelnde Empfindung an seiner Haut ein, wanderte scheinbar ziellos über die Körperoberfläche, um sich letztlich doch an den empfindlichsten Stellen zu konzentrieren, bis die allmählich immer stärker auflodernde Gewalt des Gefühls zur Ekstase führte.

Ruhe, Leere – abgeschirmt gegen alle Störungen, Irritationen von außen ...

Es war so gut wie unmöglich, die verflossene Zeit zu schätzen, dennoch hatte Andres das Gefühl, daß er diesmal sehr rasch aus der Trance erwachte, die Schwerelosigkeit, die Dunkelheit, die Stille als lästig empfand.

Er tastete nach dem Hebel, mit dem sich die Tür öffnen ließ, bemühte sich leise zu sein, um Cordula nicht zu stören. Vorsichtig kroch er heraus, drückte den Türflügel wieder zu.

Nackt stand er in der Wohnung – in einer fremden Wohnung! Plötzlich war es ihm peinlich, und er schlüpfte rasch in die Kleider. Er war nervös, durch irgend etwas beunruhigt, und dieses Bewußtsein machte seine Bewegungen ungeschickt, der Socken, den er überziehen wollte, verdrehte sich, beim Anziehen der Jacke blieb seine Hand im Ärmel stecken.

Hinter ihm ertönte ein helles Lachen.

Er fuhr herum ... der große 3D-Projektor war eingeschaltet, Isas Kopf, schräg von oben gesehen, wie ihn die Fernsehkamera erfaßte, füllte den gesamten für die Wiedergabe bestimmten Raumkubus aus.

»Ich glaube gar, du genierst dich«, sagte Isa, immer noch lachend.

Andres ging unwillkürlich einen Schritt näher auf die Kommunikationswand zu. Sein Gefühl der Scham schlug in Ärger um. »Was soll das«, fragte er. »Wieso schaltest du dich hier ein?«

»Dort, wo ich bin, kann man sich überall einschalten«, antwortete sie. »Und wenn etwas möglich ist, dann liegt es doch auch nahe, es zu tun!«

»Es wäre ja auch möglich, die Intimsphäre anderer Menschen zu achten! Was willst du überhaupt von mir?«

»Warum ärgerst du dich so sehr? Ich glaube wirklich, daß du dich schämst. Vielleicht wegen diesem harmlosen Spielchen mit Cordula? Dieser Doppeltrog ist aber auch was Raffiniertes, oder nicht?« Bei diesem Gedanken lachte sie wieder auf. »Ich glaube wirklich, daß du keine Ahnung hast! Ach, bitte, sei mir deshalb nicht böse – ich finde es ja sympathisch!«

»Was willst du eigentlich von mir?« fragte Andres.

»Wenn wir einmal beisammen sind, dann werde ich es dir zeigen.« Sie spitzte die Lippen zu einem Kußmündchen. Seltsamerweise erregte ihn das leise schmatzende Geräusch, das – im Raumton – aus dem Lautsprecher kam. Wie er sich plötzlich

eingestand, erregte es ihn mehr als das ganze Zusammensein mit Cordula.

Mit einem Mal hatte sich die Stimmung geändert, es war sekundenlang still. Dann sagte Isa: »Du mußt wissen, daß ich auch einen Infrarotsensor aktiviert habe. Bin ich es, worauf du so stark reagierst? Ich glaube, ich kann deine Wünsche erraten. Ich habe nichts dagegen, doch es wird nicht so einfach sein. Weißt du, bei manchen Dingen ist die Elektronik einfach fehl am Platz. Und damit meine ich auch diesen lächerlichen Trog.« Es war Andres, als blickte sie einen Moment zum Behälter hinüber, in dem Cordula, von der noch kein Ton zu hören gewesen war, noch immer lag. Dann sprach sie weiter. »Wir werden uns sicher einmal begegnen, ganz sicher.« Der Bildschirm flackerte, im holografischen Kubus lag nur noch ein leises, knisterndes Rieseln.

»Halt!« rief Andres. »Du bist mir doch eine Antwort schuldig! Wer bist du? Wo kann ich dich finden?«

Obwohl nun die letzten Spuren des Bildes verschwunden waren, war die Antwort Isas noch deutlich zu hören. »Es ist nicht schwer herauszufinden – denk nach!«

Andres stand ein wenig verloren in dem fremden Zimmer, das ihm so ungewöhnliche Ereignisse gebracht hatte. Leise, um Cordula nicht zu stören, ging er zur Tür. Er war froh, daß sie noch immer schlief und er sie heute nicht mehr sehen mußte.

* * *

Andres hatte Ossip gegenüber Platz genommen – auf einem Sitz aus übereinandergetürmten Kissen, deren kunstvolle Musterung immer wieder seine Bewunderung erregte. Der ganze Raum erschien ihm staunenswert! Erst jetzt, als die Spannung, die sich bei ihm in den letzten Tagen und Stunden aufgestaut hatte, allmählich abebbte, konnte er den schönen Dingen, die hier angesammelt waren, seine Aufmerksamkeit widmen. Er hatte sich früher – es schien ihm länger her, als es wirklich war – zum Vergnügen mit der Geschichte des Orients beschäftigt, und so mußte er nun an die Geschichte von Aladins Wunderlampe denken, an den kühlen Höhlenraum am Rande der Felswüste, in dem der Schmuck ausgeraubter reicher Kaufleute gehortet wurde.

»Ich habe jetzt viel Zeit, mich mit Dingen zu beschäftigen, die mir Freude machen«, sagte Ossip, der Tabak in den siebförmigen Behälter einer Wasserpfeife streute und ihn sorgfältig festdrückte. »Weshalb sollte ich mich auch an diesen einsamen Ort zurückziehen, ohne für Beschäftigung zu sorgen. Ich habe ein mobiles Fusionskraftwerk mitgenommen, es ist in einem der Höhlenräume eingebaut, einen Materietransformer, die nötigen Steuersysteme und einen Haufen Programme. So wird mir nicht langweilig.«

»Wie lange bist du schon hier?« erkundigte sich Andres.

Ossip schien die Frage nicht gehört zu haben. Er holte ein altmodisches Feuerzeug hervor, zündete den Tabak an, während er heftig am Mundstück sog. Die Reihen von rauchgefüllten Blasen, die vom anderen Ende des ins Wasser ragenden Verbindungsrohrs aufstiegen, sahen wie Perlschnüre aus.

»Eigentlich unglaublich, diese Möglichkeiten, die einem geboten sind, wenn man keinen Regeln und Beschränkungen mehr unterliegt! An Energie fehlt es mir nicht, das Wasser für die Reaktion hole ich mir aus dem Gestein – dabei wird natürlich ein Teil der Energie verbraucht, aber ich gewinne mehr, und darauf kommt es an. Natürlich habe ich die Materie nicht von der Oberfläche genommen – man hätte es von den Satelliten aus bemerkt. Aber wozu auch? – ich kann mich von hier unten aus tief in die Felsschichten hineingraben – hier gibt es dicke Gipsadern, Rohstoff mit einem hohen Anteil an Kristallwasser. Weißt du eigentlich«, fügte er spontan hinzu, »daß alle diese Ornamente auf kristallinen Strukturen beruhen? Die Elektronendichtediagramme geordneter Strukturen sind von seltener Schönheit!«

Er nahm sich eines nach dem anderen der Kissen vor, strich liebevoll über die gold ausgelegten Vertiefungen im Kunstleder.

»Auf wie lange hast du dich angerichtet?« fragte Andres.

»In den ersten Tagen stand mein Schwebeboot noch am Plateau – ich mußte es durch eine invertierende Luftschicht verbergen. Ich brauchte natürlich einige Zeit, um mich hier häuslich einzurichten. Aber die Natur hat vorgesorgt: einige zehntausend Jahre saurer Regen. Schon der natürliche Kohlensäureanteil genügt, um Spalten und Höhlen herauszulösen, aber die künstlich angesäuerte Brühe hat den Höhlenbildungsprozeß erheblich beschleunigt. Die Spalten führen kilometerweit ins Massiv hinein.«

»Wo steht das Schwebeboot jetzt? In einem Höhlenraum?«

Einen Moment lang blickte Ossip aufmerksam hoch, dann machte er eine wegwerfende Handbewegung. »Es ist fort«, sagte er. »Ich brauche es nicht, wozu auch? Zuerst hat es mir leid getan, daß auch das Funksystem verloren ist. Ich war mit dem öffentlichen Datennetz verbunden, und auch mit einigen weiteren, die nicht für den allgemeinen Gebrauch gedacht sind. Ich konnte jede Information abrufen und jede Information ausgeben. Ich hätte mir nicht gedacht, daß ein Leben ohne Kommunikator möglich ist. Glücklicherweise habe ich mich geirrt. Völlig abgeschieden von allem andern, völlig auf sich allein gestellt! Wie hast du mich eigentlich gefunden? Ich hätte nie damit gerechnet, daß mir jemand folgen kann!«

Andres stand auf, trat an ein niedriges Tischchen heran, auf dem eine Karaffe mit Eiswasser stand, schenkte sich ein Glas voll ein. »Es war auch nicht so einfach, ja, wenn ich ehrlich bin, so hätte ich es ohne Glück nicht schaffen können. Zuerst bin ich lange im Dunkeln getappt, wollte schon verzweifeln – aber du weißt ja, wie das ist, wenn man keine Anhaltspunkte hat. Findet sich aber erst einmal der erste Hinweis ... Es ging alles schnell, ergab sich fast von selbst.» Er setzte sich wieder, nachdem er seinen Sitzplatz, der schon etwas eingedrückt war, wieder in Ordnung gebracht hatte.

»Du hast alles herausgefunden? Wirklich alles? Bist du sicher, daß du nicht irgend etwas mißverstanden hast?«

»Was gibt es da mißzuverstehen? Schießlich bin ich hier – ist das nicht Beweis genug?«

»Richtig, nun bist du hier. Ich hätte es, offengestanden, nicht für möglich gehalten. Aber so ist es nun eben, und vielleicht hat das sein Gutes. Obwohl ich mich an die Einsamkeit gewöhnt habe ...«

»Am Anfang warst du nicht allein – wie? Wer käme auch auf die Idee, sich allein inmitten eine ungeheure Wüste zu setzen. Es ist billig, die Einsamkeit zu loben. Andererseits – fürchtest du nicht, dich dem Umgang mit Menschen zu entziehen? Auf sich selbst gestellt, keinerlei Anreiz von außen, rundherum die leblose Wildnis ... Hast du nicht gefürchtet, das Sprechen zu verlernen? Wer korrigiert dich, wenn du Fehler machst? Hast du keine Angst davor, den Verstand zu verlieren? Auf die Dauer würde es dir immer schwerer fallen, zwischen Wirklichkeit und Phantasie zu unterscheiden. Was geschieht wirklich, und was bildest du dir nur ein? Vielleicht ist alles, was du erwartest, nur Täuschung, Selbstbetrug!«

Ossip nahm einen tiefen Zug aus der Wasserpfeife. Die Luftblasen stiegen leise blubbernd auf. »Was ist Täuschung, was ist Wirklichkeit? An Fragen dieser Art denkt man natürlich nicht, wenn man sich im bewohnten Teil der Erde befindet, von Menschen umgeben, die diese Frage auch nicht stellen. Hier, in der Wüste, ergeben sich manche Fragen ganz von selbst, auf die man woanders gar nicht käme. Was ist Raum, was ist Zeit? Überhaupt kein Problem in den umschlossenen Räumen der Häuser und Kuppeln. Überhaupt kein Problem in Abhängigkeit von einem geordneten Tagesablauf, dem Regulativ der Wach- und Schlafperioden, dem Zeittakt der Mahlzeiten, der Meditationen, der Massagen, der Unterhaltung. Quarzuhren, die den Zeitimpuls verzögerungslos durch das Netz jagen ... Die Programme der Spiele und der Televorführungen ... Die Abstimmung auf andere, die demselben Zeittakt folgen ... Hier aber«, er hob die Arme hoch und deutete hinauf, als wären sie unter freiem Himmel, »hier aber ist man von allen Zwängen, allen Regeln befreit.«

»Tag und Nacht«, sagte Andres. »Die Kreise der Sonne, die Wanderung des Monds ... Ist es nicht ebenfalls ein vorgegebener Zeittakt, noch viel strenger als die willkürlichen, von Menschen gemachten Pläne und Programme?«

»Gewiß!« rief Ossip. »Es ist eine Zeiteinteilung, eine Ordnung – aber eben eine vorgegebene, deren Ursachen bis an den Anfang des Weltalls zurückgehen. Hier besteht die direkte Verbindung zu allen Fragen, allen Antworten. Ich habe mich lange genug beschäftigt, habe mir alle einschlägigen Ergebnisse der Wissenschaft vorlegen lassen, habe nichts übersehen. Da steht geschrieben, warum sich der Mond um die Erde dreht, die Erde um die Sonne, die Sonne um ein schwarzes Loch inmitten der Milchstraße. Da ist erklärt, woraus sich dieser Takt ergeben hat, das Zusammenwirken von Schwerkraft und Strahlung, die Berücksichtigung der Anfangsbedingungen, Wurzeln im Urknall – und der Zeit davor. Ja, die Wissenschaft ist abgeschlossen, wir wissen alles, was wir wissen können, und in den Dokumentationen der Bibliothek ist noch vieles archiviert, was unseren menschlichen Verstand übersteigt. Und doch ist auch dieses Wissen beschränkt, alle Messungen und Experimente operieren lediglich innerhalb eines winzigen Ausschnitts aus dem räumlich-zeitlichen Kontinuum, was außerhalb des schicksalhaften Kegels liegt: unser Gefängnis, aus dem uns nichts befreit, bleibt für alle Zeit im Dunkeln – so behaupten es die Logik und die Wissenschaftstheorie. Aber gibt es wirklich keine andere Quelle der Erkenntnis als die Messung, das Experiment? Messen und experimentieren, das sind Aktivitäten, die unseren Denkmethoden – oder jenen der Computer – nicht mehr entsprechen. Erkenntnis, aus Denken gewonnen, das alte aristotelische Prinzip. Keine Mystik, kein Wunderglaube, und doch wunderbar in der Möglichkeit, gesetzte Grenzen zu sprengen! Diese Erkenntnis, dieses Resultat ... Wir sind nicht fähig, den Weg dahin nachzuvollziehen. Und trotzdem ist es da: Realität! Es ist kein Phantom – daran besteht gar kein Zweifel – schließlich sind wir beide keine Träumer. Und beide sind wir hier – und warten darauf!«

Es war eine lange Rede gewesen, die Andres gespannt und skeptisch zugleich angehört hatte – um keinen Preis hätte er Ossip unterbrechen wollen. Dieser schien ein wenig erschöpft, sein Körper war zur Seite gerutscht, sein Arm, auf den er sich vorher gestützt hatte, lag kraftlos auf den Kissen. Andres überlegte, ob er etwas antworten sollte, etwas fragen, doch irgendwie war die Situation in besonderer Weise ausgezeichnet, und das hinderte ihn daran, auch nur ein Wort zu sprechen. Er bewegte sich nicht, dachte über das, was er gehört hatte, nach. Vieles erschien unverständlich, als spräche daraus die verwirrte Geisteshaltung eines Menschen, der schon bedenkliche Auswirkungen der Loslösung aus der sozialen Gemeinschaft zeigt, eines Mannes, dessen ganzes Sinnen und Trachten auf ein einziges Ziel gerichtet ist, der alles andere aus den Augen verliert, beiseite schiebt oder ignoriert, eines Fanatikers, dem jedes Mittel recht ist, um sein Ziel zu erreichen, der sich über die Regeln von Gesetz, Ethik und Moral hinwegsetzt, sei es, daß sein geistiges Blickfeld soweit ausgeblendet ist, daß er die geltenden Maßstäbe nicht mehr erkennt, sei es aus Überschätzung der eigenen Person, sei es aus der Überbewertung der selbstgestellten Aufgabe, der kompromißlosen Hingabe an ein Ziel, das für ihn selbst verbindlich ist, das er aber auch für andere als verbindlich ansieht. In der Vergangenheit hatte es Propheten gegeben, die die Welt erlösen wollten und, dieses hohe Ziel im Auge, von sich und den anderen Selbstaufgabe, Opfer verlangten; – und Staatsmänner, die ihre Mission in der Gründung von Staatenbünden und Reichen sahen, derentwillen sie Kriege führten und dabei selbst die Zerstörung der Welt in Kauf nahmen. Für sie alle, die Großen der Weltgeschichte, war dieses lineare, bündige, unbeeinflußbare Zielstreben typisch gewesen, die Überzeugung der Unfehlbarkeit, das Bewußtsein, zu den Auserwählten zu gehören. Ossip erinnerte ihn an diesen Menschentyp – in der Art, wie er seine Absichten durchsetzte, wie er seine Philosophie erläuterte – und wie er die Menschen behandelte, die ihm zu helfen bereit waren oder ihm im Weg standen. Und doch gab es da einen Unterschied: Alle diese Begründer von Staaten oder Religionen hatten im Grunde genommen simple, allgemein verständliche Ziele verfolgt. Initiatoren von Kreuzzügen, Freiheitshelden und Volksbetrüger, Schlachtenführer und Untergrundkämpfer, Revolutionäre und Friedensapostel – was sie im Auge hatten, sprach uralte Triebe an, archaische Vorstellungen, mehr emotional als intellektuell begründet. Doch Ossip, der sich Turandot nannte? Wenn er ein Held war, dann war er es in anderem Sinn als die Helden der alten Zeiten, die sich im Licht der Öffentlichkeit sonnten; obwohl Andres sich gut vorstellen konnte, daß Ossip die Bewunderung der Massen genossen hätte, so mußte er ohne sie auskommen, seine Kraft nicht aus der Ergebenheit anderer schöpfen, sondern ganz allein aus sich selbst heraus. Der wesentliche Unterschied aber lag wohl darin, daß sich das, was er zu erreichen hoffte, dem Verständnis notwendigerweise entzog. Andres hatte lange genug über die Bedeutung des Dokuments nachgegrübelt, aus dem die Beweggründe Ossips verständlich geworden wären, doch bis auf einige oberflächlich festlegbare Daten hatte sich ihm die Substanz verschlossen. Den Ausführungen Ossips hatte er aufmerksam gelauscht, in der Hoffnung, eine Andeutung darin zu finden, einen Hinweis, eine Angabe – irgendwas, was sich konkret fassen ließ, worauf er sich stützen konnte, Ausgangspunkt weiterer – und dann hoffentlich erfolgreicher! – Erforschungen und Erkundungen. Doch nichts von alledem. Steckte Absicht dahinter, daß kein konkretes Wort gefallen war, oder sollte sich selbst Ossip nicht über das im klaren sein, was sich in Form eines nicht weiter definierten »Ereignisses« ankündigte? War er ein Prophet des Ungreifbaren, das sich selbst ihm entzog?

Ossip schien sich ein wenig erholt zu haben, er richtete sich wieder auf, zog nachdenklich am Mundstück seiner Pfeife, stand dann auf. Er trat an eine Wand, zog den Vorhang beiseite, ein holografischer Projektor kam zum Vorschein. Andres hatte den Eindruck, diese ganze Sesam-öffne-dich-Halle sei nichts anderes als ein Spiegelkabinett, ein willkürlich abgegrenzter Raum innerhalb eines Labyrinths, die Wände technische Installationen, die diesen entlegenen Ort der Wüste zu einem Zauberkabinett machten – nicht weniger verwunderlich als die alten Paläste der Zauberer aus den Legenden. Und so erstaunlich, wie schon damals die magischen Tricks anmuteten, wirkte es auch auf Andres, als nun auf ein paar Schaltgriffe Ossips hin der leere, von nahezu undurchsichtigem optisch präpariertem Glas umschlossene Raum plötzlich zum Kosmos wurde, riesig und tief, ein Fenster in die Ewigkeit. In der Leere erschien ein leuchtender Punkt, von dem Protuberanzen ausstrahlten, Fäden von Staub, Wolken, Materie im Urzustand, die langsam der Peripherie zuwanderte, dabei die Größe des Raums selbst mit wachsen ließ, indem sie sich die Dimension, die sie brauchte, dank der innewohnenden Kraft selbst schuf. Während dieses ungeheuren Expansionsvorgangs wechselten die Verteilungen, als gelte es, mögliche Endzustände durchzutesten, von denen die meisten verworfen wurden, worauf wieder andere – oft nur als vage, als schleiergeformte Andeutungen – entstanden. Wolken leuchtenden Staubs, Spiralen im Werden begriffener Galaxien, Protosterne, das Feuer aus dem Inneren der Nukleonen ... Die Sternverbände formten sich zu Scheiben, zu Spiralen, und während all dieser Gestaltungsprozesse dehnte sich das Universum immer weiter aus, über die selbst gegebenen Grenzen hinweg, wobei der Glanz allmählich verblaßte. Die Fluchtgeschwindigkeit wurde langsamer, die Bewegung schien zu erstarren, und einen langen, beunruhigenden Moment lang stand die Zeit still, und alles war starr und tot. Doch dann kam es zu einer gegenläufigen Bewegung, zunächst nur eine vage Andeutung, vorerst noch dünne Schwaden, die sich gegen das Zentrum hin verlängerten, dann riesige schwarze Materieklumpen, die in immer schnelleren Fall gerieten. Doch jetzt waren sie nicht mehr schwarz, es war eine dunkelrote Glut, die von der in ihnen enthaltenen Energie zeugte, immer neue, bisher stabil scheinende Ansammlungen von Himmelskörpern wurden in den Absturz gerissen, immer schneller wurde die Implosion, eine ungeheure, auf einen imaginären Punkt im Mittelpunkt von allen Seiten einbrechende Urgewalt, der Zusammensturz alles Lebendigen und alles Toten, nun verwoben zu einem immer heller leuchtenden Ball, der einschrumpfte und immer noch heller und heller wurde, bis der ihm nachbrechende Raum darüber stürzte, das auf einen Punkt zusammengezogene Weltall umschloß und in ein Nichts zusammenzog.

* * *

Am nächsten Tag kam Dolf Buckminster, der Regierungschef, zu Andres auf einen, wie er sagte, privaten Besuch.

Sie saßen einander im Eichenzimmer gegenüber, auf den harten lederbespannten Stühlen.

Buckminster schien nervös. Er hatte Erfrischungsgetränke und Zigaretten abgelehnt, zog aber gelegentlich einen flachen Behälter hervor und sprühte sich einen leicht flüssigen, kühlenden Duftstoff ins Gesicht.

»Wir haben viel zu besprechen«, sagte er, »es gibt einige Formalitäten zu erledigen, wenn wir auch bestrebt sind, das alles auf ein Minimum zu beschränken. Ich habe lediglich einige Fragebögen mitgebracht, wenn Sie so freundlich wären, sie gelegentlich auszufüllen – es hat keine Eile.« Er zog einen Umschlag aus der Brusttasche seines Jacketts, zog die zusammengefalteten Blätter heraus, entfaltete sie. Bevor er sie auf den Tisch legte und Andres zuschob, warf er einen flüchtigen Blick über die Zeichen und Felder, in denen Zahlen und Daten einzutragen waren.

»Aber, wie gesagt, das ist unter den heutigen Umständen unwichtig, nebensächlich. Es geht mir vor allem darum, Sie zunächst einmal privat zu sprechen, von Mensch zu Mensch.« Er seufzte, benutzte wieder seinen Spray.

»Welche Umstände meinen Sie?« fragte Andres und ließ sich nicht anmerken, wie sehr ihn diese Frage interessierte. Was waren das für ungewöhnliche Zustände, über die er hin und wieder vage Andeutungen gehört hatte? Buckminster lächelte, aber es war eher verlegen als freundlich. »Sehen Sie – wir sollten ganz offen zueinander sein. Darum schlage ich vor – nun ja, ein völlig inoffizielles Gespräch. Nichts davon braucht an die Öffentlichkeit zu dringen.«

Andres nickte nur, wartete, bis Buckminster weitersprach.

»Wenn Sie ...« Schon wieder stockte er, überwand aber dann irgendeine Hemmung und redete plötzlich schnell und heftig.

»Gewiß sind Sie doch gekommen, um die Regierung zu übernehmen. Ich möchte gleich von vornherein sagen, daß ich im Prinzip nichts dagegen einzuwenden habe. Wissen Sie, dieser Posten ... Gewiß, die Automatik funktioniert bestens, am Computer liegt es nicht. Aber in einem solchen Amt gibt es doch eine Unmenge von Tätigkeiten, die man der Automatik nicht übertragen kann, und da bin ich ganz auf mich allein gestellt. Ich sage Ihnen, diese Kleinarbeit reibt einen auf.« Er hatte den Faden verloren, rückte in seinem Sessel hin und her, versuchte, eine angenehmere Lage zu finden, was ihm aber nicht gelang. Auch Andres setzte sich ein wenig anders hin – sein Rücken schmerzte.

»Die Regierung übernehmen ...« Andres bemühte sich, nichts zu entgegnen, was seine nahezu völlige Unwissenheit verriet. Er wollte sich keine Blöße geben. »Die Regierung übernehmen – ich weiß nicht recht ...«

»Nun«, sagte Buckminster, als müsse er Andres beruhigen. »Hatten Sie nicht diese Absicht? Ist das nicht der Zweck Ihres Kommens? Wie gesagt, ich würde mich nicht dagegen wehren. Schließlich wäre es ja nur logisch. Auch der Entropieminister hat seine Ansprüche schon angemeldet, aber das finde ich lächerlich – Sie nicht auch?«

Andres gab den Anschein, angestrengt nachzudenken, und schwieg.

»Veränderungen, Umstellungen, was weiß ich. Sicher, vielleicht bleiben sie auf die Dauer nicht aus, aber schließlich ist das alles ja nur Routine. Es rechtfertigt den Anspruch auf die Regierungsspitze nicht. Jedenfalls bin ich in diesem Fall nicht bereit, so ohne weiteres nachzugeben. Dagegen die Bibliothek! Ich gebe gern zu, daß die Verwaltung der Daten im Moment wichtiger ist als soziologische Maßnahmen. Sie müssen wissen, ich bin sehr an Soziologie interessiert. Soziologie und Städtebau, das sind meine Interessengebiete. Aber ich frage Sie«, er blickte Andres streng an, zog die Augenbrauen hoch, »was sollte ich als Soziologe und Architekt noch tun? Es gab die letzten fünfzigtausend Jahre nichts mehr zu tun, und so, wie ich es sehe, wird das auch die nächsten Jahrtausende so bleiben.«

Andres hüstelte leise, dann sagte er: »Nun, mir scheint, auch die Datenverwaltung wirft keine neuen Probleme auf, die Methoden sind längst perfektioniert, die besten Methoden der Datenspeicherung, Datensicherung und Datenverteilung nach ausgeklügel-

ten Methoden, Datenverarbeitung, statistisch und heuristisch, die Auswertung der Daten, Datennetze, Datenfluß ...« Andres war ein wenig außer Atem gekommen und verstummte.

»Aber ja«, rief Buckminster. »Aber ja, das alles funktioniert bestens, daran zweifle ich ja nicht, daran braucht nichts geändert, nichts verbessert zu werden. Aber deshalb sind Sie doch nicht gekommen?«

Er blickte Andres prüfend an, der die Schultern hochzog.

Buckminster wartete eine Weile, seine Nervosität schien noch zu steigen, er sprühte sich eine starke Ladung Essenz ins Gesicht, schloß wohlig die Augen, atmete tief und wischte sich dann mit den Daumenknöcheln die Lider. »Verarbeitung, Umsetzung, Verwaltung – wen interessiert das, mich nicht und Sie nicht. Worauf es ankommt, ist das Wissen, das hier gesammelt ist, es sind die Erkenntnisse der Wissenschaft, der Philosophie! Ich gehöre ja nicht zu den Pessimisten, die unsere Daseinsform in Frage stellen. Lebenslange Arbeit, die bewährten Grundsätze umstoßen, alles relativieren ... Veränderungen um der Veränderung willen. Und doch – man hat eben nichts entgegenzusetzen! Offen oder versteckt, in den Gesprächen, die wir führen, in den Akten, die wir bearbeiten, geht es doch letztlich, wenn auch noch so unauffällig, immer wieder um das eine ... Ob das immer so war? Mußte man die alten Werte immer verteidigen? Gab es immer schon Umstürzler, Anarchisten? Oder ist doch etwas Wahres an den Gerüchten?«

Schon wieder tastete er nach dem Spray, hielt ihn in der Hand, betrachtete ihn, als wüßte er nichts damit anzufangen, schüttelte leicht den Kopf, steckte ihn wieder ein.

Andres, dem die Pause zu lang wurde, versuchte, das Gespräch weiterzuführen. »Zwei grundsätzliche Einstellungen, die Konservativen, darauf bedacht, alles zu erhalten, wie es ist, und die Progressiven, die nicht an etwas dauerhaft Bestehendes glaubten, sondern an Fortschritt, an Entwicklung, der sich alles anzupassen hat ...«

»Genau das! Aber, um Gottes willen, die Dauerhaftigkeit ist doch ein Wert an sich! Wie kann man nur daran zweifeln! Stimmen Sie mir zu?« Die Frage war eine Unterbrechung seines Gedankengangs, der Tonfall seiner Stimme verändert.

»Im Prinzip – aber ja ...« Andres merkte, daß seine abwartende Haltung, die sich auf nichts festlegen ließ, die Unsicherheit des

Regierungschefs verstärkte.

«Sehen Sie«, sagte dieser, »siebzigtausend Jahre sind seit dem ›wilden Zeitalter‹ vergangen. Die Zustände damals – wir können sie uns kaum vorstellen. Nach einer Zeitphase der Energieknappheit nun unabsehbare Jahre des Überflusses! Fusion von Tritium, Deuterium, eine Atemfrist von einigen hundert Jahren, und dann der Durchbruch: Leichtwasserstoffusion! Ja, es ging drunter und drüber. Gigantische technische Projekte, Berge versetzt, künstliche Meere, Türme bis zum Wolkenrand, und dann die expansive Phase, der Sturm in den Planetenraum! Doch eigentlich psychologisch verständlich: die lange Zeit der Stagnation, das Pendel an der tiefsten Stelle eingefroren, und dann die überraschende Belebung, alle Probleme plötzlich lösbar, alle Wünsche so gut wie erfüllt. Träume, plötzlich realisierbar geworden. Ziele über alle Grenzen hinweg. Expansion ins Sinnlose. Dann die Einsicht ... Alles sieht eben anders aus, wenn man es aus der Distanz betrachtet.«

Sie saßen nun schon zwanzig Minuten hier, auf diesen unbequemen Stühlen, Andres spürte, wie seine Glieder schmerzten, doch der Regierungschef, so unruhig er auch hin und her rückte, schien sich dessen nicht bewußt zu werden.

»Der Überschwang hat sich totgelaufen, die Zeit der Veränderungen ist vorbei – der Frieden ist eingezogen. Die Menschheit versorgt, keiner zur Arbeit gezwungen, Freiheit der Rede und der Kunst ... Und das alles soll jetzt in Frage gestellt werden?«

Jetzt schwiegen sie beide, und als das Schweigen peinlich zu werden bekann, fragte Andres seinen Besucher, ob er jetzt vielleicht Getränke bringen lassen sollte oder auch eine Kleinigkeit zu essen ... Buckminster blickte ihn an, als verstünde er ihn nicht. »Wir müssen uns doch einig sein, wie können wir sonst die Gefahren vor diesem Staatswesen abwehren?«

Andres, dem die Unterhaltung schon zu lange dauerte, richtete sich auf, als hätte er einen Entschluß gefaßt, und wenn sich dieser auch nur in einer etwas stärker prononcierten Frage äußerte, so veränderte er doch mit einem Schlag die nach Müdigkeit und Langeweile orientierte Stimmung. »Und was wollen Sie von mir? Was kann ich für Sie tun?«

Buckminster saß zusammengeduckt, als wäre er durch einen plötzlichen Angriff überrumpelt. Er stammelte: »Sehen Sie, diese Daten – es sind Werte, die wir noch gar nicht richtig einzuschät-

zen vermögen. Was ich vorschlagen wollte ... Vielleicht eine Art Bestandsaufnahme ... wir haben ja keine Ahnung, oder richtiger gesagt, ich habe keine Ahnung – ich weiß ja nicht, über welche Vorkenntnisse Sie verfügen. Ihr Erscheinen hat mich überrascht, aber es liegt natürlich ganz bei Ihnen, mich zu informieren oder nicht.«

Andres ging darauf nicht ein. »Eine Bestandsaufnahme also«, sagte er.

Buckminster stand auf, lächelte fast wie befreit. »Ja, eine Bestandsaufnahme.«

»Und wann?«

»Jetzt gleich, ja – es wäre am besten ... Wenn Sie einverstanden sind ... Wenn Sie so viel Vertrauen zu mir haben ...«

Andres blickte sich kurz im Raum um: ob er etwas zu ordnen hatte, vielleicht eine Vorbereitung für später, eine Nachricht für irgend jemand. Doch er hatte nichts vorzubereiten, nichts mitzuteilen. Er wies zur Tür.

Auf dem Weg unterhielten sie sich kaum. Zwar hätte Andres eine Menge Fragen zu stellen gehabt, doch er fühlte deutlich, daß die Unterwürfigkeit, ja Ehrfurcht des Regierungschefs vor ihm darauf begründet war, daß er, Andres, geschickt geschwiegen hatte, den andern im Unklaren gelassen hatte, keine Andeutung davon, wie wenig er wußte. Und so hätte jede Frage, die er stellte, die Positionen verändern können, Buckminster war nicht nur der Regierungschef, dem doch sicher gewisse Machtmittel zur Verfügung standen, sondern er war auch mit den Methoden vertraut, die man hier anwenden mochte, er kannte die Leute, wußte sich des Automatensystems zu bedienen, das Andres gewiß auch nicht fremd war, dessen hier im Kuppelbereich bedeutend erweiterte Möglichkeiten er aber längst noch nicht überblickte.

Auf Wunsch des Regierungschefs hatten sie die unterirdische Verbindung gewählt, und so standen sie bald in der Bibliothek, im Foyer, in dem Andres schon genug Ärger mit dem nicht funktionierenden Lift gehabt hatte und sich auch jetzt davor hütete, den andern merken zu lassen, wie schwer er sich tat. Unwillkürlich verlangsamte er daher seine Schritte, ließ Buckminster den Vortritt, achtete genau darauf, wohin sich dieser wandte, und war bestrebt, sich so neben ihm zu halten, daß es den Anschein erweckte, sie gingen zusammen, wären sich über den Weg, über das Ziel einig.

Mit Erleichterung merkte Andres, daß Buckminster am Lift vorbei ging, eine Treppe benutzte, die in die Tiefe führte. Es waren nur wenige Stufen, dann hielten sie vor einem Tor, das recht stabil aussah und – wie man an einer Konsole an der rechten Seite ersehen konnte – auch mehrfach gesichert war.

Nun blieb Buckminster stehen, ließ Andres den Vortritt, und dieser ging unwillkürlich noch einen Schritt weiter, auf die Konsole zu. Es war ein viereckiges Täfelchen, zehn Tasten mit den Ziffern von Null bis Neun bezeichnet, darunter eine berührungssensitive Fläche, offenbar zur Registrierung des Hautleistenbilds.

»Dieser Code, ich merke mir Zahlen so schlecht ...«

Der Versuch gelang, Buckminster sagte ungeduldig die Ziffernfolge an: »1 – 7 – 1 – 7 – 2 – 2 – 0 – 3 – 9.«

Andres folgte den Anweisungen, dann legte er die Hand auf den Sensor – er war selbst erstaunt, daß die schwere Tür zur Seite glitt. Aber noch war der Zugang zur Bibliothek nicht geöffnet: Sie standen in einer Art Schleusenraum. Von einer Spitzlichtlampe kam blendender grünlicher Schein, verbarg, was sich vor ihnen befand. Eine Kamera pendelte hin und her, von einem zum andern. Dann fragte eine Stimme: »Namen zur Stimmprobe!«

Sie folgten der Aufforderung, nannten ihre Namen, einige Sekunden vergingen, dann erlosch das Licht – eine Tür hatte sich geöffnet. Endlich konnten sie eintreten und standen in einem ungewöhnlich eingerichteten Raum: Über hundert Meter nach beiden Richtungen erstreckte sich ein schmaler Korridor, dem aber die Decke zu fehlen schien – diese befand sich erst viele Stockwerke weiter oben und war im dämmrigen Licht unzähliger Wandleuchten kaum zu erkennen. Sie schienen sich an der nördlichen Außenwand des Bibliotheksgebäudes zu befinden, der eigentlichen Halle, die jedoch bis auf den frei gebliebenen, offenen Zwischenraum verbaut war. Nach Süden zu mündeten Dutzende von Gängen, und genauso waren auch die darüberliegenden Etagen angelegt.

Andres wählte einen willkürlich aus, ging hinein – auch hier das trübe grünliche Licht, das aber – sobald sich die Augen daran gewöhnten – angenehm und ausreichend hell erschien. Die Wände des Gangs waren durch Schränke gebildet, und diese wieder bestanden aus einem Kreuzmuster von Waben, in denen tausende von Laden steckten. Andres zog eine heraus und sah, daß sie mit säuberlich numerierten Mikrofilmen gefüllt waren. Er ging einige Schritte weiter, zog eine andere Lade heraus: wieder Mikrofilme.

Buckminster stand hinter ihm, schien sich nicht für den Inhalt der Schränke zu interessieren. Sein Gesichtsausdruck war resigniert und gelangweilt.

Andres verließ einen Gang, ging in einen anderen ... Das Spiel wiederholte sich – er stieß immer wieder auf Mikrofilme, deren Inhalt nicht weiter eruierbar war; dazu hätte er die Magnetplatten benützen müssen, die jeweils vorn eingesteckt waren.

»Ach, lassen Sie das! Ist ja doch alles längst auf Holospeicher übertragen. Eigentlich nur historische Reminiszenz, Überbleibsel von früher.« Buckminster war leise hinter Andres getreten.

»Damit haben Sie natürlich recht – trotzdem möchte ich mir das Zeug einmal ansehen.« Andres sprach mit fester Stimme, hier war er der Herr im Haus.

Sofort duckte sich der Regierungschef zusammen, zog den Kopf ein, schwieg.

Andres holte einen Mikrofilm heraus, versuchte ihn zu entrollen ...

»Vorsicht!« Buckminster, der schon einen Schritt beiseite getreten war, hatte es aus den Augenwinkeln bemerkt. »Nicht berühren!« rief er. »Das Material ist brüchig, Sie beschädigen es!«

Andres folgte ihm, aber betont langsam, als läge ihm nicht viel daran, die Warnung zu beherzigen, als täte er es nur, um guten Willen zu zeigen. Insgeheim aber war er erschrocken, denn in diesem Punkt hatte er wenig Sachkenntnis gezeigt. Dabei hätte er es besser wissen können – Mikrofilme galten als historisches Material, das man lediglich aus musealen Gründen aufbewahrte. Die Information eines ganzen Schrankes, wie er hier stand, mochte in einen Kompakt-Speicher passen, der nicht größer war als ein Spielwürfel.

Die beiden gingen hinaus in den Korridor, Andres blickte die Reihe der Etagen empor, überlegte, wie man sie erreichen könnte, doch inzwischen hatte Buckminster auf irgendeine Weise – Andres hatte ihn nicht beobachtet – eine Art Wagen herbeordert, der plötzlich von oben herunterkam und neben ihnen hielt. Genaugenommen war es eine Plattform, durch ein Hebelsystem gehalten, das dem Prinzip des Krans folgte. Die Bauweise war einfach, funktional, das Geländer etwa hüfthoch, um einzutre-

ten, brauchte man lediglich eine Stufe hinaufzusteigen – eine schmale Tür stand offen. Sie schloß sich automatisch, als sie eingetreten waren.

Andres bemerkte eine Steuertastatur, wie er sie vom Container-Beförderungssystem der Silos her kannte. Ohne lange zu überlegen, drückte er eine Taste ... Und schon einen Augenblick später fuhr der Wagen pfeilgeschwind nach oben, so daß Andres unwillkürlich zu bremsen versuchte, doch – offenbar in Unkenntnis der besonderen Eigenart des Systems – eine falsche Taste erwischte, so daß die Fahrt in einen langgezogenen Bogen überging, der vom achten Stockwerk bis nahe an den Boden reichte und dann in eine sacht aufwärtsführende gerade Linie auslief.

Andres und Buckminster hatten das Gleichgewicht verloren, die rasche Abwärtsbewegung erschreckte sie – das unangenehme Gefühl, daß sich der Magen hebt, die angeborene Angst zu fallen ...

Andres war in die Knie gegangen, nun zog er sich am Geländer empor, versuchte die Bewegung unter Kontrolle zu bringen. Etwas konzentrierter beschäftigte er sich mit den Tasten, las erst die Aufschrift, ehe er sie betätigte, schaltete die Geschwindigkeit auf LANGSAM. Dennoch hatten sie noch einige unangenehme Sekunden zu überstehen, der Boden ihres Fortbewegungsmittels war nicht kompakt, sondern bestand aus einer gitterartigen Unterlage, durch die sie hinabsehen konnten – wenn sie sich gerade im oberen Teil befanden, zehn oder zwölf Stockwerke in die Tiefe.

Endlich stellte Andres auf STOP, und die Plattform legte an einer Gangmündung an, so wie ein Schiff am Dock, eine Türklappe öffnete sich, als wäre es eine Aufforderung, hinauszutreten.

Andres tat es, Buckminster folgte ihm. Der Gang war ähnlich ausgestattet wie jener des Erdgeschosses, nur die Kästen, die Magnetbänder enthielten, waren etwas größer. Diesmal begnügte sich Andres mit einigen Stichproben, während Buckminster in der Nähe des Ausgangs wartete.

Als Andres wieder zu ihm kam, sagte er: »Wollen Sie sich all diese alten Sachen ansehen – vielleicht auch noch die Lochkarten und -bänder aus dem zweiten Jahrtausend?«

Andres schüttelte den Kopf, sie stiegen wieder in die Plattform, fuhren abwärts.

»Na los«, forderte der Regierungschef, der allmählich ungeduldig zu werden schien. Er setzte sich in Bewegung, offenbar kannte er den Weg, und so brauchte ihm Andres nur zu folgen.

Sie kamen zu einer Treppe, die im Zickzack hinunterführte – sie mußten sich nun schon unter der Erdoberfläche befinden. Auch hier brannte trübes Licht, es war still hier unten.

Das ganze Geschoß war mit Regalen gefüllt, und auf diesen standen Bücher.

»Auch noch zweites Jahrtausend«, sagte Buckminster. Andres sah sich die alten Folianten aus Papier an, die hier dicht aneinander gepreßt standen, von einer dünnen Staubschicht bedeckt. Offenbar hatte sich jahrhundertelang niemand mehr dafür interessiert, denn der Belag war gleichmäßig, nirgends angetastet.

Andres, der zwar Bücher kannte, aber noch nie eine solche Ansammlung davon gesehen hatte, war von der Primitivität dieser Datenspeicher beeindruckt, andererseits aber auch wieder vom Aufwand, den die Menschen damals betrieben hatten, um ihre wissenschaftlichen Erkenntnisse, ihre literatischen Produkte, vielleicht sogar Tagesereignisse festzuhalten. Das alles mußte unglaublich mühselig gewesen sein, mit Tinte auf Papier geschrieben oder mit einer Presse gedruckt. Da und dort nahm er ein Buch heraus, diesmal sogar auf die Gefahr hin, daß ihn der Regierungschef zurechtweisen würde – doch dieser stand am Fuß der Treppe, starrte ins Leere.

»He!« Das war ein kaum wahrnehmbarer, gehauchter Laut, und Andres glaubte schon, sich getäuscht zu haben, doch da wiederholte es sich: »He!«

Der Ruf schien von weiter hinten zu kommen, Andres legte das schmale, in Pappe gebundene Bändchen beiseite, in dem er eben geblättert hatte, und sah sich suchend um. Jetzt ein Zischen: »Pst!«, und da sah Andres auch schon jemand gebückt hinter einem Regal kauern: Felipe. Dieser gestikulierte, deutete an, daß sich Andres still verhalten sollte. Er bückte sich zu ihm herum, da Felipe ihm offenbar etwas zuflüstern wollte.

»Halten Sie ihn auf, so lange es geht! Sicher will er ins Geheimdepot! Er soll es ruhig versuchen. Doch ich habe noch etwas vorzubereiten … Ich brauche noch etwas Zeit!« Er bedeutete Andres, sich abzuwenden, wieder wegzugehen.

Dieser gehorchte verblüfft, versuchte vergeblich, eine Erklärung für dieses seltsame Verhalten zu finden. Er ging zum Regierungs-

chef zurück, die Lust, in den Folianten zu blättern, war ihm vergangen. Dann aber erinnerte er sich an Felipes Bitte. Sollte er ihr entsprechen?

Schon nahe an der Treppe angekommen, blieb er wieder stehen, zog ein weiteres Buch aus der Reihe, blätterte darin. Es war ein Bildband, die Darstellungen lediglich in Schwarzweiß, doch die Linienführung unglaublich fein, die Farbe eine Spur eingeprägt – vielleicht irgendein ihm unbekanntes, künstlerisches Reproduktionsverfahren. Und die Bilder selbst: alte Gemäuer, Menschen in seltsamer Kleidung, und immer wieder Tiere und Pflanzen; trotz der Wiedergabe in Schwarzweiß glaubte Andres, sich das Grün des Grases und der Blätter vorstellen zu können. Faszinierend auch die Tiergestalten: etwas Lebendiges, in manchen Einzelheiten durchaus an den menschlichen Körperbau erinnernd, das dennoch andersartig war, eigenständig, Linien der Evolution, die in Sackgassen geendet hatten – längst zur Geschichte geworden.

»Wollen Sie sich noch länger mit diesen Büchern beschäftigen?« Obwohl Buckminster offenbar immer noch eine gewisse Scheu zeigte, sich Andres gegenüber als Vorgesetzter zu benehmen, so schien seine Ungeduld nun doch endgültig durchzubrechen. »Ich glaube nicht, daß uns diese Dinge etwas helfen – Wissenschaft und Technik waren erst in der Entwicklung begriffen, keine Rede von Erkenntnissen, die uns heute noch nützen könnten. Ich will Sie ja in keiner Weise beeinflussen, aber das alles hat doch Zeit – Sie können sich jahrelang damit beschäftigen, wenn es Ihnen Spaß macht. Doch das, worauf es uns ankommt ...« Er wies nach unten, was Andres nicht allzu viel sagte – allenfalls, daß das aktuellere Wissen in noch tieferen Räumen gespeichert war. Er trat auf die erste Treppenstufe, als ihn Buckminster zurückhielt und fragte: »Wollen wir nicht lieber den Lift benutzen?«

Inzwischen hatte Andres beschlossen, Felipes Bitte zu entsprechen – ob sich das nun schließlich als sinnvoll herausstellen würde oder nicht. »Ich würde ganz gern eine Übersicht gewinnen«, antwortete er. »Oder erscheint es Ihnen zu anstrengend, die Treppen zu benutzen? Wenn Sie wollen, fahren Sie mit dem Lift – ich gehe zu Fuß.«

Buckminster seufzte einmal leise, dann wandte auch er sich zur Treppe.

Sie kamen fünf Etagen weiter in die Tiefe, wobei sich Andres auf jedem Absatz ein wenig aufhielt, da und dort ein Buch herausnahm und trotz der ungeklärten Fragen, die ihn beschäftigten, davon gefesselt war. Einiges von dem, was hier aufbewahrt wurde, schien nicht so gut erhalten zu sein wie die Bände der oberen Geschosse, einmal fielen mehrere Blätter heraus, und er hatte Mühe, sie wieder einzuordnen, bei anderen stellte er Eingriffe von Restauratoren fest – man hatte sich also einst um diese Bestände bemüht.

Als sie die tiefste Etage der Bücherabteilung betraten, spürte Andres eine leichte Vibration am Boden, hörte ein leises Summen – außerdem schien von unten her Wärme aufzusteigen.

»Der Reaktorbereich«, sagte Buckminster. »Unter uns liegt eine zehn Meter dicke Stahlbetonschicht, darunter das Fusionskraftwerk, das die Stadt versorgt.«

Andres interessierte im Moment mehr, wo der museale Teil zu Ende war und sie endlich die echten Speicherräume erreichten.

Sie waren langsam weitergegangen, hatten die Wandbegrenzung des Raums erreicht – hier war wieder eine Tür eingelassen. Andres sah sich um, ob wieder eine Sperre zu überwinden war, doch es handelte sich lediglich um eine Feuertür, die sich ohne weiteres öffnen ließ.

Ja – das war die Bibliothek, wie er sie kannte, der staubfreie, auf konstanter Feuchtigkeit gehaltene Bereich, in dem die in winzigen molekularen Strukturen gespeicherten Daten auf alle Ewigkeit eingefroren waren. Die grauen Kästen mit dem wertvollen Inhalt unscheinbar, die Aufschriften nach DIN-Norm, da und dort ein freier Platz mit Konsole und Datensichtgerät, Drucker und Kopieranlage. Daneben standen Schränke, aus denen sich Formularpapier von Rollen ziehen ließ, Transparentfolien, Magnetplatten für Hologramme, RAM-Bildplatten, da und dort auch ein Spezialplatz für weniger gebräuchliche Ausgabeformen, beispielsweise für Geruch, kenntlich an den halbkugelförmigen Glasüberdeckungen und der Absaugvorrichtung.

Soweit Andres sehen konnte, war alles in Ordnung, betriebsbereit – diese bestens eingerichtete Anlage bereitete ihm ein Wohlgefühl, endlich hatte er einen Ort gefunden, der ihm vertraut war, in dem es nur Gegenstände gab, die er sinnvoll zu gebrauchen verstand, in dem es nichts Rätselhaftes, Widersprüchliches oder Bedrohliches gab.

Als er bemerkte, daß Buckminster einer Seite des unübersehbar großen Raumes zustrebte, verweilte er absichtlich da und dort ein

wenig länger als notwendig, schaltete einen holografischen Bildschirm ein, ließ sich das Programm für ein Textverarbeitungssystem ausdrucken, wechselte einige Worte mit der Diktieraufnahme. Es bereitete ihm Freude, daß alles auf seine Befehle prompt reagierte, und diese Freude wuchs noch im Bewußtsein, daß er dem Regierungschef nun endlich die eigene Kompetenz beweisen konnte.

Sie näherten sich der seitlichen Begrenzung des Raums, und gleichzeitig veränderte sich die Ausstattung: nichts mehr von der Eintönigkeit der langen Reihen von Speicherschränken mit den in regelmäßigen Abständen dazwischen liegenden Arbeitsplätzen; hier begann jene Zone, in der eine hochgezüchtete automatische Technik Arbeitsgänge vollzog, die weit über reine Aufbewahrungsfunktionen hinausgingen: die Verarbeitung der Daten, die Auswertung, die Verteilung – Arbeitsfeld des weltumspannenden

Computernetzes, dessen Zentren in allen Kuppelstädten lagen, dessen Ausläufer in alle Silos hineinreichten und – über Funk – auch jene wenigen Menschen erfaßten, die sich aus irgendwelchen Gründen im freien Land befanden, vielleicht zur Überwachung der Satelliten-Bodenstationen, über die die Meldung über das Wetter kamen – eines der wenigen Phänomene von außen, die die Menschheit noch beeinflußten, wenn auch gedämpft durch die Schutzschichten der Dächer und Kuppeln.

Die hier angewandte Technik überforderte Andres' Kenntnisse und wahrscheinlich auch jene aller übrigen Menschen; es war eine Technik, die sich – unter Ausrichtung auf gesetzte Ziele – selbst organisiert und optimiert hatte. Und trotzdem ging Andres mit Vergnügen zwischen den sauber ausgelegten Einheiten hindurch; er hatte, so wenig er auch von Details verstand, seinem Begleiter gegenüber einen Kenntnisvorsprung, den dieser spüren mußte. So kompliziert das Zusammenwirken der Myriaden Schaltelemente auch war, so war doch der Zweck bekannt, und daraus wieder ergab sich mancher Rückschluß auf die Auslegung. Da und dort war es die Aufschrift auf einem Schild, die darüber informierte, in welche Teile der Anlage oder auch in welche Regionen des Landes die Datenflüsse geleitet wurden, an einigen Konsolen verrieten hektisch winkende Lichtpunkte die sonst unsichtbare Aktivität der mikrokristallinen Schalter.

Nur langsam kehrte Andres auf den Boden der Wirklichkeit zurück, besann sich auf Buckminsters offen ausgesprochene oder auch verheimlichte Wünsche. Waren sie schon dort angekommen, wo er hinstrebte? Heimlich durchmusterte Andres die Umgebung, doch er konnte kein Anzeichen dafür finden, daß sich Felipe in der Nähe befand. Sollte er versuchen, Buckminster ein weiteres Mal aufzuhalten? Je länger er darüber nachdachte, umso lächerlicher erschien ihm Felipes Forderung – als hätte er, der Bibliothekar, seinem Mitarbeiter zu gehorchen. Wieder beobachtete er Buckminster – es war gar nicht zu verkennen, daß dieser ein Ziel vor Augen hatte ... was es war, würde sich bald herausstellen, denn Andres hielt ihn nicht mehr auf. Über die Balustrade einer Schaltkanzel hinweg beobachtete er ihn, blickte scheinbar interessiert auf die Anordnung der Drucktasten auf dem Pult, wenn er den Eindruck hatte, Buckminster sah sich nach ihm um, ging ihm dann wieder langsam und vorsichtig nach, durch eine Reihe von Speicherungsgeräten von ihm ge-

trennt. Endlich hielt Buckminster an, und Andres trat zu ihm. Sie befanden sich in einer Ecke des Raums, am Fuß einer Wand, in die eine Tür eingearbeitet war – sie glich jener, durch die sie vom Foyer aus die Bibliothek betreten hatten: die gleiche matt glänzende Hartmetallschicht, die gleiche Kontrolltastatur.

»Gehen wir weiter?« fragte Buckminster. Er bemühte sich um einen unbekümmerten Tonfall, doch konnte er seine starke Spannung nicht verbergen.

Andres beschloß, das Versteckspiel aufzugeben: »Wohin führt dieses Tor?« fragte er.

»Wissen Sie es nicht? Sind Sie noch nie da drinnen gewesen?« Buckminster schien einen Moment lang den Atem anzuhalten.

Andres wartete, jetzt war es ihm gleichgültig, ob er den Regierungschef enttäuschte oder verwunderte. »Wohin führt dieses Tor?« fragte er.

Buckminster starrte auf die blanke Metallwand. »Hier muß es verborgen sein – wenn überhaupt irgendwo, dann hier«, murmelte er. Er wandte sich wieder an Andres, hob die Stimme. »Ich glaube Ihnen, daß Sie noch nie im Innern waren. Es müssen immer zwei sein, die hineingehen, und nur ganz wenige sind dazu befugt – beispielsweise ich, der Regierungschef, und Sie, der Bibliothekar. Einer allein kommt hier nicht herein, doppelte Sicherung, einer kontrolliert den andern. Sollte einer ein Wahnsinniger sein oder ein Verbrecher und irgend etwas tun, was außerhalb des Denkbaren liegt ..., dann könnte es der zweite unter Einsatz seines Lebens verhindern.« Er schwieg kurz, fast hatte es den Anschein, er wäre ergriffen – und vielleicht war er es auch.

»Nein, Sie können noch nicht im Inneren gewesen sein – denn nur ich allein kenne die Zahlenkombination. Mit einer Ausnahme vielleicht: Ossip! Und ihm muß es auch gelungen sein, hineinzukommen – weiß der Teufel, wie er es fertiggebracht hat! Doch nach allem, was dann geschehen ist ... es wird sich lohnen, sage ich Ihnen, daran besteht kein Zweifel.«

Er trat an die Tastatur, verdeckte sie durch seinen Körper, an den leise klickenden Geräuschen hörte Andres, daß er die Zahlen eintippte. Dann legte er die Hand auf den Sensor, ließ sie kurz darauf ruhen, forderte Andres auf, das Gleiche zu tun. Andres folgte ihm, dann warteten sie ... Die Automatik reagierte nicht.

Jetzt versuchte Buckminster nicht mehr, seine Aufregung zu verbergen. Er zitterte geradezu, als er Andres grob beiseiteschob, als er wieder vor dessen Blick verdeckt die Ziffern eintippte. Wie vorher legten sie ihre Hände auf den Sensor, einer nach dem andern, und wieder geschah nichts.

Plötzlich hörte Andres, der gerade zur Kontrollampe hinaufgesehen hatte, neben sich einen dumpfen Laut: Buckminster war zusammengebrochen, lag bewegungslos am Boden – verzweifelt oder ohnmächtig, es war nicht auszumachen.

Andres kniete neben der reglosen Gestalt nieder, legte ihm die Hand an die Stirn, zog ihm die Augenlider hoch – es schien sich tatsächlich um einen Ohnmachtsanfall zu handeln. Was sollte er mit Buckminster anfangen?

Als er sich aufrichtete, erklangen von rechts leise, schleifende Schritte. Es war Felipe, der hinter dem Aufbau eines Speicherschranks auftauchte, und als er näherkam, bemerkte Andres sein triumphierendes Lächeln.

»Wunderbar«, sagte er. »Das haben Sie gut gemacht. Jetzt habe ich, was ich haben wollte. Kommen Sie, ich helfe Ihnen – wir bringen ihn nach oben.«

* * *

Andres befand sich nun schon eine Woche bei Ossip.

Es fehlte ihnen an nichts. Ossip hatte es verstanden, sich von außen völlig unabhängig zu machen. Er hatte sein eigenes Kraftwerk, einen leistungsfähigen Materie-Transformer und ein mikrominiaturisiertes Datenverarbeitungssystem mit riesigen Reserven an Programmen und Daten.

Der Reaktor lieferte ihm die großen Energiemengen, die die Technik des matter processing eben verlangte – umso mehr, da als Rohmaterial lediglich Gestein und Luft zur Verfügung standen. Daraus ließen sich zwar alle wichtigen Aufbaustoffe herausholen, doch für mancherlei Bedürfnisse, beispielsweise die Nahrungsversorgung, bedurfte es doch auch seltenerer Elemente, die aus großen Mengen Rohmaterial erst exzerptiert und verdichtet werden mußten. Die Molekularsynthese war dann – insbesondere mit der einst als Sparmaßnahme eingeführten Katalysator-Technologie – kein Problem mehr. Wenn es nötig gewesen wäre, hätte Ossip auch eine ganze Kompanie versorgen können.

Die meiste Zeit hielten sie sich in den unterirdischen Räumen auf, nur ganz selten kamen sie an die Oberfläche. Was hätten sie dort auch schon zu tun gehabt? Ossip hatte verschiedene Arten von Antennen und Sensoren eingerichtet, dazu ein Periskop, das es ihm erlaubte, die Umgebung jederzeit auch visuell zu durchmustern. In den Tagen, seit sich Andres hier aufhielt, hatte es aber noch kein einziges Mal Alarm gegeben.

Hatte Ossip Angst vor Entdeckung? »Mit Hilfe der Satelliten wäre es kein Problem, uns zu finden«, erklärte er, »doch ich glaube nicht, daß jemand nach uns sucht. Wenn überhaupt, dann höchstens im Bereich der Städte, im besiedelten Raum. Niemand hat uns verfolgt, niemand ahnt etwas davon, daß wir uns hier, inmitten des ausgetrockneten Meeres befinden. Trotzdem erzeuge ich einen Vorhang aus mehreren erhitzten Luftschichten mit bestimmten optischen Eigenschaften – keine Kamera kann uns aufnehmen. Und Infrarot? In dieser Hitzeregion ist die durch den menschlichen Körper erzeugte Wärme zu vernachlässigen. Nein, es besteht keine Gefahr.«

»Wieso bist du so sicher, daß niemand nach uns sucht?« erkundigte sich Andres.

»Ich bin sicher, daß niemand die Bedeutung der vom Computer erzielten Resultate versteht. Erstaunlich genug, daß es dir gelungen ist, doch ohne Hilfe wärst du auch nicht weitergekommen.« Sie saßen wieder einmal in der Sesam-Halle beisammen – Ossip schien ein Bedürfnis nach Unterhaltungen zu entwickeln, die er allerdings vor allem selbst bestritt. Er blickte von seiner Wasserpfeife hoch, als erwarte er eine Antwort von Andres, der aber kaum merklich den Kopf schüttelte.

»Allein wärst du nie so weit gekommen. Ich weiß, daß es Isa war, von der du den Code erfahren hast. So war es doch?«

»Was du dir so zusammenreimst! Wie kommst du darauf? Hat sie es dir gestanden? Dann hat sie gelogen – vielleicht hast du sie dazu gezwungen. Hast sie grob behandelt, vielleicht sogar geschlagen ...«

»Deine Anschuldigung ist absurd«, entgegnete Ossip, doch Andres ließ sich nicht unterbrechen.

»Vielleicht hätte mir Isa geholfen, ja, wenn ich es mir recht überlege, so hätte sie mir sogar recht gern geholfen – aber sie wußte ja nichts. Du hast es vorgezogen, sie im unklaren zu lassen. Wo ist sie eigentlich?«

Ossip griff in eine Schüssel, in der er knusprige Proteinkügelchen mit Nußgeschmack bereithielt – ohne Nüsse und Wasserpfeife schien er nicht auskommen zu können.

Andres wunderte sich nicht darüber, daß er keine Antwort bekam. Seit einer Woche dauerte schon dieses Spiel: Jeder versuchte den andern auszuhorchen, doch jeder blieb vorsichtig, hütete sich, mehr zu sagen, als er sagen wollte. Bei Andres war dieses Verhalten schon zur Gewohnheit geworden, in letzter Zeit hatte er immer wieder den Anschein profunder Kenntnisse zu erwecken versucht, zumindest soweit, um sich der entsprechenden Lage gewachsen zu erweisen. Auch Ossip gegenüber hätte er natürlich um keinen Preis zugegeben, wie wenig er wußte. So konnte es ihm nur recht sein, daß der andere lange Reden hielt, im Prinzip Monologe, bei denen er allerdings nur wenig auf konkrete Dinge einging, etwa auf praktische Fragen des Zusammenlebens, die Verteilung der Pflichten, die Planung für den nächsten Tag, sich sonst aber stets sehr allgemein ausdrückte, eher die philosophischen Seiten der Probleme beleuchtete als die aktuellen Umstände, mit denen sie zusammenhingen. So hatte Andres Ossips Reden nur sehr wenig entnehmen können, eigentlich, wenn er es recht bedachte, so gut wie gar nichts. Warum verhielt sich Ossip so, als hätte er etwas zu verbergen? Sollte er ähnliche Gründe haben wie Andres? Gab es auch bei ihm Informationslücken, die ihm peinlich waren? Weshalb schien es ihm geboten, Andres die Aufklärung zu verweigern, ihn gewissermaßen außerhalb jenes Bereichs zu halten, in dem seine Kenntnisse, seine Erwartungen, seine Hoffnungen liegen mochten? Andres wollte es nicht glauben. Immerhin war Ossip bei der Entzifferung der Botschaft weiter gekommen als alle andern, und damit sollte er doch eigentlich über genügend Wissen verfügen, jedenfalls über weitaus mehr als Andres, so daß es schon fast lächerlich war, wie er sich darum bemühte, kein Wort zu viel zu sagen. Andererseits: Wie lange saß er schon hier an diesem vergessenen Ort der Erde? Vier Wochen? Acht Wochen? Offenbar wartete er auf etwas, das für ihn von entscheidender Wichtigkeit sein mußte – so entscheidend, daß er alles andere dafür aufgab –, allein die Tatsache aber, daß er wartete, war doch ein Beweis dafür, daß er über den Zeitpunkt des Ereignisses nur unzureichend unterrichtet war. Und jene in alle Richtungen weisenden Aufnahmegeräte? Sensoren für sichtbares Licht, für Radiowellen, für harte Röntgenstrahlung, Temperaturfühler, Seismografen und Gravitationsmeßgeräte, Mikrofone und Thermometer und was nicht noch alles ... War es nicht ein Hinweis dafür, daß sich auch Ossip nicht im klaren darüber war, welcher Art das Ereignis sein konnte, in welcher Form es sich manifestieren würde, wodurch es sich ankündigte? Das waren konkrete Fragen, doch Andres zögerte, sie direkt zu stellen. Vielmehr versuchte er es auf versteckte Art, brachte das Gespräch einmal auf dieses, einmal auf jenes Problem, streute gelegentlich auch etwas offensichtlich Falsches ein, das vielleicht als Spaß gelten mochte, versuchte den andern zu Widerspruch herauszufordern, ihm Hinweise herauszulocken, die sich in irgendeine Richtung auslegen, in Zusammenhang mit anderen offenen Fragen bringen ließen.

Wie lange sollte die Wartezeit dauern? Vielleicht Monate? Vielleicht Jahre? Von der Versorgung her gesehen konnte Ossip unbegrenzt aushalten. Das eigentliche Problem aber war nicht die Versorgung, sondern die Einsamkeit, die Untätigkeit, die Langeweile. Doch, wie Andres bald erfahren hatte, hatte sich Ossip auch diesen Einflüssen nicht unbedacht ausgesetzt, sondern in umfassendem Maß vorgeplant. Wie schon aus der Einrichtung seiner Wohnung, seines Büros hervorging, war er künstlerisch veranlagt – eine Vorliebe, ein Hobby, das sich insbesondere in der Gestaltung seiner Umwelt ausdrückte.

Andres kannte diese Art künstlerischer Betätigung von der Computersimulation her. Wenn er auch nicht gerade eine besondere Vorliebe dafür mitbrachte, so hatte er sich doch gelegentlich auch mit Design beschäftigt, hatte die Idee einer Landschaft oder einer Architektur durch passende Kennzahlen festgelegt und sich dann an den Varianten erfreut, die computergesteuert im Holo-Kubus erschienen. Nie wäre es ihm in den Sinn gekommen, Ideen dieser Art realisieren, also in Wirklichkeit ausführen zu lassen. Das mochte vielleicht eine Beschäftigungsmöglichkeit für die Unentbehrlichen sein, die sich ihr Leben lang in den geräumigen Regionen der Kuppeln aufhielten und – ähnlich wie Ossip – Spaß am eigenen Entwurf der Wohnungen und Einrichtungen haben mochten. – Doch das war nur eine kleine Andeutung dessen, was prinzipiell möglich war. Vielleicht war nur eine ausufernde Phantasie wie jene Ossips imstande, alle gebotenen Möglichkeiten auszuschöpfen. Die Technik der Materietransformation vereinigt mit computergesteuerter 3D-Grafik waren die Voraussetzungen dafür. Dazu mußte allerdings der unbegrenzte Raum der unterirdischen Felsschichten kommen, wobei sich Ossip die Tatsache zunutze machte, daß zur Gewinnung von Wasser und anderen Elementen sowieso große Teile Gestein abgebaut werden mußten und das, wie er schon erklärt hatte, unterirdisch, im Verborgenen. Nichts zwang ihn dazu, die Aushöhlungen nach geologischen oder technischen Gesichtspunkten ausführen zu lassen. Als Ossip das Prinzip zum ersten Mal erklärte, sich an das Pult setzte, die Menüs für 3D-Animation aufrief, den Curser mit Hilfe des Drehgelenks durch die dreidimensionale Matrix führte, da glaubte Andres noch an ein irrationales, ästhetisches Spiel. Faszinierend genug, wie sich in positiver und negativer Wiedergabe Raumformen herausbildeten, wie sie wechselten, sich vervielfältigten und miteinander verbanden, wie sich Details heraushoben, die dann nach einem Zufallsprinzip oder auch nach streng ornamentalen Gesetzen mit Farbe versehen wurden ... Manchmal bevorzugte Ossip die genaue Berechnung, manchmal aber ließ er den Zufallseinflüssen auch freien Lauf, und dann konnten sie beobachten, wie ein Gewölbe nach dem andern entstand, ganze Fluchten in vorgegebenen Stilen, die düsteren Tiefen mittelalterlicher Burgen, die Prachtsäle des Barock, die ineinander geschachtelten Würfel des Bauhauses ...

Dann aber ...

Ossip hatte den DO-Befehl gegeben und dann das holografische Bild gelöscht. Er hatte den Vorhang über das Pult gezogen, als gelte es, etwas Unanständiges zu verbergen, sie hatten sich auf ihren Polstern niedergelassen und eines der langen fesselnden und doch nutzlosen Gespräche geführt ...

Nach etwa einer Stunde hatte Ossip auf die Uhr gesehen und dann Andres aufgefordert, mit ihm zu kommen.

Sie schlüpften unter den Samtstoff des Ausgangs, benutzten eine kleine Pforte, durch die der Zugang zum natürlichen Höhlensystem bestand. Ossip hatte einen schmalen, wenn auch bequem begehbaren Weg ausrichten lassen, eine Kunststoffbahn, manchmal leicht geneigt dahinlaufend, oft durch Stufen unterbrochen, darüber eine rötlich strahlende Lichtschlange. Zeitweise ging es auf dem Boden dahin, durch enge Spalten, in denen man unwillkürlich Kopf und Arme einzog, dann folgten oft unversehens Erweiterungen, geräumige Gänge, hin und wieder ein domartiger Raum. Dann setzte sich die Laufbahn vom Untergrund ab, wurde nur noch durch dünne Streben gehalten, führte in anmutigen Windungen weiter, die sich den Unregelmäßigkeiten der natürlich gegebenen Hohlformen anpaßten. Es war schwindelerregend, sich plötzlich in großer Höhe zu finden, rundherum Dunkelheit, unter den Füßen ein Abgrund ... Da nützte auch das Geländer, das milde Licht, der feste Boden unter den Füßen nichts. Ossip war aber stets für eine Überraschung gut; so ließ er unerwartet eine versteckt angebrachte Lichtquelle aufflammen, und plötzlich zeigte sich der vorher düster, kellerartig anmutende Raum in ungeahnter Pracht: die Wände mehrfach gekerbt, der Boden von Rinnen durchzogen, bizarre Gesteinsformen, von der chemischen Kraft des Wassers ausgelaugt, den Gesetzen des Strömens und der Schwerkraft folgend ... Das Zusammenwirken der vielfältigen Kräfte äußerte sich nun in einer schwer beschreibbaren, aber trotzdem deutlich ersichtlichen Ordnung, die auch ästhetisch bemerkenswert war. Das Gestein von einem matten Weiß, die Wandleisten glatt wie Marmor, von den tief in die Felspartien eingeschnittenen Klüften gingen Rinnen aus, ein Muster feiner Verästelungen, das nach unten zu zusammenlief, dicke Arme bildete, die in einem jetzt trockengelegten, in leichten Kurven dahinlaufenden Bachbett mündeten. Das Schönste aber war die Decke: Aus Spalten scheinbar hervorquellend wie Stoffgirlanden saßen hier dicke Pakete von Kristallen. Sie bildeten Wülste, Draperien, die gewellt dahinliefen, als hätten sie sich noch während der Entstehung gedehnt und sich aus Gründen des Platzmangels in Falten übereinandergelegt. Diese Massen waren durch ebene Kristallflächen begrenzt, die das Licht in tausend Reflexen zurückwarfen. Befand man sich in Ruhe, dann war es nur ein leises webendes Blinken, das wie vom Luftzug geregt über die Wände lief, setzte man sich aber in Bewegung, so glitzerte und sprühte es, lief in Kaskaden dahin, als würden von einem unsichtbaren Sämann Tausende von Diamanten darübergestreut.

»Was ist schöner – das Künstliche oder das Natürliche?« Ossip sprach mehr zu sich selbst, und Andres hätte es auch nicht gehört, so sehr war er in diesen Anblick versunken. Dann aber berührte ihn sein Begleiter am Arm, deutete nach vorn. Langsam gingen sie weiter, durchquerten den Raum, kamen um eine Biegung herum. Dort setzte sich der schwindelerregende Weg weiter fort, doch Ossip blieb stehen, drückte auf eine im Fels eingelassene Taste – mit leisem Poltern öffnete sich eine Metalltür, die vorher – in einer Nische verborgen – nicht zu sehen gewesen war. Sie traten ein.

Andres glaubte seinen Augen nicht zu trauen. Er stand in einem Kirchenschiff, einem riesenhaften Dom, dessen Decke sich in der Dämmerung verlor. Stilelemente der Renaissance ... Granitboden, die hellbraunen Platten quadratisch, die Zwischenräume durch rote Steine ausgelegt, Marmorsäulen, hoch aufstrebende Fenster, von einer dahinterliegenden Lichtquelle weich erhellt. Buntes Glas, von Blei eingefaßt – oder einer entsprechenden mattgrauen Legierung – Bilder von Sternen, die sich aus einem komplizierten Gefüge von Strahlen aufbauten, vorherrschende Farben Gelb, darunter aber auch Tupfer von Rot und Grün, der Untergrund in tiefem Blau ... Luft, Wasser, Himmel.

Sie gingen langsam hindurch, es war, als hätte sie ein Zauber in eine völlig andere Welt geführt, als hätten sie einen Zugang in andere Räume, andere Zeiten gefunden. Der Geruch von Weihrauch, ein kühler, steter Luftzug, das Hallen der Schritte – Echos von ferneliegenden Wänden. Neben ihnen Chorgestühl, ein halbes Dutzend Nischen, einige zu Altären ausgebaut, andere ... Ohne besondere Absicht war Andres an eine dieser Gangmündungen getreten, Ossip hatte ihm den Vortritt gelassen, sich am Erstaunen seines ungerufenen Gastes geweidet. Was gäbe es für ein schöneres Gefühl für einen Künstler als das der Bewunderung anderer! Andres aber, der geglaubt hatte, daß sein Erstaunen keiner Steigerung mehr fähig war, wurde eines Besseren belehrt. Denn er stellte fest, daß es nicht vielleicht ein bescheidener Seitenteil des Kirchenschiffs war, in das er jetzt eintrat, sondern ein zweites, ebenso groß wie das erste. Auch hier unbeschreibliche Pracht. Andres bemerkte immer weitere Einzelheiten: goldene Spiralen, die rund um die Säulen liefen, geschnitzte oder geschnitzt scheinende Heiligenfiguren, Wandbilder, Fresken ... Traumverloren ging er hindurch, er merkte nicht, wie die Zeit verging, er merkte nichts davon, daß sich Ossip immer noch hinter ihm hielt. Ein dritter Dom, ein vierter, es gab keine Grenze, es war ein Labyrinth, wie es sich alte Potentaten zur Unterhaltung in den Gärten hatten anlegen lassen, aber eben nicht aus Wegen und Hecken, sondern aus fensterdurchbrochenen Kirchenwänden, breiten Steinstufen, kunstvollen Mosaikböden, Durchgängen zwischen Säulen, nur nach unten begrenzt, seitlich scheinbar ohne Grenzen, nach oben sich im Ungewissen verlierend.

»Im Grunde genommen nicht kompliziert«, sagte Ossip leise.

»Ein Grundraster, in dem die Unterteilung nur in Grenzen festgelegt ist. Einige Stilgesetze, Unterprogramme für die Wandformen, für die Einrichtung, für die Bilder ... Das Zeitalter ist gut dokumentiert, die statistische Auswertung problemlos ... Analyse und Synthese, Aufbau nach leicht veränderten Parametern, das Gleiche und doch immer wieder neu ...« Obwohl Ossip flüsterte, kam ein leiser Widerhall zurück, verdichtete sich zu einem hellen, beruhigenden Rauschen, in dem sich die Worte verloren. Im Moment hatte Andres sowieso keinen Sinn für Erklärungen – er hatte gar nichts davon gehört. Er ging langsam weiter, immer weiter, ließ die Schönheit auf sich wirken, fragte nicht danach, ob sie hier fehl am Platze war oder nicht, fühlte eine beglückende Resonanz, war hellwach und betäubt zugleich, empfand Dinge, die sich mit Worten schwer ausdrücken lassen – etwas von einer Existenzform, die jenseits der ihm gewohnten Raum- und Zeitvorstellungen lag, etwas von Glück, dessen Herkunft und Sinn unwichtig ist – bei dem es nur darauf ankommt, daß man es empfinden kann.

* * *

Die besondere Sehenswürdigkeit der großen Kuppel war die Altstadt, hervorragend restauriert, dem mittelalterlichen Vorbild entsprechend; alle Häuser, die später hinzugekommen waren und nicht ins Gesamtbild gepaßt hatten, waren niedergerissen worden, durch historisch einwandfreie Nachbildungen ersetzt.

Wie jene, die sich mit der Geschichte der Frühzeit beschäftigt hatten, nicht ohne Stolz versicherten, war hier einmal die Hauptstadt eines großen Reiches gewesen, eines Staatenbunds, dessen Mitglieder sich allerdings nicht unbedingt freiwillig angeschlossen hatten. Aber wie auch immer – die Zeit poliert manchen trüben Fleck aus der Vergangenheit blank, der Mensch der Hochzivilisation neigt dazu, die negativen Begleitumstände einer Existenz im Entwicklungzustand zu übersehen: Mangel an Rohstoffen, Nahrungsmitteln, Kleidung und Energie, vor allem Energie. Im Zeitalter der gesicherten Versorgung eigentlich unvorstellbar: daß man nicht genug Strom zur Verfügung hatte, mit der Wärme haushalten mußte, jede Kilowattstunde teuer bezahlte. Freilich – damals soll es noch wildwachsende Pflanzen gegeben haben, Tiere, die für Nahrungszwecke geschlachtet oder aus Vergnügen gejagt wurden, es soll saubere Luft im Überfluß gegeben haben, und vor allem Wasser. Vielleicht hätten diese in der Beschränkung lebenden Menschen die modernen Daseinsformen nicht verstanden, sie vielleicht sogar als unangenehm empfunden. Aber mit Fragen dieser Art beschäftigten sich höchstens einige Historiker – der Besucher von außen kümmerte sich nicht darum, und auch den Bewohnern der Kuppel war es gleichgültig.

Andres hatte Dolf Buckminster nach Hause gebracht; dieser gehörte zu den wenigen Privilegierten, die innerhalb der alten Anlage – der größte Teil für Besucher offen – eine Wohnung bekommen hatte. Andres war nur kurz im Innern gewesen – die Einrichtung war dem alten Stil angepaßt – Holztäfelung an den Wänden, offen zutagetretendes Stützgebälk, kunstvoll geschnitzte Decken, dazu Möbel, von denen manches ein eigenes Schaustück war: eine schwere, metallbeschlagene Truhe, ein Spinnrad, einige bunt bemalte Bauernschränke. Da man ein solches Inteurieur zwar bewundern, aber kaum darin leben konnte, nahm Andres an, daß sich hinter diesen Gegenständen die üblichen zeitgemäßen Gebrauchsgegenstände verbargen – Konsolen, Bildschirme, Getränke- und Speisebords, Lufterneuerer und Duftkompositoren –, daß es aber sicher auch moderne Aufenthalts- und Arbeitsräume gab, in denen man jenen Komfort um sich hatte, auf den wohl niemand verzichten wollte.

Der Regierungschef war so angeschlagen, daß er sich nur kurz bei Andres bedankte und offensichtlich erleichtert aufatmete, als sich dieser verabschiedete.

So hatte Andres erstmalig Gelegenheit, den historischen Teil der Stadt zu besichtigen, die alten, von Fachwerk durchbrochenen Mauern, die aus Ziegeln bestehenden, schiefwinkelig gegeneinandergesetzten Dächer, die winzigen Türen und Fenster, um die sich aus bunt bestrichenem Gips modellierte Verzierungen rankten. Er kam an ein Flüßchen, in dem braun schillerndes Wasser abrann; weiter unten verschwand es unter einem Rundbogen – vermutlich, um über einen Rücklauf wieder an die Ausgangsstelle flußaufwärts gepumpt zu werden. Andres stand an der Brücke, blickte lange hinunter, beobachtete, wie sich die gespiegelten Häuserfronten im Wellenschlag bewegten, dazwischen ein gelb schimmernder Streifen, der Abglanz der senkrecht darüberstehenden Nuklearsonne. Leichter Geruch nach Tang und Fäulnis stieg ihm in die Nase – nicht unangenehm, aber auch wieder nicht so, daß man ihn ununterbrochen riechen mochte; offenbar war es gelungen, den ursprünglichen Zustand in jeder Hinsicht herzustellen, in diesem Fall wahrscheinlich durch olfaktorisch wirksame Chemikalien, die aber sicher nicht auf unhygienische Erscheinungen wie Zersetzungsprozesse im Abwasser zurückgingen.

Andres überquerte die Brücke, die Holzbohlen unter seinen Füßen klangen dumpf, durch die Ritzen hindurch konnte man das Wasser sehen. Am Ende der Brüstung stand eine Art Kapelle, in der eine blumengeschmückte Heiligenfigur mit aufgeklebtem goldenen Strahlenkranz stand.

All diese Eindrücke konnten Andres nicht völlig von jenen Problemen ablenken, die ihm seit seinem Eintreffen in der Kuppelstadt Kopfzerbrechen bereiteten; über allem, was er tat, lag eine ständige Unruhe, die eine echte Entspannung nicht zuließ, und auch die letzten, in der Bibliothek verbrachten Stunden hatten das beunruhigende Gefühl neu aufleben lassen. Nein, so eindrucksvoll diese historische Stätte auch war, so vermochte sie Andres auf die Dauer nicht zu fesseln. Im Gegenteil: Er ertappte sich dabei, daß er blind und taub dahinschritt, ganz versunken in Vorstellungen und Überlegungen im Zusammenhang mit den Aufgaben eines Bibliothekars im Allgemeinen und seiner persönlichen Lage im Speziellen. So achtete er nicht auf die Menschen, die sich unbefangen den gebotenen Bildern hingaben, den in den Schaufenstern aufgestapelten alten Waren, leinenüberdachten Ständen mit Werkzeugen, deren Sinn oft nicht mehr zu entschlüsseln war, Körben voll Obst und Gemüse, beides natürlich aus Kunststoff modelliert. In den engen, ohne erkennbare Ordnung verlaufenden Straßen ließ es sich kaum vermeiden, hin und wieder mit einem andern zusammenzustoßen – Episoden, die für jemand, der jahrelang in der Enge seiner Wohnzelle gelebt hatte, peinlich waren. Zuerst glaubte er an einen weiteren Zwischenfall dieser Art, dann jedoch merkte er, daß ihn jener, der ihn angerempelt hatte, mit sich zu ziehen versuchte … Unwillkürlich wehrte Andres den anderen ab, dann aber erkannte er Cliff Bernstein und gab seinen Widerstand auf.

Nun standen sie im Dunkel eines Hausflurs, Cliff hielt Andres eine Hand auf den Mund, wies mit der anderen auf einen Mann, der langsam am Tor vorbeischritt, sich einen Atemzug lang als Schatten vor dem hellen Hintergrund abzeichnete und dann verschwand.

»Man hat Sie verfolgt!« flüsterte Cliff. »Haben Sie nichts davon gemerkt?«

Andres wollte antworten, doch die noch immer auf seinen Lippen liegende Hand hinderte ihn daran. Die Berührung war ihm unangenehm, und er entzog sich ihr durch eine rasche Bewegung zur Seite.

»Wer soll mich schon verfolgen!« sagte er verärgert. »Eher waren Sie es, der mich verfolgt hat.«

»Aber sicher«, sagte Cliff und trat vorsichtig zum Tor, blickte hinaus. »Man kann Sie doch nicht ungeschützt durch die Straßen laufen lassen, schließlich sind Sie eine wichtige Persönlichkeit! Haben Sie sich schon entschieden? Hat man Ihnen schon ein Angebot gemacht? Ich bin sicher, daß Sie sich nicht bestechen lassen.« Er winkte Andres, deutete an, daß die Gefahr vorüber war. »Er ist fort«, flüsterte er.

Nun gingen sie langsam nebeneinander her, Andres sah, daß Cliff in eine historische Tracht gekleidet war, er trug eine Pluderhose aus Samt, ein schwarzes, mit Bändern besticktes Jackett, hellbraune Stiefel, deren weiche Schäfte über seine Knöchel gerutscht waren und sich dort bauschten, eine Samtmütze, deren Rand weit über die Stirn fiel. In dieser Kleidung fiel er nicht weiter auf, denn auch viele andere Passanten hatten sich altertümlich angezogen, die meisten als Bürger, hin und wieder auch ein Handwerker, ein Fischer, ein Bauer, an einigen Ecken, meist in Gruppen beieinanderstehend, auch Soldaten und Polizisten. Andres glaubte nicht, daß sie eine andere Funktion hatten, als das Stadtbild zu beleben, er war sich nicht einmal sicher, ob es nicht Nachahmungen waren, lebensgetreue Puppen, die zum Inventar des großen Freilichtmuseums, als das man die alte Stadt auffassen konnte, gehörten. Doch offenbar hatte er sich geirrt, denn plötzlich ertönte ein Rattern, das rasch lauter wurde, dazwischen der Klang einer Sirene – und, ehe Andres erfaßt hatte, was eigentlich geschah, brauste ein Pulk von Motorradfahrern heran, sechs Männer in den dunkelgrünen Uniformen der Miliz, die ihre Fahrzeuge abbremsten, mit quietschenden Rädern zum Stehen brachten, als sie bei Andres angelangt waren. Dieser stand jetzt allein da, Cliff war, kaum daß sie das brausende Geräusch gehört hatten, in einer Seitengasse verschwunden.

»Wir müssen Sie bitten mitzukommen«, sagte einer der Männer, von denen Andres noch immer nicht wußte, ob es Menschen

oder robotgesteuerte Puppen waren. Die Gestalt in Uniform, die sich nur durch einen weißen Helm von jener der herumstehenden Polizisten unterschied, deutete auf den freien Hintersitz seines Motorrads.

Andres zögerte, der Anweisung so ohne weiteres zu folgen – es war eine Situation, wie er sie noch nicht erlebt hatte. Der Vorfall erregte beträchtliches Aufsehen, ein Ring von Menschen hatte sich rund um die Motorradpatrouille angesammelt, und immer mehr kamen hinzu. Es war keine Angst, die Andres schließlich doch dazu brachte, der Bitte – oder dem Befehl? – Folge zu leisten, sondern eher das unangenehme Bewußtsein, Ursache des Aufsehens zu sein. Ein wenig unbeholfen kletterte er auf den Rücksitz, und fast unmittelbar dröhnten die Motoren auf, die Menschen stoben auseinander, und eine halsbrecherische Fahrt begann. Andres suchte nach Halt, hielt sich schließlich, so gern er es vermieden hätte, am Lenker des Fahrzeugs fest, umklammerte dessen Arme – sie fühlten sich hart und leblos an, ein Eindruck, der Andres' Vermutung, es könne sich um Androiden handeln, bestärkte, aber genausogut war es natürlich möglich, daß es lediglich durchtrainierte Muskeln waren, die zu abwegigen Schlußfolgerungen verleiteten.

Innerhalb weniger Minuten hatten sie das Gewirr der Gäßchen verlassen, fuhren nun über die normalerweise nur für Droschken bestimmten Straßen – jetzt, da sie sich nicht mehr um Ecken herumschwingen mußten, wurde die Fahrt ruhiger, obwohl die Geschwindigkeit zunahm; der Fahrtwind verstärkte sich zu einem brausenden Sturm.

Rechts und links das Parkgelände, Blumenbeete, Sträucher ... einige Gebäude, da tauchte auch schon die trapezförmige Silhouette des Bibliotheksblocks auf. Wieder quietschende Bremsen, sie hielten direkt an der Stiege zum Eingang. Auf der zweiten Stufe stand ein Mann, dessen helles Haar in einem wirren Schopf abstand – daran erkannte Andres ihn: Felipe. Offenbar waren sie am Ziel, und er schwang sich, mit leicht zitternden Knien, von seinem Sitz. Der Lenker hatte einen Fuß am Bügel, mit dem anderen stützte er sich am Boden ab, nahm eine aufrechte Haltung ein, grüßte zu Felipe hinüber. Dann gab er Gas, fuhr die Straße hinab, die anderen folgten ihm dicht auf.

Andres und Felipe standen voreinander, sonst weit und breit kein Mensch zu sehen.

»Was soll das bedeuten?« fragte Andres.

»Wo bleiben Sie denn«, sagte Felipe mit einer bebenden, sich vor Nervosität geradezu überschlagenden Stimme. »Mußten Sie Dolf wirklich unbedingt persönlich nach Hause bringen? – jetzt, wo wir endlich so weit sind! Kommen Sie, kommen Sie!« Es sah aus, als wolle er Andres anschieben, er hatte schon den Arm gehoben, ließ ihn aber wieder sinken. »Rasch, rasch!«

»Was wollen Sie? Wohin gehen wir?«

Jetzt lief Felipe voran, seine einzige Antwort war eine abwehrende Bewegung mit der Hand, die Andres deuten mochte, wie er wollte. Halb gehend, halb laufend kamen sie beim Lift an, dessen Tür sich auf einen Tastendruck von Felipe hin prompt öffnete. Sie stiegen ein, Felipe legte seinen Finger kurz auf den untersten Knopf, Sie setzten sich abwärts in Bewegung.

»Ich bitte Sie darum, mir endlich zu erklären, was Sie vorhaben!« sagte Andres beherrscht, doch mit einem unverkennbar drohenden Ton – er wußte allerdings gut genug, daß er nichts zu drohen hatte: Es war ein Bluff, doch er hatte damit Erfolg. »Der Weg ist frei, endlich steht uns das Archiv offen«, sagte Felipe. »Muß ich es Ihnen wirklich erklären? Es war ein ganz einfacher Trick, wir werden die ersten sein – nach Ossip –, die den Erkenntnisgenerator zu sehen kriegen.«

Der Lift kam im untersten Geschoß zum Stillstand, die Tür öffnete sich, und sie traten heraus. Andres sah, daß sie von hier aus nur wenige Schritte zu gehen hatten, um an den Zugang zu kommen: dem Zugang zum Archiv, zum ›Erkenntnisgenerator‹, wie sich Felipe ausgedrückt hatte.

»Nur ganz wenige dürfen eintreten, und auch das nur zu zweit – das wissen Sie ja. Haben Sie nicht verstanden, um was es gestern ging? Nur der Regierungschef kennt den Code, und nur er, gemeinsam mit dem Bibliothekar, darf das Archiv betreten. Eine kleine Änderung an der Kontrolltafel – ich habe die Leitung angezapft, die Zahlen, die Buckminster eingetippt hat, auf mein eigenes Sichtgerät geleitet, sein Hautleistenbild gespeichert. Na los, warum zögern Sie? Nun haben Sie doch erreicht, was Sie wollten! Freilich – Sie werden mit mir zusammenarbeiten müssen, daran ist nichts zu ändern, doch was macht das schon ... wenn wir erst die Daten haben ... sie sind der Schlüssel ... ja, der Schlüssel ...«

Andres hätte nur zu gern gewußt, wozu das Archiv der Schlüssel sein sollte, am liebsten hätte er Felipe am Kragen gepackt, es aus ihm herausgeschüttelt, doch er bezwang sich, blieb abwartend stehen ... Felipe schien sich voll auf die entscheidende Phase des Geschehens zu konzentrieren, die Öffnung des mit allen Raffinessen gesperrten Zugangs, des Allerheiligsten der Bibliothek, das selbst deren Leiter nicht ohne Aufsicht betreten durfte ...

Jetzt tastete Felipe die Ziffernfolge ein, langsam, sorgfältig, wobei er immer wieder auf einen Notizzettel blickte. Dann wartete er kurz, unruhig, als sei mit einer unerfreulichen Reaktion, beispielsweise einem Alarm, zu rechnen ...

Als keine Reaktion erfolgte, holte er einen Gummihandschuh aus der Jackentasche. Andres beugte sich vor, um Felipes Handlungen besser verfolgen zu können ... Die Innenhand des Handschuhs wies schwarze Flecken auf, die etwa jenen entsprechen mußten, die man bei einem Handabdruck hinterläßt. Andres vermutete, daß es eine Reproduktion des Hautleistenbildes Buckminsters war.

Jetzt hatte Felipe den Handschuh übergestreift, zog ihn straff, vergewisserte sich, daß sich keine Falten gebildet hatten. Er sah sich kurz nach Andres um, dann legte er die Hand auf den Sensor, genauso, wie es der Regierungschef gestern getan hatte. Fast unmittelbar darauf öffnete sich das Tor. Ein Schleusenraum, grelles Licht, eine pendelnde Fernsehkamera. Rechnete Felipe nicht damit, daß man ihn identifizierte? Vielleicht handelte es sich nur noch um eine Art Dokumentation, die nichts mit den Kontrollen zu tun hatte ... offenbar war Felipe bestens informiert und fürchtete keinen Zwischenfall. Tatsächlich erlosch nun auch das Licht, die zweite Tür ging auf, das letzte Hindernis war beseitigt ...

Sie traten ein.

Der Raum glich der Steuerkanzel eines Kraftwerks: ein Halbrund, ein der Raumform folgendes Pult, rund zwanzig Meter im Durchmesser, ein Band aus flackernden bunten Lichtpunkten, ein einziger Stuhl, auf einer Magnetschiene über den ganzen Bogen hinweg beweglich. Darüber, perlgrau, matt glänzend, ein ungewöhnlich geformter Bildschirm – nur zwei Meter hoch, doch an die zehn Meter breit. Die Wand dahinter in Segmente durchbrochen, man konnte weit in eine Halle hineinsehen, die vom Boden bis zur Decke mit kubischen Bausteinen gefüllt war. Sie wurden durch ein Stützwerk gehalten, die Abstände gerade so groß, daß sich ein Mensch dazwischen bewegen konnte, dabei allerdings durch ein Netz scheinbar wahllos gespannter vielfarbiger Leitungsstränge behindert. Die andere, flache Wand – an ihrem Fuß lag die Tür, durch die sie gekommen waren –, schien ein einziger, riesiger Schrank zur Aufbewahrung von Festkörper-Datenträgern zu sein, wie man an dem Röhrennetz des Kühlsystems erkannte. In den kristallinen Strukturen waren die Erkenntnisse der gesamten Wissenschaft niedergelegt, einer Wissenschaft, die zwar weitaus mehr als die klassischen Naturwissenschaften umfaßte, sich jedoch restlos auf deren Grundgesetze zurückführen ließ.

Die beiden gingen bis ans Schaltpult vor, beobachteten das Spiel der Lichter – der einzige Beweis, daß das System in Funktion war; denn die Leuchtschirme – sowohl der zentrale Hauptschirm wie auch die kleinen an den Arbeitsplätzen – waren dunkel, kein Papier quoll aus den Schlitzen der Drucker und hardcopy-Geräte, kein akustisches Signal war zu hören, nur das leise Rauschen der Klima- und Kühlanlagen.

»Worauf warten Sie noch?« fragte Felipe.

»Worauf warten Sie?« fragte Andres zurück.

»Ich warte darauf, daß Sie endlich anfangen«, sagte Felipe.

»Und was sollte ich Ihrer Meinung nach tun?« Noch immer bemühte Andres sich, sein Unwissen zu verbergen, doch er merkte, daß sie an einem Punkt angekommen waren, an dem dies vergeblich war.

»Sie wollen mich wohl für dumm verkaufen! Los, fangen Sie schon an! Oder versuchen Sie, mich loszuwerden?« Er kam ein wenig näher an Andres heran, als wolle er ihm an die Kehle. »Denken Sie doch daran, daß ich alles vorbereitet habe! Ich lasse mich nicht so einfach beiseite schieben.« Als werde ihm plötzlich bewußt, daß er seine Kompetenz überschritt, zog er sich ein wenig zurück, seine Stimme wurde unterwürfig. »Wirklich, ohne mich stünden Sie nicht hier. Wir müssen zusammenarbeiten! Sie können doch nicht alles für sich behalten, nein, wirklich, das wäre nicht fair.«

»Hören Sie, Felipe«, sagte Andres und bemühte sich um einen offenen, entgegenkommenden Ausdruck. »Ich bin der Bibliothekar. Ich bin als Bibliothekar ausgebildet, und ich verstehe mein Geschäft. Ich kenne die alten Methoden ebenso wie die neuen. Ich kann die alten Schriften lesen, beherrsche alle Codes. Die

Methoden der Archivierung, der Dokumentation – da macht mir keiner was vor. Fragen Sie mich nach Stichworten, und ich werde Ihnen die betreffenden Auswahllisten zur Verfügung stellen. Geben Sie mir Themen an, und innerhalb von Sekunden kriegen Sie die Exzerpte. Was aber erwarten Sie jetzt von mir, hier, in der wissenschaftlichen Zentrale? Ich bin Techniker, kein Wissenschaftler. Ehe ich mit den Daten etwas anfangen kann, brauche ich Spezifikationen, Signaturen. Die Daten, die man mir in die Bibliothek liefert, sind für die Archivierung vorbereitet, damit kann ich etwas anfangen. Aber hier ...« Er schwieg, lächelte aber immer noch wohlwollend.

Felipe schien ihn nicht zu verstehen. »Aber das hier«, er deutete auf die Rückwand, auf den Speicherschrank, »das ist doch zweifellos das Archiv, von dem jetzt immer wieder die Rede ist. Alles Wissen dieser Welt, das bedeutet die Lösung der Probleme, mit denen wir jetzt konfrontiert sind.«

»Alles Wissen dieser Welt«, wiederholte Andres. »Nun gut, hier ist es.« Sie standen dem Speicheraufbau zugewandt; in Anbetracht der phänomenalen Kapazität der molekularen Speichereinheiten mußte hier tatsächlich eine ungeheure Datenmenge festgehalten sein. Diese Menge überschritt alle dem Menschen gesetzten Maßstäbe, eine ganze Generation von Wissenschaftlern hätte das Material nicht bewältigen können, nicht sichten, beurteilen, auswerten. Die Maschine hatte es produziert, jahrtausendelang hatte sie gearbeitet, ruhelos, und das Ergebnis ihrer Aktivität war in jenen organischen Kristallen enthalten, die dort an der Wand aufgestapelt lagen, durch winzige, aus der Maschine herausgeführte Stromstöße präpariert, Elektronen, die sich rechtsherum und linksherum drehten, unsichtbare Schrift in Mikrodimensionen, sicher aufbewahrt, in Codes, die – nach dem holografischen Prinzip – auch Schädigungen und Störungen ertragen konnten, ohne daß der Inhalt völlig zerstört wurde. Und das alles lag zugriffbereit, ließ sich jederzeit herausholen, auf Bildschirmen sichtbar machen, auf Elektrostat-Papier dokumentieren, mit Mikrofilmen in eine handliche Form bringen ... Große Datenmengen, Beschäftigungen für ein Arbeitsjahr, in die Jackentasche gesteckt, an jedem Kommunikator wieder in lesbare Form zu bringen ... Aber das war nicht das Problem.

»Ich glaube, Sie haben noch immer nicht verstanden«, sagte Andres. »Ich bin ein Verwalter von Daten, und ich verstehe es,

mit ihnen umzugehen. Doch mit dem Inhalt habe ich nichts zu tun. Er geht mich nichts an, interessiert mich nicht. Ich verstehe nichts von dem, was da im Speicher liegt – mich um den Sinn zu kümmern, würde mich nur belasten, bei meiner Arbeit stören. Sie müssen sich an einen Wissenschaftler wenden.«

»Wissenschaftler?« Felipes Gesicht war fahl vor Enttäuschung. »Der Posten des Wissenschaftsministers ist nicht besetzt. Man hat keinen Kandidaten dafür gefunden. Der Wissenschaftsbereich ist jenem der Bibliothek einverleibt, das sollten Sie doch wissen! Sie sind Herr dieser Information! Auf Ihnen ruhen alle Hoffnungen! Sie müssen doch bemerkt haben, wie man sich um Sie bemüht. Glauben Sie, das geschieht wegen all dieses alten Zeugs, das draußen auf den Regalen vertrocknet? Interessant ist nur das!« Felipe rannte zur Speicherwand hinüber, er hob die Hände, es sah so aus, als wolle er eine der Batterien, zu denen die Speichereinheiten zusammengefaßt waren, herausreißen, das System der Kühlschlangen zerstören ... »Halt!« rief Andres. »Lassen Sie uns überlegen, was wir tun können. Ich habe ja nicht die Absicht, Sie zu betrügen. Wenn ich auch kein Wissenschaftler bin, so kann ich ja doch einen Versuch wagen, wenn es so wichtig ist.« Einen flüchtigen Augenblick lang legte er Felipe den Arm um die Schulter, zog ihn aber ebenso rasch zurück, über die unbeabsichtigt damit gezeigte Vertraulichkeit erschrocken. Trotzdem schien sich zwischen den beiden so etwas wie Verbundenheit eingestellt zu haben, das Gefühl eines gemeinsamen Wunsches, einer stillschweigend eingegangenen Partnerschaft. Nahezu eifrig gingen sie zum Pult, Andres setzte sich, stützte sich nachdenklich auf das glatte graue Arbeitsbord, Felipe stand dicht hinter ihm, blickte ihm gespannt über die Schulter.

Ein Terminal aktivieren, die Tastatur zur Eingabe von Anweisungen bereit, der Bildschirm von einer aus dem Inneren kommenden schwachen Helligkeit erfüllt ... das alles war Routine. Dann wurde es schon schwieriger: Menüs, Auswahlfunktionen, Listen, Kataloge ... Was sich ihm da bereitwillig zum Zugriff anbot, war zwar noch verständlich, ließ aber keinerlei Zusammenhang mit irgend etwas erkennen, was – vielleicht als Ingredienz aller Erkenntnis – zur Lösung anstehender Probleme beitragen konnte.

ELEKTRO- UND MAGNETOSTRIKTION
ELEKTRONENSPINRESONANZ

THEORIE DER STARKEN WECHSELWIRKUNGEN
DAS QUARKSCHEMA ALS EXTERNE GRUPPE
GRAVITONENWELLEN ...

Spezialfächer der Physik, offenbar, doch was damit anfangen, wo suchen? Andres murmelte vor sich hin, ließ immer wieder neue Listen ausgeben, studierte sie kurz, verwarf den Impuls, sich näher damit zu befassen, ins Detail zu gehen ...

Wo suchen?

»Die letzten Erkenntnisse! Material der letzten Jahre, der letzten Monate ... Kann man feststellen, was alt ist und was neu?« Felipe versuchte seine Ungeduld zu unterdrücken.

»Vielleicht«, sagte Andres.

Er gab einige Anweisungen, ließ sich Zusatzinformation ausgeben, unter anderem die Zeiten der Einspeicherung, auch das kein Problem, die Organisation der Daten war perfekt, sie ließen sich nach allen möglichen Gesichtspunkten ordnen, selektieren, ausschreiben ...

Die Schwierigkeit lag woanders, die Stichworte wurden immer unverständlicher:

WAHRSCHEINLICHKEITSLOGIK
PERMUTATIVE HEURISTIK
LOGIK UND SERENDIPITÄT
ALEATORIK DER PLATONISCHEN IDEEN
METASEMANTIK
INFINITÄTSHYPOTHESE
PUNKTUELLE EREIGNISFELDER

Andres richtete sich ein wenig auf, blickte Felipe an, eine Frage ohne Worte. Doch er erhielt keine Antwort.

»Da ist es, das Neueste«, sagte er. »Die Wahl steht uns frei.«

»Kann man nicht ...« Felipe überlegte angestrengt, »lassen sich daraus keine Zusammenfassungen gewinnen, eine Art Universalformel, die all das enthält, was hier in Details aufgegliedert ist?«

»Die Universalformel? Glauben Sie wirklich, daß es so etwas gibt? Und selbst wenn ... Was sollte sie uns nützen?«

»Ja, verstehen Sie denn nicht? In einer Universalformel steckt das gesamte Wissen, das uns zugänglich ist; und deshalb könnte man sie auf alles anwenden, auf jede Frage, auf jedes Problem.«

»Und wer sollte damit umgehen können? Wer sollte sie verstehen?«

»Der Computer natürlich«, sagte Felipe lebhaft. »Schauen Sie

in Ihren Listen nach, irgend etwas in der Richtung sollte sich doch finden lassen!«

Sie saßen über eine Stunde beisammen, Felipe hatte sich aus dem benachbarten Raum einen Hocker geholt, Andres ließ sich immer wieder neue Aufstellungen auflisten, dabei konzentrierte er sich auf die neuesten Ergebnisse, was es aber mit sich brachte, daß die dort aufscheinenden Spezifikationen nahezu unverständlich waren.

HARMONIKALE STOCHASTIK
DAS EMPEDOKLES-THEOREM
INVERSION UND EXVERSION
IMAGINÄRE DATENRÄUME
LOGISCHE SINGULARITÄT
GÖDELSYSTEME UND NULL-GRUPPEN

Manchmal wählte Andres auf gut Glück einen Themenbereich zur weiteren Spezifikation aus, studierte die Auswahllisten zweiter, dritter und vierter Ordnung, stellte aber fest, daß nach mehr oder weniger Schritten anstatt der Worte, die immerhin noch gewisse Vorstellungen erweckten, anscheinend sinnlose Ziffern- oder Buchstabenreihen erschienen. Beim letzten Themenbereich, der offenbar erst einige Stunden zuvor abgespeichert worden war, ging er die Reihe der Listen durch und forderte schließlich den Ausdruck von Klartext. Zu seiner Verwunderung blieb der Bildschirm leer, dann stieß ihn Felipe an und deutete auf den überbreiten Hauptschirm: Dieser war nun mit Zeichen und Formeln bedeckt, die lange, manchmal in mehreren Ebenen angeordnete Reihen bildeten und die gesamte Breite der Bildfläche einnahmen. Beide starrten darauf – es schien hoffnungslos: Wenn hier überhaupt Sinn dahintersteckte, dann gab er sich nicht preis.

Andres tat ein übriges dazu: Er drückte auf das hardcopy-Gerät, ließ sich den gesamten Datenblock ausdrucken. Bemerkenswerterweise liefen die Zeilen nicht quer, sondern längs über das Papier – offenbar, weil die Formeln zu lang für die übliche Darstellung waren. Mehrere Meter des randperforierten Streifens falteten sich in den bereitstehenden Korb, dann trennte Andres den auf diese Weise entstandenen Stoß längs einer Knickstelle ab, faltete ihn dreifach und steckte ihn in die Innentasche der Jacke. »Für alle Fälle«, sagte er erklärend, doch die Resignation war unverkennbar.

»Nichts zu machen?« fragte Felipe.
»Nichts«, antwortete Andres.

* * *

Andres befand sich nun schon einen Monat bei Ossip in der Wüste.

Er hatte ein Zimmer zugewiesen bekommen, einen Raum, nicht weit von der »Sesam-Halle« entfernt, der früher als Lager gedient hatte. Ossip hatte es Andres freigestellt, die Einrichtung selbst zu bestimmen, und dieser hatte sich für ein funktionales Design im Stil des späten 3. Jahrtausends entschieden. Es bot ein Maximum an Bequemlichkeit, vielleicht ein wenig auf Kosten der Ästhetik, denn die Ausführungsorgane der Dienstleistungsautomatik wurden nicht verborgen, sondern offengelegt, in das Interieur einbezogen. Doch Andres war nicht annähernd so stark an ästhetischen Fragen interessiert wie Ossip, ihm kam es eher darauf an, die Dinge, die er brauchte, ohne große Umstände zu erhalten. Ein eigenes System zur Ausgabe von Essen und Trinken, regulierbare Kühlanlage, Zugriff zum Kommunikator, der freilich auf jene Programme und Daten beschränkt war, die Ossip mitgebracht hatte; doch von dieser Beschränkung war kaum etwas zu bemerken.

Einige Male waren sie durch die unterirdischen Hohlräume gewandert, und Andres hatte erfahren, daß es außer dem Kathedralenteil noch andere gab, Bereiche im Stil mittelalterlicher Burgen, ineinander übergehende Gewölbeformen, die Wände aus rohem Gestein, schweres, grob geschnitztes Holz, schwarzgebranntes, handgeschmiedetes Metall; oder eine andere Region nach den Vorbildern des Jugendstils, Hauptfarben Schwarz und Weiß, Glasvitrinen, überlebensgroße Tiere aus Porzellan, in Seide gekleidete Puppen mit flachen Gesichtern, Computerreliefs in der Manier von Klimt und Schiele, blaßfarbene Papierblumen, unzählige Spiegel, Lampen mit Schirmen aus Perlmutter ... Die Einzelheiten waren kaum zu überblicken.

Andres stand es frei, sich in diesem Labyrinth frei zu bewegen, die Zeit der Untätigkeit durch Beschäftigung mit der sinnentfremdeten Schönheit zu erleichtern. Vergeblich versuchte er, einen räumlichen Überblick zu gewinnen, sich über die Lage der Systeme klar zu werden; nur soviel stand fest: Sie reichten weit in das Felsmassiv der Berge hinein, die sich hinter der von ihm schon am Herweg wahrgenommenen Steilwand verbargen. Die künstlerischen Aushöhlungen waren einzig und allein dem Gestaltungswillen Ossips entsprungen, der, aktiv wie er war, besonders unter der Eintönigkeit leiden mußte. Oder war seine Unruhe, sein kaum zügelbarer Aktivitätsdrang anders zu erklären? War es Ungeduld? Vielleicht die Ungewißheit dessen, auf das er wartete?

Trotz der eindrucksvollen unterirdischen Anlagen, die den Niederschlag wichtiger kunsthistorischer Epochen dokumentierten, war Andres aber auch – vielleicht noch mehr – durch das natürliche Höhlensystem gefesselt. Die Wege, von Ossip in bemerkenswerter Anpassung an die Naturformen angelegt, reichten nur bis zu den Pforten seines unwirklichen Reiches. Wollte man weiter ins Innere des Berges eindringen, so mußte man den bequemen Pfad verlassen, sich durch Schotterfelder und Sand, durch vertrocknete Kristallseen und vom Wasser glattgeschliffene Bachbetten fortbewegen, manchmal durch geräumige Gänge hindurch, dann aber auch wieder durch Röhren, die einen Menschen zu kriechender Fortbewegungsweise zwangen. Schließlich hob sich die Decke doch immer wieder, ein neuer Raum folgte, trotz einer gewissen Einheitlichkeit der Anlage doch stets von Neuem überraschend mit den vielgestaltigen kristallinen Gebilden, zu denen sich dann auch Tropfsteine gesellten, Stalagmiten und Stalaktiten, dicke Säulen, die die Gewölbe zu tragen schienen, und grazile, hoch aufragende Kerzenformen, an den Enden klumpig ausgeweitet, an Kandelaber erinnernd. Manchmal aber war der Weg auch verschlossen – da öffnete sich plötzlich ein Abgrund, da verengte sich der Gang zu einer unpassierbaren Röhre, da gab es Steilstufen, die nicht erkletterbar waren. Andres mußte den Weg durch dieses Labyrinth erst finden, und er verbrachte Stunden und Tage dazu. In den letzten Tagen hatte er festgestellt, daß die von Ossip angelegten Räume gelegentlich auch Naturhöhlen anschnitten, da war das Ende eines Rittersaals plötzlich durch einen dunklen Abgrund gebildet, dort klaffte in einem Jugendstilraum eine ins Berginnere führende Spalte, da war ein Kirchenschiff plötzlich durch eine Tropfsteinwand begrenzt. Oft war es bequemer, solche vom Zufall gegebene Zugänge zu benutzen, um in entlegene Teile des Systems zu kommen, und manchmal glaubte sich Andres in einem phantastischen Traum zu befinden, wenn er nach einer anstrengenden Kletterei durch enge, gipsverkrustete Kluftgänge plötzlich in einem samtverhangenen Schlafzimmer landete, von einem Rittersaal in ein Netz von ausgetrockneten Bachbetten abstieg oder, im Rücken noch die Pracht der christlichen Kirchenkunst, an einer Steilwand emporstieg ...

Für Entdeckungszüge dieser Art hatte Ossip wenig Sinn, und so war Andres auf sich allein angewiesen, was ihm aber die Möglichkeit bot, sich die von Ossip errichteten technischen Anlagen näher anzusehen. Ein wenig abseits war der Fusionsreaktor eingebaut, es gab eine Art Nachrichtenzentrale, in denen neben dem Kommunikator alle Arten von Modulkassetten, Bildplatten, Holofilmbehältern und dergleichen herumstanden. Ein anderer Teil wieder war dem Materietransformer vorbehalten, mit direktem Anschluß an den Reaktor, der die Energie lieferte. Hochtemperatur-Katalysatoren, die Produktion verschiedenster Glas- und Keramiksorten durch physikalische Behandlung, der Aufbau komplizierter organischer Materie, gesteuert durch undurchschaubare chemische Syntheseprogramme – diese Technik hatte es möglich gemacht, aus dem Material einer öden Felslandschaft all das zu formen, was der Mensch zum Leben brauchte, und nicht nur das: Luxus aus dem Nichts heraus ... Noch nie war Andres so deutlich geworden, wozu wissenschaftliche Erkenntnis und sinngemäß angewandte Technik eigentlich fähig waren. Ossip hatte nur eine höchst bescheidene Ausstattung an Geräten mitbringen müssen, das Wichtige, worauf es ankam, war die gewichtlose Information, der Vorrat an Wissen, das sich jederzeit aktivieren ließ, so unscheinbar – in einigen würfelgroßen Einheiten verdichtet – es auch im Vergleich mit den Maschinen aussah. Und – natürlich – der Überfluß an Energie.

Andres lernte viel, er begann die Enge seines vorgegebenen Fachgebiets zu überwinden, allmählich erschloß sich ihm der Sinn von alledem, was er bisher lediglich ohne zu denken verwaltet hatte. Die Verfügbarkeit des Wissens ... in jeder Lage Antwort auf alle Fragen ... Programme zur Verwirklichung sämtlicher Wünsche – was für Möglichkeiten eröffneten sich doch dem, der all das sinnvoll zu gebrauchen verstand! Das Leben, wie es die Menschen in den Silos verbrachten, erschien ihm nun erbärmlich, und selbst die Freiheit der Kuppel mutete aus seiner neuen Sicht heraus lächerlich an. Die Erde war zur Wüste geworden, an dieser Tatsache war nicht zu rütteln, doch, wie Ossip in diesem Einzelfall bewiesen hatte, brauchte man sich damit nicht abzufinden, es bestand keinerlei Notwendigkeit zu resignieren. Man brauchte nur die anerzogene Trägheit zu überwinden: sich dem Neuen öffnen, komplizierte Gedanken denken, sich die Mühe machen, das Spiel der Kräfte und Wechselwirkungen zu verstehen, das Potential der Intelligenz und Sensibilität ins Spiel zu bringen ... Sollte es das gewesen sein, was die »Fortschrittlichen« forderten? Wenn es so war, dann hatten sie nicht verstanden, sich auszudrücken: etwas, was, wenn es erst einmal gedacht wurde, völlig klar und einsichtig schien.

Sein Verhältnis zu Ossip hatte sich nur wenig geändert. Gewiß, auf der einen Seite hatten sie sich aneinander gewöhnt, und im Grunde genommen war jeder froh, nicht allein zu sein. Auf der anderen Seite aber brach das Mißtrauen immer wieder durch – sobald sie auf das Ziel zu sprechen kamen, auf ihre Erwartung. Dann belauerten sie einander wie schon am ersten Tag, versuchten es mit Tricks und Überredungskunst und gaben doch nichts preis von dem, was sie wußten – oder auch nicht.

Es war nur natürlich, daß Andres auch andere Mittel anwandte, um Ossip auf die Schliche zu kommen. Er schreckte nicht davor zurück, die Zentrale nach versteckten Daten zu durchstöbern, die ihm Ossip vielleicht vorenthielt. Er suchte in Regalen und Schränken, blickte hinter Vorhänge, sah sich nach verborgenen Räumen um. Nur ein einziges Mal schien er fündig zu werden: Da befand sich, nur ein paar Minuten von ihrem Wohnbereich entfernt, eine Tür in der Felswand – an einer verschatteten Stelle, die ihm lange nicht aufgefallen war. Doch Andres' Bemühungen, sie zu öffnen, schlugen fehl, der Verschlußmechanismus sprach auf einfachen Knopfdruck nicht an, und auch der Versuch, die Tür mit einer Metallstange aufzubrechen, mißlang. Ossip aber schien etwas von Andres' Versuchen gemerkt zu haben. Als sie eines Tages auf einer ihrer gemeinsamen Exkursionen in der Nähe der Tür vorbeikamen, deutete er darauf hin und sagte: »Dieser Teil ist privat. Wenn du hier einzudringen versuchst, bringe ich dich um.« Er sagte es ganz ruhig, doch vielleicht wirkte es gerade dadurch so stark auf Andres, einschüchternd und anregend zugleich. Und wenn er bisher auch keinen zweiten Versuch mehr unternommen hatte, so ging ihm der verschlossene Raum doch nicht aus dem Sinn.

Je länger die Zeit des Wartens dauerte, je mehr Abstand Andres von den außenliegenden Dingen bekam, umso unwirklicher kam ihm seine Situation vor, umso mehr zweifelte er an dem Sinn dessen, was er tat... Manchmal schien es ihm, sie beide wären die letzten Menschen auf diesem Planeten, er stellte den Ablauf der Zeit in Frage – manchmal kam es ihm vor, als gäbe es keine Veränderung mehr, als stünde er am Beginn einer Ewigkeit, die sich in einer sinnlosen Aufrechterhaltung einiger weniger gewohnheitsbedingter Tätigkeiten erschöpfte – wobei die Hoffnung auf irgendein geheimnisvolles Ereignis nichts anderes als die lebenserhaltende Fiktion wäre, mit der man den Glauben an einen längst nicht mehr faßbaren Sinn aufrechterhielte.

Auch die Gespräche mit Ossip trugen nicht dazu bei, diesen Eindruck zu verändern, ja, gerade durch das ihnen innewohnende Prinzip, alle konkreten Probleme auszuklammern, wiesen sie mehr und mehr auf Spiele der Phantasie hin, auf wirklichkeitsferne Theorien, auf unverbindliche Gedankenexperimente, wobei sich zwar jeder bemühte, sich an die Basis der Sprache, der Denklogik zu halten, sich aber kaum noch sicher war, daß diese einen anderen Wert hätten als den, die Zeit auf geistreiche Weise totzuschlagen.

Was war die Wirklichkeit, was von ihr konnte der Mensch erkennen? Das waren Fragen, über die Ossip gern und lange sprach.

»Die Wirklichkeit«, sagte er, »der Unterschied zwischen dem, was wirklich besteht, und den Vorstellungen, die wir uns davon machen... Auch ich bin zunächst von dem ausgegangen, was man sehen, was man greifen kann – als feste Basis, Ausgangspunkt jeder weiteren Versuche des Erkenntnisgewinns. Im übrigen glaube ich noch heute, daß diese Art des Vorgehens richtig ist. Hierin sehe ich eigentlich kein Problem. Ob mit Sinnesorganen oder mit den Instrumenten der Meßtechnik, der wissenschaftlichen Fotografie: Alles, was sich auf diese Weise erfassen läßt, wurde schon seinerzeit, am Anfang der exakten Wissenschaft, erfaßt, es ist dokumentiert, auf die zugrundeliegenden Gesetze untersucht, in eine große Ordnung eingebracht. Aber das alles sind eben nur Erkenntnisse im untersten Bereich, wo sich alles mit simplen Denkroutinen erfassen läßt. Naturgesetze, ein Satz von Axiomen, ein Programmierer, der Randbedingungen setzt, ein Computer, der Schlüsse zieht... Das alles ist glasklar, problemlos. Das Problem beginnt erst auf einer höheren Stufe.«

Auch diesmal saßen sie in Ossips Lieblingsraum, er mit seiner

Wasserpfeife, seinen Nüssen beschäftigt, seine Rede von sparsamen Gesten begleitet, Pausen des Nachdenkens, die er nutzte, um am Mundstück zu saugen oder die Kerne zu kauen.

»Wenn nicht durch das Experiment«, sagte Andres, »woher sollte dann Erkenntnis kommen?«

»Die platonischen Ideen, das reine Denken des Aristoteles ... Weißt du, ich bin mir da nicht sicher.« Er beugte sich ein wenig vor, als hätte er Andres ein Geheimnis anzuvertrauen. »Ihre Methode hatte keinen Erfolg, und daran ändert es auch nichts, daß Philosophen noch Tausende von Jahren von den leeren Worten lebten, die damals gesprochen wurden. Aber ist es nicht möglich, daß etwas zunächst sinnlos sein kann, dann aber Sinn gewinnt?« Er dachte eine Weile nach, und Andres hütete sich, ihn zu unterbrechen. Es ging um Fragen, die ihn mehr und mehr beschäftigten.

Ossip sprach weiter: »Könnte es nicht die Eigenart der Computer gewesen sein, die zu einer entscheidenden Wende führte? Ihre Fähigkeit ist es zu rechnen, zu denken, Modelle zu entwickeln ... Ihnen stehen alle Daten zur Verfügung, die Menschen jemals aufgenommen haben. Und sicherlich ist alles dabei, was überhaupt physikalisch erfaßbar ist. Im Mikrokosmos bis zu den Quantenprozessen, im Raum-Zeit-Gefüge bis zu jenen Entfernungen, aus denen – durch die Lichtgeschwindigkeit eingegrenzt – noch Informationen kommen können. Der Einsteinsche Doppelkegel – welch wunderbares Bild!« Er machte eine Geste mit den Armen, als versuche er, die Geometrie seiner Vorstellung zu umreißen, doch es war ein vergeblicher Versuch, er ließ die Hände wieder sinken. Ein wenig hatte er den Faden verloren.

»Du meinst: Sie verfügen über alle Daten, die es gibt ...« Andres versuchte sich die Konsequenz dieser Überlegung vor Augen zu führen. »Ja dann ... Dann wäre ja das Ziel erreicht – die Wissenschaft hat zu einem Ende gefunden.«

Ossip aber wehrte entschieden ab. »Der Schluß liegt nahe, aber könnte er nicht einen Denkfehler enthalten? Das ist der Punkt, an dem der Erkenntnisgenerator ins Spiel tritt. Es geht eben nicht mehr darum, aus Prämissen Deduktionen abzuleiten, sondern um die Frage, ob es nicht Möglichkeiten gibt, die scheinbar gesetzten Grenzen zu sprengen. Verstehst du?« Er sprach nun betont: »Es geht um Wissen, das durch Beobachtungen, durch Experimente nicht zu erhalten ist. Das ist die uralte Idee: Erkenntnis durch reines Denken! Und es ist verständlich, daß der Trend in der Computerentwicklung – von der artifiziellen Intelligenz gesteuert – in Richtung auf diese Frage geht. Solange es sich um Beobachtungen handelt, um Experimente, um Messungen, sind sie auf Menschen angewiesen, auf Geräte, die ihnen die richtigen Daten liefern oder auch nicht. Können sie erst auf diese Zubringerdienste verzichten, dann sind sie autonom. Das ist es – die Erkenntnismaschine ist auf die Frage gerichtet: Gibt es eine Wahrheit, die über das hinausführt, was wir auf der Basis der Beobachtung begründen können? Ganz konkret: Lassen sich Informationen, die außerhalb des Einsteinschen Kegels liegen, vielleicht durch neue Methoden des Denkens in Erfahrung bringen?« Jetzt hielt es ihn nicht mehr auf seinem Platz, er stand auf, ließ das Mundstück der Pfeife achtlos fallen. Er ging einige Schritte im Raum hin und her, den Blick in unbestimmte Fernen gerichtet. Eine vage Geste zu Andres, deren Bedeutung er zu erraten versuchte. So unbestimmt sie war, so glaubte er doch zu verstehen: Ossip war an einem Punkt angelangt, der ihn bis zur Erschöpfung aufregte. Er wollte allein sein, ungestört ... Jetzt schien er der Welt entrückt, vielleicht war er jenen Zielen nahe, die er sich gesetzt hatte ...

Andres stand leise auf, verließ den Raum.

In seinem Zimmer legte er sich auf die mit einer zähen Flüssigkeit gefüllte Matratze, die Positionsveränderungen langsam nachgab, ohne dabei ins Schwingen zu kommen. Obwohl er müde war, lag er lange wach. Fragen der Wissenschaftstheorie, Fragen der Philosophie ... Die Probleme, um die es gegangen war, schienen weitab aller Lebenspraxis zu liegen, weitab von jenen Gründen, die beide in die Einsamkeit getrieben hatten. Oder war es vielleicht ganz anders? Gab es hier eine Verbindung zwischen dem abstrakten Denken und jener »Wende«, die manche vorhersagten? Gab es einen Zusammenhang mit Erkenntnissen, die auf eine ihm nicht verständliche Weise hervorgebracht worden waren, und seinem rational ebensowenig begründbaren Aufenthalt an diesem einsamen Ort?

Allmählich begannen sich sein Denken und Träumen zu vermischen, und er schlief ein.

* * *

Andres hatte sich in seine Wohnung zurückgezogen, er hatte das Bedürfnis, die neuesten Erfahrungen – und Enttäuschungen! – zu

verarbeiten. Er glaubte einen entscheidenden Schritt weitergekommen zu sein. Immerhin wußte er jetzt, worum es ging, wieso seine Person, ohne daß er das wollte, zu einem Angelpunkt der Entwicklung geworden war. Man sah ihn als Meister aller Daten, eine Einschätzung, die gewiß lächerlich war, doch andererseits wieder erklärlich. Er gehörte zu jenen, die Zutritt hatten, und ihm war noch am ehesten zuzutrauen, daß er mit den datenverarbeitenden Systemen fertig wurde.

Um welche Art von Information handelte es sich? Felipe hatte von einer Art Universalformel gefaselt, doch dies schien Andres recht unwahrscheinlich. So wenig er auch von wissenschaftlichen Zielsetzungen wußte, so verstand er doch so viel, um sich über die Aspekte einer Universalformel im klaren zu sein. Wenn sie sämtliche Naturgesetze in sich schloß, dann war sie erstens so kompliziert, daß sie vielleicht ein Computer, gewiß jedoch kein

brauche nur die Aufzeichnung abzurufen.« Er verschwand kurz vom Bildschirm, tauchte wieder auf. Währenddessen sprach er: »Du erinnerst dich an die ersten Stunden deines Aufenthalts in dieser schönen Stadt? Wie freundlich man dich empfangen hat, wie sich alle um dich bemühten? Gleich wirst du sehen, was dahintersteckt. Und dann der sogenannte Traum! Ein Betäubungsmittel besonderer Art, einige Stichworte ... Und schon bilden sich jene gefühlsbetonten Vorstellungen heraus, die man bei dir erreichen will. Die Leute können sich nicht erklären, wieso ihre Mittel bei dir nichts nützen – daß es einfach daran liegt, weil du nichts weißt, kommt ihnen gar nicht in den Sinn. So haben sie – in jenem sogenannten Traum – versucht, Cordula für dich positiv zu fixieren, sie als vertrauenswürdig hinzustellen. Aber natürlich konnte auch diese nicht herausholen, was nicht vorhanden ist. Doch was rede ich da – du wirst es selbst sehen. Im übrigen war das das letzte Mal, daß wir in Kontakt getreten sind – rechne nicht damit, daß du noch einmal etwas von Isa hörst; ich werde das zu unterbinden wissen – sie macht sich doch nur einen Spaß mit dir.«

Auf dem Bildschirm flackerte es, dann beobachtete Andres eine Szene, an die er sich sofort wieder erinnerte: der Empfang im Foyer, das gelbschillernde Getränk, sein Schwindelgefühl. Sicht der Aufnahmen von schräg oben, zweifellos über die Kameras der Kommunikatoren, die im Regierungsgebäude in allen Ecken standen. Für Andres war es nicht ohne Reiz, das Geschehen noch einmal mitzuerleben, diesmal allerdings im vollen Besitz seines Bewußtseins – denn je mehr er sah, um so deutlicher wurde ihm, daß er sehr betrunken gewesen sein mußte und von den andern auch so behandelt wurde. Nachdem sie sich zuerst beflissen gezeigt hatten, ließen sie bald jede Höflichkeit vermissen, warteten nur noch ab, bis die betäubende Wirkung des Getränks stärker wurde. Dann – und jetzt begann es erst richtig spannend zu werden – führten sie ihn in einen Nebenraum, in dem eine Krankenschwester mit einem Enzephalographen wartete – ein teures Gerät, das nicht nur Gehirnströme aufnahm, sondern eine Unzahl von abgeleiteten Impulsen zu Bildern zusammensetzte. Sie betteten Andres auf eine Couch, legten ihm die Haube mit den zahlreichen winzigen Spannungsfühlern an und regelten den Bildschirm ein. »Für wen arbeitest du?«, »was weißt du über die Formel?«, »was hast du hier zu tun, was ist deine Aufgabe?«, »zu welcher Gruppe gehörst du?«, »wer ist dein Chef, wie trittst du mit ihm in Verbindung?« usw. Es dauerte lange, bis sie enttäuscht aufgaben.

Die Aufzeichnung lief weiter, doch Andres saß in Gedanken versunken da, blickte nur noch von Zeit zu Zeit zerstreut auf. Er hatte verstanden, was ihm Ossip mitteilen wollte, und er empfand eine gehörige Wut. Keiner von ihnen würde auch nur das Geringste von ihm erfahren, weder Buckminster, noch Felipe, noch Cordula. Um so stärker aber wurde Andres' Wunsch, endlich selbst weiterzukommen, die verworrene Situation aufzuklären. Wenn es ihm nur gelänge, etwas von dem zu entziffern, was die Maschine zutage gefördert hatte und was so wichtig war, daß sich mehrere Gruppen darum stritten! Es mußte eine entscheidende Rolle in dem Spiel haben, in das er – ohne es zu wollen – einbezogen war.

Plötzlich erinnerte er sich an Isas Hinweis: die Bilder in Ossips ehemaligem Büro, das jetzt das seine war. Eilig stand er auf – bisher hatte er es versäumt, sie sich genauer anzusehen, jetzt aber wollte er keine Minute mehr verlieren.

Schon wenige Minuten später saß er vor der Wand, auf dem Schwebestuhl wippend. Fünf Ornamente, von hinten beleuchtet, körnig schillerndes Licht, farbige Streifen, um ein Zentrum herum symmetrisch angeordnet, alle untereinander ähnlich, in den Einzelheiten aber doch verschieden. Die Farben schienen willkürlich verteilt zu sein, doch im Ganzen gesehen waren sie gut aufeinander abgestimmt, bei einigen herrschten Rot- und Brauntöne vor, bei anderen wieder Türkis und Violett ... Es könnte der künstlerische Geschmack Ossips sein, der sich hier spiegelte. Dann lag die Bedeutung allerdings nicht in den Farben, sondern in den Formen. Andres stand auf, sah sich die Bilder aus der Nähe an, suchte nach irgendeiner Feinstruktur, konnte jedoch nichts finden, was ihm bisher entgangen war. Ornamente von beachtlicher Schönheit, belebender Schmuck für jeden Raum – und in ihnen sollte ein besonderer Sinn liegen, vielleicht sogar der Schlüssel zu allen seltsamen Vorgängen?

Andres hatte wieder auf dem Schwebesessel Platz genommen, fuhr vor und zurück, nach der einen Seite, nach der anderen – blickte die Bilder aus sämtlichen Richtungen an, suchte nach versteckten Hinweisen ... Vielleicht Vexierbilder? Vielleicht ornamental verfremdete Symbole? Aber wie er es auch versuchte –

es gab keinen Sinn. Hinter ihm erklangen Schritte, er schreckte auf, da stand Cordula. Im ersten Augenblick war ihm danach, sie einfach hinauszuwerfen, dann aber kam er zur Einsicht, daß es klüger wäre, sich nichts anmerken zu lassen, was er von ihr wußte.

Sie trat näher an ihn heran, legte ihm die Hand auf die Schulter, bückte sich dann sogar zu ihm herab, als wolle sie ihre Wange an die seine legen. Rasch stand er auf, tat so, als hätte er von dieser Geste nichts bemerkt.

Cordula war es nicht aufgefallen, sie wandte ihre Aufmerksamkeit den Ornamenten zu. Sie mußte ihn schon eine Weile beobachtet haben, und er war auf sich selbst wütend wegen seiner Unaufmerksamkeit. Vielleicht gelang es ihr sogar, das Rätsel zu lösen? Vielleicht fand sie irgendeinen Anhaltspunkt, konnte irgendeine früher gemachte Erfahrung – die er nicht besaß – verwerten?

»Diese Bilder – gefallen sie dir?« fragte sie.

Andres mußte sich dazu zwingen, ihr in unbefangenem Ton zu antworten. »Doch, sie sind hübsch. Was bedeuten sie?«

»Was sollen sie schon bedeuten?« Cordula lachte. »Geometric Art, Log Decor ... Manchen gefällt es. Ich habe nicht so viel dafür übrig.«

»Diese Bilder erinnern mich an irgend etwas ... Vielleicht eine Ähnlichkeit?«

»Wahrscheinlich erinnern sie dich an Blüten, an Blumen. Einst könnte es welche gegeben haben, die diesen Figuren ähnlich sehen. Aber was sollen sie schon bedeuten?«

»Ossip hat Geschmack«, sagte Andres. »Diese Einrichtung – die Skulpturen, die Bilder ...«

»Ach was«, meinte Cordula abfällig. »Alles vom Computer entworfen. Schau!« Sie trat nahe an die Bildreihe heran. »Hier, dieses feine Raster – er hat sich nicht einmal die Mühe gemacht, eine höhere Auflösung einzustellen.«

Jetzt konnte es Andres auch sehen: Wenn die Begrenzungen der Farbfelder auch in eleganten Schwüngen verliefen, so war aus der Nähe doch zu erkennen, daß es sich in Wirklichkeit um fein gezackte Linien handelte, aus vertikalen und horizontalen Abschnitten zusammengesetzt.

Cordula drehte sich um, ging zur Sitzecke, ließ sich auf die weiche Unterlage fallen. Hatte sie das Interesse an den Figuren verloren oder gab sie sich nur uninteressiert? Vielleicht aber hatte sich Andres getäuscht, in einer Art Überreaktion auf das, was er von Ossip erfahren hatte, und Cordula hatte sich nichts dabei gedacht, als sie die Bildreihe erwähnte, hatte sie nur als einen Vorwand benutzt, um ein Gespräch zu beginnen? Andres überlegte, wie er sie am besten loswerden könnte, andererseits aber wollte er sie von seinem Sinneswandel auch nichts merken lassen, und so mußte er zumindest die Regeln der Höflichkeit einhalten. Er folgte ihr, setzte sich – in gebührender Entfernung – ihr gegenüber auf die Couch.

»Und trotzdem muß Ossip ein Mensch mit besonderer Begabung sein«, sagte er. »Ich habe ihn ja nicht gekannt, nur einiges von ihm gehört, vor allem aber habe ich seine Wohnung übernommen, sein Büro, die Einrichtung ist recht ungewöhnlich, läßt zumindest auf einen eigenwilligen Charakter des Urhebers schließen. Es war doch wohl Ossip, der dies alles entworfen hat?« Durch eine Drehung des Kopfes deutete er auf eine neben ihm stehende Skulptur, die aus verspannten Metallstäben bestand; bei der geringsten Luftbewegung begann das Gebilde zu schwingen und sandte feine, schwebende Töne aus.

»Ein ungewöhnlicher Mann – da hast du sicher recht.« Irgend etwas war an ihrem Tonfall, das Andres aufmerken ließ. Er stellte fest, daß sich ihr Gesichtsausdruck irgendwie verhärtet hatte. »Ein Mensch mit seltsamen Einfällen, phantasiereich und energisch. Wenn er sich etwas vornahm, dann setzte er es durch, rücksichtslos, gegen alle Widerstände, selbst gegen die Regeln des Anstands. Vielleicht ist er ein Genie, vielleicht aber auch ein Verbrecher.«

Andres merkte, daß er ein Thema aufgegriffen hatte, das sie in Aufregung versetzte, und er sah darin eine Chance, etwas mehr über die Person Ossips zu erfahren, vielleicht sogar über das, was sich ereignet hatte, ehe er hier eingetroffen war. »Ist das nicht ein wenig kraß ausgedrückt? Von anderen habe ich viel Gutes über Ossip gehört. Hast du einen besonderen Grund dazu, ihn so negativ zu beurteilen?«

Cordulas Erregung steigerte sich offenbar noch mehr. Sie stand auf, kam zu ihm herüber, setzte sich dicht neben ihn. Sie ergriff seine Hand, klammerte sich an seinen Arm. Obwohl es ihm unangenehm war, ließ er es geschehen, weil er hoffte, mehr zu hören.

Jetzt begann Cordula zu weinen. Erst versuchte sie ihr Schluchzen zu unterdrücken, dann aber ließ sie den Tränen freien Lauf. »Dieser Schuft«, sagte sie; sie schluckte und schniefte, sprach aber dann doch weiter, von Pausen unterbrochen, die sie benutzte, um sich die verschmierte Schminke von den Wangen zu wischen und die Nase zu schnauben. »Wenn du wüßtest, wie er mich hintergangen hat. Ich habe eng mit ihm zusammengearbeitet. Als er hier ankam, hatte er keine Ahnung, wußte von nichts – ähnlich wie du. Ich habe ihn mit allen wichtigen Leuten zusammengebracht, du weißt, daß ich hier viele Freunde habe. Wir haben uns gut verstanden, sind uns recht nahegekommen ... –« Wieder wurde ihre Rede durch ein Schluchzen unterbrochen. Sie rückte noch näher an Andres heran, legte ihm den Kopf an die Schulter, wobei sie seinen Hemdkragen mit Schminke verschmierte. Er spürte die feuchte Wärme, die von ihrem erhitzten Gesicht ausging, den Geruch ihres Parfüms und ihres Atems, und es ekelte ihn. Doch er ertrug es ohne Abwehr, zwang sich sogar dazu, ihr den Arm um den Rücken zu legen, sie mit der Hand am Oberarm zu tätscheln.

Nach einer Weile fing sie wieder zu sprechen an. »Es war eine eigenartige Zeit ... Ich war noch nie mit jemand zusammen gewesen, der so war wie er. Vieles hat mich fasziniert, vieles schockiert. Du kannst dir nicht vorstellen, was er alles von mir verlangt hat ...

»Was hat er verlangt?« fragte Andres.

Sie näherte sich mit ihrem Mund seinem Ohr, kam so nahe heran, daß sich ihr Flüstern zeitweise in zischenden Lauten verlor. »Er hatte ... ungewöhnliche sexuelle Ideen. Die Liebe ... du weißt, wie es allgemein üblich ist ... Das bedeutete ihm nichts, er war ... in dieser Beziehung – wie soll ich sagen – sonderbar.«

Das Gespräch hatte eine Wendung genommen, die Andres nicht vorhergesehen hatte – wie es aussah, bestand kaum noch eine Chance, das Thema zu wechseln, den Rededrang Cordulas auf unverfänglichere Bahnen zu lenken, etwas über Ossips Arbeit zu erfahren, womöglich Einzelheiten, die Hinweise auf die Entschlüsselung der Dokumentation hätten geben können. Auf der andern Seite aber spürte Andres in sich eine überraschende, heiß aufflammende Neugier. Es war ein zwiespältiges Gefühl, das ihn beherrschte – denn er empfand es als widerwärtig, die Intim-

sphäre eines anderen zu verletzen, und um eine solche Verletzung handelte es sich doch zweifellos, wenn sich Cordula freimütig über Ossips Liebesleben ausließ. Unter normalen Umständen hätte sie es sicher nicht getan, doch diese Aufregung, in die sie geraten war, hatte eine Hemmschranke niedergerissen, und so erfuhr er einiges, was er nicht erwartet hatte, zwar – wie erwünscht – über Ossip, doch etwas ganz anderes als erhofft.

Cordula schien es ein Bedürfnis zu sein, sich jemandem anvertrauen zu können. Sie schmiegte sich immer enger an Andres, der es jetzt nicht mehr unbeteiligt hinnehmen konnte: Nachdem er das, was ihn an Cordula abstieß – nicht zuletzt durch die neuen Informationen ausgelöst –, überwunden hatte, so war es die ungewohnte Nähe einer Frau, die nicht wirkungslos blieb. Er murmelte einige zustimmende Worte, und Cordula nahm es als Aufforderung, ihn noch enger an sich heranzuziehen, ihr verschmiertes Gesicht an das seine zu drücken. Unwillkürlich erwiderte er ihre Küsse, wobei allerdings eine Distanz blieb; obwohl er sich hingezogen fühlte, stieß ihn etwas ab, und das hatte nichts mit dem elastisch-weichen Frauenkörper zu tun, sondern mit der Persönlichkeit Cordulas, die er nun besser zu kennen glaubte, die er in anderem Licht sah als zuvor. Er richtete sich ein wenig auf, holte ein Papiertaschentuch aus seiner Jackentasche und versuchte, Cordulas Tränen zu trocknen. Das trug ein wenig zur Ernüchterung der Situation bei und hielt sie von ihm ab.

»Was geschah nun eigentlich?« fragte er. »Bist du auf seine Wünsche eingegangen? Oder hast du ihn abgewiesen?«

»Es war ganz anders«, erklärte Cordula. »In gewisser Weise war ich ihm hörig, selbst wenn ich es nicht wollte, mir fest vorgenommen hatte, ihm zu widerstehen, so brachte er mich doch dazu, all das zu tun, was er forderte. Nein – an mir lag es nicht! Es lag an ihm! Ich konnte es ihm nicht recht machen, er verlangte, ich solle so unbeherrscht sein wie er, solle mich gehen lassen, alle Hemmungen verlieren ... Er war unzufrieden, und er war böse. Eines Tages, als ... Nein, ich kann es nicht beschreiben ... Er schickte mich einfach weg, wollte mich nicht wiedersehen. Und dann kam sie ...« Jetzt war ihr Gesicht haßerfüllt.

»Wer?« fragte Andres, obwohl er die Antwort schon erriet.

»Isa!« Sie sprach das Wort aus, als hätte sie einen schlechten Geschmack im Mund.

»Wer ist Isa? Woher kommt sie?«

»Sie ist nichts!« schrie Cordula. »Ein Schmutz, ein Dreck! Keinerlei Qualifikation, ihre Noten so schlecht, wie sie nur sein können ... Und gerade sie hat er sich ausgesucht.«

»... ausgesucht?« Andres spürte, wie sein Herz schlug – offenbar hatte es sich eben erst beschleunigt, als der Name Isas gefallen war. Er hatte sie nur kurz gesehen, vor allem ihr Gesicht, wie es von der Kamera eingefangen worden war, er wußte nicht einmal, wie ihr Körper aussah, war sich nicht darüber im klaren, ob er das Mädchen überhaupt einmal als Ganzes gesehen hatte – vielleicht in einer flüchtigen, zufälligen Einstellung. Und doch konnte er sich Isa lebensecht vorstellen, und er war sicher, daß diese Vorstellung zutraf. Irgendwie begann er Ossip zu verstehen – der Unterschied zwischen den beiden Frauen war himmelweit – wie zwischen Tod und Leben. Cordula der Tod, Isa das Leben ... Wie kam er nur auf einen solchen Vergleich?

Inzwischen sprach Cordula weiter. So gespannt Andres auch war, so konzentrierte er sich nicht mehr auf Cordulas Eröffnungen, sondern mußte an Isa denken. Er war sich nicht mehr dessen bewußt, daß er eine andere Frau in den Armen hielt, auf irgendeine Weise – so unwahrschenlich das gerade angesichts des eben festgestellten Unterschieds war – verschmolzen beide miteinander, die Wirklichkeit und die Vorstellung, die Gegenwart und der in unbestimmten Zeitdimensionen liegende Traum ...

»Er hat sie gerufen! Er hat sie sich aussuchen lassen wie aus einem Möbelkatalog. Selektion nach festgelegten Prioritäten ... Er hat lange darüber nachgedacht, welche Anforderungen er stellen sollte. Und in gewissem Sinn bin sogar ich daran schuld – weil ich immer danach gefragt habe, welche Eigenschaften er bei mir eigentlich erwarte.« Wieder stieg das Schluchzen in ihr auf, in kleinen Rucken kam es an die Oberfläche, bis sie nicht mehr sprechen konnte und sich erneut an Andres klammerte.

Wieder versuchte Andres, Zuneigung vorzutäuschen, Verständnis, Mitgefühl ... Doch, von einer Sekunde auf die andere, hatte er die Selbstbeherrschung verloren, die unterdrückte Abneigung schlug durch, die schwitzende und weinende Frau war unappetitlich, die Szene widerwärtig. Und außerdem erschien ihm etwas daran falsch – konnte er wissen, ob Cordula ihre Verzweiflung nicht nur spielte? Eine Frau, eine hohe Stellung im Staatsdienst, mit Sonderaufgaben betraut ... Was waren das für Sonderaufgaben? Vielleicht handelte es sich um geheime Ermittlungen, Spit-

zeldienste? Vielleicht hatte man sie schon auf Ossip angesetzt – und der Herausschmiß, den sie so sehr beklagte, war dadurch einfach zu erklären, daß Ossip ihr auf die Schliche gekommen war?

Er hatte keine Zeit, diesen Überlegungen weiter nachzugehen, denn auch Cordulas Verhalten hatte sich abrupt geändert. Sie stand vor ihm, mit haßverzerrtem Gesicht, die rechte Hand erhoben, als ob sie ihn schlagen wolle. »Du weist mich ab? Du stößt mich zurück? Soll sich das erbärmliche Schauspiel wiederholen, das mir Ossip geboten hat?« Einen Augenblick lang sah es aus, als würde sie sich beruhigen. Ihre Stimme wurde ein wenig leiser, sie sprach beherrscht, doch hin und wieder klangen schrille Laute durch, die ihre innere Spannung anzeigten. »Glaubst du, wir wüßten nicht, daß du mit Isa unter einer Decke steckst? Unglaublich, daß sich intelligente Männer einem solchen Flittchen unterordnen! Sie hat keinen Funken Intelligenz, versteht nichts von dem, was sich außerhalb ihres rosaroten Spielzimmers abspielt. Worauf kommt es also an? Brustumfang? Taille? Po? Eine nichtssagende Larve, lange Beine, ein ordinärer Hüftschwung ... Weißt du, was das ist? – eine Beleidigung, eine Frechheit!«

Ohne es durch irgendeine Geste anzudeuten, ging sie auf Andres los. Sie schlug ihn mit den Fäusten, teilte Tritte aus – ihre edelsteinverzierten Schuhspitzen hinterließen schmerzhafte Flekken auf seinen Knöcheln, seinen Waden. Er brauchte eine Weile, ehe er sich zu wehren begann. Dann allerdings bekam er ihre Arme zu fassen, wandte eine Art Polizeigriff an, wobei er sie von hinten festzuhalten versuchte, doch sie entzog sich ihm, indem sie sich rittlings auf den Teppich fallen ließ und mit den Beinen strampelte.

Von der ungewohnten Anstrengung war Andres ein wenig außer Atem gekommen, doch auch Cordula mußte sich erholen – sie gab ihren Widerstand auf, hatte sich auf den Bauch gedreht, lag tief im künstlichen Rasen vergraben.

Nach einer Weile drehte sie Andres herum, hielt sie aber mit den Schultern zu Boden gedrückt, weil er jeden Moment mit einem neuen Angriff rechnete.

»Dieses Theater kriege ich langsam satt«, sagte er. »Wie kommst du zu deinen absurden Anschuldigungen? Ich bin mit Isa noch nie zusammengetroffen!«

»Dreimal hast du mit ihr Kontakt aufgenommen – für uns ist es ein Leichtes, die Liste der Anrufe ausgeben zu lassen. Es hat also keinen Sinn zu leugnen. Wir haben dich freundlich aufgenommen, und in Wirklichkeit hintergehst du uns – wahrscheinlich arbeitest du mit Ossip zusammen.«

Unerwartet begann sie wieder zu schluchzen, es klang erstickt, die lockeren Büschel des Bodenbelags, in denen ihr Kopf versunken war, schienen sie beim Atmen zu behindern. Sie richtete sich krampfhaft empor ... »Läßt du mich los? Ich brauche einen Erfrischungsspray.«

Nun machte sie wieder einen gefaßten Eindruck, und Andres ließ sie los. Sie stand auf, glättete ihre Kleidung, ging schwankend zur Tür hinüber – auf einem Bord an der Wand hatte sie ein Täschchen abgestellt. Andres den Rücken zuwendend, öffnete sie es, kramte darin – dann drehte sie sich mit einem Ruck um, richtete die Mündung einer Nadelpistole auf ihn.

»Keine Bewegung!« Sie kam langsam auf ihn zu. Ihr Gesicht schien versteinert, die mit der Tränenflüssigkeit vermischte Schminke hatte ein seltsames Muster darauf gezeichnet. Obwohl sich Andres der Gefährlichkeit der Waffe bewußt war, kam ihm die Situation lächerlich vor. Er stand unbewegt, die Arme an den Seiten herabhängend – vielleicht folgte er unwillkürlich dem Ritus der Cowboys, in den Videospielen hatte er oft genug gesehen, nach welchen Regeln sie ihre Duelle austrugen.

Etwa fünf Meter vor ihm blieb Cordula stehen. »Jetzt ist Schluß mit dem Versteckspiel«, sagte sie. Die Mündung der Waffe, mit der Phiolen mit einer betäubenden Flüssigkeit in die Haut des Gegners geschossen wurden, war unbewegt auf ihn gerichtet. »Ausflüchte haben keinen Sinn – ich schieße unbarmherzig, wenn du mir nicht aufs Wort gehorchst. Und glaube nicht, daß du lediglich eine angenehme Betäubung riskierst – ich habe eines der stärksten schmerzerzeugenden Mittel geladen, das es gibt.«

Jetzt kam Andres ihr verschmiertes Gesicht nicht mehr lächerlich vor – eher wie die Maske einer Rachegöttin, die kein Erbarmen kannte. Verschiedenste Gedanken gingen ihm durch den Kopf – sich zum Schein fügsam zeigen? – die Gelegenheit zum Gegenangriff abwarten?

»Nur ruhig«, sagte er und versuchte, seiner Stimme einen demütigen Klang zu geben. »Ich gebe ja zu, daß ich dich nicht gut behandelt habe. Aber das ist doch kein Grund, mich zu bedrohen!«

»Willst du mich mit dummem Gerede hinhalten? Das verfängt bei mir nicht! Erkläre mir endlich, was du hier vorhast, welchen Plan du verfolgst! Ich warte nur noch fünf Sekunden.«

»Also gut«, sagte Andres, der sich natürlich keiner Illusion darüber hingab, daß sie mit der harmlosen Wahrheit nicht zufrieden sein würde. »Du hast recht: Ich arbeite mit Ossip zusammen. Ich soll die Formel für ihn besorgen, darum hat er mich hergeschickt, ihm wurde der Boden hier zu heiß. Offenbar seid ihr hinter seine wahren Absichten gekommen. Dabei hatte er sich gut getarnt – erstaunlich, daß ihr herausgefunden habt, was seine wirklichen Absichten sind!«

»Du kannst dir dein Lob sparen«, sagte Cordula scharf. »Weiter!«

»Was willst du wissen?« fragte Andres.

»Die Formel, oder was es auch immer ist! Wir brauchen sie! Was weißt du darüber?«

Schon während seiner letzten Sätze hatte Andres fieberhaft nach einer plausibel scheinenden Erklärung gesucht. Dabei ging es aber nicht nur darum, daß sie ihm glaubte – mindestens ebenso wichtig schien es, die Sachlage so darzustellen, daß er, Andres, auch weiterhin gebraucht wurde; andernfalls mußte er damit rechnen, daß er auf irgendeine Weise ausgeschaltet wurde, vielleicht betäubt, eingesperrt, vielleicht sogar getötet. Zu allem anderen aber würde es auch noch auf sein schauspielerisches Talent ankommen ...

Er glaubte, einen Weg gefunden zu haben. Seine Haltung war ein wenig straffer, seine Stimme nicht mehr furchtsam zurückhaltend, sondern sogar ein wenig aggressiv. »Dann werde ich dir also einiges erzählen – ob es dir Freude macht, ist eine andere Frage. Glaubst du, ich habe nicht bemerkt, daß ihr von Anfang an versucht habt, mich hereinzulegen? Schon am ersten Abend – dieses Verhör unter Drogen ... Dazu gehört schon ein gehöriges Stück Unverfrorenheit! Aber ich habe mit einer solchen Aktion gerechnet und mich dagegen gesichert – ihr habt nichts von mir erfahren, es muß eine herbe Enttäuschung für euch gewesen sein! Und dann wolltet ihr es schlauer anfangen – du solltest mein Vertrauen erwerben, sie hofften, mich auf diesem Weg aushorchen zu können. Dieser sonderbare Traum ... Glaubst du, ich wüßte nicht, was damit beabsichtigt war? Eine psychische Bindung errichten ... Meint ihr, ich wüßte nicht, wie das geht? In

Wirklichkeit war ich es, der euch getäuscht hat. Das Dokument aus der Bibliothek, die Ornamente, dort, an der Wand ... Ich glaube, ihr seid wirklich darauf hineingefallen ...«

Cordula unterbrach ihn mit einer kurzen Bewegung der Waffe. »Und jetzt wirst du uns sagen, wo wir das Dokument wirklich finden. Und du wirst keine Sekunde mehr zögern, sonst ...« Sie kam noch einen Schritt näher an ihn heran.

»Das echte Dokument ist –«

In diesem Moment erlosch das Licht. Es war stockdunkel. Gedämpfte Geräusche hastiger Schritte, fremde Stimmen – halblaut, unverständlich, kurz andauernder Lärm eines Handgemenges.

Dann flammte das Licht wieder auf, blendend hell – innerhalb von Sekunden hatte sich die Szene entscheidend geändert: Fünf Männer standen im Raum verteilt, zwei hielten Cordula fest, ein dritter stand daneben, betrachtete die Nadelpistole, steckte sie ein, ein vierter lehnte an der Tür, die einen Spalt weit geöffnet war, und schien sich mit jemandem zu unterhalten, der sich draußen befand. Der fünfte Mann war Cliff Bernstein, der auf Andres zutrat; dieser stand immer noch auf demselben Fleck, und es sah aus, als hätte er den Mund noch geöffnet, um etwas zu sagen.

»Still – kein Wort mehr!« Cliffs Lächeln war triumphierend – angesichts des gelungenen Handstreichs verständlich. »Fast hätten Sie alles verraten! Wie gut, daß wir Sie rechtzeitig befreien konnten. Jetzt sind Sie in Sicherheit!« Er blickte sich im Raum um, gab dann einige Anweisungen – soweit Andres verstand, sollte Cordula ein Narkotikum verabreicht werden, das das Kurzzeitgedächtnis löschte – die letzte Stunde, vielleicht auch zwei – sie würde nicht mehr wissen, was in diesem Raum geschehen war: offenbar eine Maßnahme zum Schutz der Eindringlinge vor Entlarvung.

»Rasch«, sagte Cliff, wobei er sich sowohl an Andres wie auch an seine Männer wandte. »Wir brauchen uns hier nicht länger aufzuhalten als nötig!«

Offenbar nahm er es als selbstverständlich an, daß Andres mit ihnen ging, und schien fast erstaunt, daß dieser stehenblieb.

»Wohin soll es gehen?« erkundigte er sich.

»In unser Stammquartier«, sagte Cliff kurz. »Jetzt aber rasch!«

»Ist es nötig, daß ich mitkomme?« fragte Andres. »Diese

Ereignisse – sie haben mich ein wenig mitgenommen. Ich würde gern in meine Wohnung zurückkehren.«

Cliffs Ausdruck verlor ein wenig von seiner Freundlichkeit. »Wir müssen uns unterhalten, das wird Ihnen doch klar sein.«

»Und wenn ich mich weigere?«

»Darüber würde ich mich wundern – schließlich haben wir Sie aus einer recht unangenehmen Lage befreit. Glauben Sie nicht, daß Sie sich uns gegenüber erkenntlich erweisen sollten?«

»Dagegen ist nichts einzuwenden«, meinte Andres, »doch muß es ja nicht unbedingt jetzt sein!«

Cliff sah sich nach den beiden Männern um, die sich inzwischen mit Cordula beschäftigt hatten – diese lag, schlafend oder auch betäubt, auf der Couch. Nun traten sie auf einen Wink Cliffs hin näher.

»Er kommt mit uns«, sagte Cliff. Die Männer verstanden auch ohne weitere Erklärungen. Sie packten Andres rechts und links an den Armen und führten ihn wie einen auf frischer Tat ertappten Verbrecher ab. Als Andres sich probeweise zu wehren versuchte, verstärkten sie ihren Griff und ließen keinen Zweifel daran, daß sie ihren Auftrag rücksichtslos erfüllen würden. Von diesem Moment an fügte sich Andres vorderhand in sein Schicksal.

Die Gruppe – Andres in ihrer Mitte – benutzte den Lift, fuhr in das zweite Untergeschoß, von dem Zugang zu den unterirdischen Verbindungswegen bestand. Im tunnelartigen Gang stand ein Magnetkissenboot, das sie alle aufnahm. Einer der Männer setzte sich in den Führersitz und stellte auf volle Fahrt. Trotzdem hielt sich die Geschwindigkeit in Grenzen – vielleicht dreißig oder vierzig Kilometer pro Stunde –, da gelegentlich auch Leute zu Fuß, auf Rollschuhen oder auf Fahrrädern unterwegs waren. Doch keiner schenkte ihnen Beachtung, niemand hielt sie auf. An einigen sechszähligen Sternpunkten bogen sie ab, Andres hatte bald die Orientierung verloren. Sollte er aus dem Kuppelbereich herausgebracht werden? Oder hatten sie irgendwo im Inneren ein Versteck? Vielleicht bloß eine Privatwohnung, die sich ja – Schutz der Intimsphäre! – hinreichend abkapseln ließ?

Endlich kam das Boot zum Stillstand, sie stiegen aus, und Andres wurde, wieder in ihrer Mitte, in einen engen Nebengang geführt, der in einer Tür mündete. Sie öffnete sich erst, nachdem Cliff auf der daneben angebrachten Tastatur einen Code einge-

tippt hatte, dann ging es wieder durch enge Gänge weiter, die dem Anschein nach nicht mehr zum offiziellen Bereich gehörten, denn die Beleuchtung beschränkte sich auf einige wenige Notlampen, die Wände waren roh, der Boden da und dort mit abbröckelndem Gestein oder erdigen Massen bedeckt. Andres hatte den Eindruck, sich tief unter der Erde zu befinden, was durch das dumpfe Hallen der Schritte und den Modergeruch noch verstärkt wurde. Endlich erreichten sie eine weitere Tür, kamen durch halbdunkle, leere Räume, bis sie eine Liftanlage erreichten. Sie war primitiv gebaut, nach allen Seiten offen, bestand nur aus einer Bodenplatte und offenem Gestänge, in dem schwarzen Schacht dahinter waren zwei dicke Drahtseile zu erkennen, und als sie nun zwei Stockwerke in die Höhe fuhren, kam ihnen von oben ein schweres Ausgleichsgewicht entgegen.

Sie hielten an, wobei die Platte mehrfach an die Wand anschlug, Cliff drückte eine Schwenktür auf, sie traten heraus. Ein Vorraum, mit altem Werkzeug angepfercht – Schaufeln, Rechen, Spitzhacken –, ein Magazin mit Wandregalen bis zur Decke, darauf Lampen, Batterien, Schutzhelme, zusammengefaltete Arbeitskleidung. Eine letzte Tür, grau lackiert mit aufgemalten roten Zeichen, wieder durch eine Sperre gesichert.

Jetzt hatten sie ihr Ziel erreicht – es war ein achteckiger Raum, dessen einzige Einrichtung grobe, offenbar aus echtem Holz bestehende Bänke waren. Ein rundes Dutzend Menschen erwartete sie, die Mehrzahl Mädchen und Frauen, offenbar hatten sie sich mit einem altertümlichen Kartenspiel beschäftigt, denn die buntbedruckten Kartonscheibchen lagen zum Teil auf der Bank, zum Teil am Boden. Nun aber waren alle aufgestanden, den andern entgegengetreten, und insbesondere Andres war es, dem sie ihre Aufmerksamkeit schenkten. Einige kamen so nahe an ihn heran, daß sie ihn berührten – als wollten sie sich überzeugen, daß er wirklich existierte.

Cliff erklärte die Lage, berichtete von der geglückten Befreiungsaktion, gab dann kurz einige Anweisungen. Daraufhin stellten sie die Bänke um, bildeten damit ein Viereck, an dessen einer Seite Cliff und Andres Platz nahmen. Nun hielt ihn niemand mehr fest, es sah aus, als wäre er frei, was jedoch angesichts des Ortes, an dem sie sich befanden, der Menschen, die ihn umgaben, sicher eher eine Fiktion war.

»Das also ist Andres, genannt Ramses«, sagte Cliff. Erwar-

tungsvolle Blicke hingen an Andres. Sie waren nicht unfreundlich – offenbar setzte man voraus, daß er zur Mitarbeit bereit war, sich ihnen vielleicht sogar zugehörig fühlte.

»Er ist der Mann«, führte Cliff weiter aus, »der uns die Formel geben wird. Im letzten Moment noch haben wir verhindert, daß sie den Konservativen in die Hände geriet.« Einer applaudierte, und die andern fielen ein. Es waren meist junge Leute, die sympathisch aussahen, leger gekleidet, ohne den üblichen Schmuck.

Andres bemühte sich, die ihm entgegengebrachte Freundlichkeit wenigstens nach außen hin zu erwidern, doch insgeheim fühlte er sich alles andere als gut. Ein weiteres Mal war er mit Leuten konfrontiert, die von ihm entscheidende Informationen verlangten – Informationen, die er ihnen nicht geben konnte, selbst wenn er gewollt hätte. Doch welcher Grund sprach dafür, sich gerade ihnen anzuvertrauen? – vielleicht die Befreiungsaktion, die man, aus seiner Sicht heraus, auch als Gefangennahme ansehen konnte? Noch war er sich nicht schlüssig, wie er sich verhalten sollte. Zeit gewinnen – das war wohl der einzige Weg.

»Zunächst einmal möchte ich mich bei euch allen bedanken«, sagte Andres. »Ich bin da in eine recht dumme Lage geraten – ihr habt, Cliff hat es schon gesagt, gerade noch im letzten Augenblick eingegriffen.« Er nickte ihnen zu, und wieder wurde applaudiert. »Ihr wißt«, setzte er fort, »ich bin hier als Bibliothekar eingesetzt, und das brachte es mit sich, daß ich einige Aufgaben übernehmen mußte, auf die ich nicht vorbereitet war. Das ist wohl der Grund dafür, daß ich mich in einigen Fällen recht ungeschickt benommen habe.« Er blickte nachdenklich zu Boden, als brauchte er Zeit, um sich das Geschehene ins Gedächtnis zurückzurufen – eine Art innerer Bestandsaufnahme. »In den letzten Tagen habe ich viel gelernt, und ich will mich redlich bemühen, künftig alles richtig zu machen. Aber ich bin mir auch meiner Verantwortung bewußt. Die Information herauszugeben – das ist eine wichtige Entscheidung. Ihr werdet verstehen, so meine ich, wenn ich euch zuvor um einige Auskünfte bitte. Es wäre hilfreich für mich, eure Pläne zu erfahren. Wozu braucht ihr das Dokument, was wollt ihr damit anfangen? Nehmt das, bitte, nicht als Undankbarkeit oder Abweisung – ich will nur sicher sein, richtig zu handeln.«

Seine Rede schien den Sinn nicht verfehlt zu haben, denn bei einigen merkte er so etwas wie Zustimmung. Die meisten blickten auf Cliff, den Wortführer, dem es wohl oblag, die erwünschte Auskunft zu geben.

»Vielleicht haben Sie recht«, sagte er. »Nun, wir haben ja schon einmal kurz Verbindung aufgenommen, ich habe Sie damals gewarnt, und das wird Ihnen wohl gezeigt haben, daß wir voll auf Ihrer Seite sind, daß wir mit Ihnen zusammenarbeiten wollen. Wie Sie ja sicher schon wissen, gehören wir zu den Fortschrittlichen, bilden gewissermaßen ihre Elite. Damit will ich keinesfalls ausdrücken, daß wir den Mitgliedern unserer Bewegung gegenüber irgendwelche Führungspositionen einnähmen – ganz im Gegenteil, wir alle sind gleichberechtigt. Es war eher ein Zufall, daß die Initiative gerade von uns ausging – wären wir es nicht gewesen, dann eben andere.« Bis jetzt hatte er langsam, seine Worte sorgfältig abwägend gesprochen, nun wurde seine Rede lauter und schneller. »Es konnte eben nicht so weitergehen! Wer sich nicht schon völlig in den Illusionen der Videospiele verloren hat, kann einfach nicht übersehen, daß eine grundsätzliche Wende nötig ist. Siebzigtausend Jahre Untätigkeit, Stillstand der Evolution ... Der Fortschritt künstlich aufgehalten, Unterdrückung aller kreativen Gedanken, Gleichschaltung, Entmündigung! Aber diese Zeit ist nun zu Ende, dafür werden wir sorgen!« Seine letzten Worte hatte er geschrien, und die Zuhörer, die an seinen Lippen hingen und sich von seiner Rede mehr und mehr mitreißen ließen, brachen nun in wildes Händeklatschen und Beifallsrufe aus. Einige skandierten: »Fort – schritt ... Fort – schritt ... Fort – schritt ...«, und andere fielen begeistert ein.

Nachdem sich der Lärm gelegt hatte und Cliff gerade ansetzte, seine Rede weiterzuführen, fragte Andres: »Was gibt es für Gründe? – ich meine: Gründe dafür, daß es nicht wie bisher weitergehen kann.«

Cliff sah ihn verwundert an – als wüßte er nicht recht, ob Andres die Frage ernst gemeint hatte. Dann entschloß er sich doch zu antworten. »Wie weit soll ich in der Geschichte zurückgehen? Nach den unruhigen Zeiten der technischen Evolution – bis etwa ins Jahr 3000 – kam die lange Periode der Stagnation. Durch die Fusion des leichten Wasserstoffs war eine Energiequelle erschlossen, die praktisch für die Ewigkeit reichen sollte. Damit aber fielen alle Beweggründe fort, sich weiterhin mit praktischen Fragen, beispielsweise im technischen oder soziologi-

schen Bereich, zu beschäftigen. Man folgte dem Prinzip der Stasis – die Welt sollte in dem Zustand erhalten werden, in dem sie sich befand, und ebenso der Mensch: keine Veränderung mehr, keine Weiterentwicklung, kein Ziel. Nur noch ein Leben in sorgenlosem Glück, von Automaten versorgt und betreut. Dafür nahm man in Kauf, daß die Erde zerstört wurde. Durch den ungeheuren Energieverbrauch erhöhte sich die Temperatur – über Generationen hinweg immer nur um Bruchteile von Graden, in Spannen von Zehntausenden Jahren gemessen aber über mehr als fünfzehn Grad; das ist der Grund dafür, daß die Erde zu einem wüstenähnlichen, toten Planeten wurde. Das Eis der Polkappen schmolz, das Wasser der Meere verdunstete, fünfzigtausend Jahre lang hat kein Mensch mehr den freien Himmel gesehen, das Licht kam von den Nuklearsonnen der Kuppeln, aus den Neon- und Kryptonlampen der Wohnbereiche.

Doch einmal geht auch eine unfaßbar lange Zeitspanne vorüber: Die Wasservorräte sind erschöpft, es verdampfte, bildete eine dicke Wolkendecke. Und dann begann sich der Himmel wieder zu klären, doch der Grund war alles andere als erfreulich: Unter dem Einfluß der UV-Strahlung zersetzten sich in den oberen Atmosphäreschichten die Wassermoleküle, und der abgespaltene Wasserstoff gaste in den Weltraum hinaus. Für uns aber ist das ein Anzeichen dafür, gegen die Trägheit, gegen die Gleichgültigkeit anzukämpfen. Es wird nicht mehr lange dauern, und der Aufenthalt auf der Erde wird unerträglich sein. Wir verwenden immer mehr Energie, um die Kuppeln und Wohnbereiche zu kühlen, und erreichen damit nur, daß die Außentemperatur noch weiter steigt. Wenn nichts geschieht, dann sind wir alle dem Untergang geweiht. Aber noch ist nicht das letzte Wort gesprochen. Ist das Unheil erst einmal erkannt, so bedeutet das den ersten Schritt zur Lösung. Das ist unser Ziel, und dazu werden wir alle Kräfte einsetzen.« Wieder war er in den mitreißenden Ton einer Volksrede gefallen, und wieder dankten es ihm die Zuschauer mit Beifall.

»Und was wollt ihr dagegen tun?« Andres hatte einmal mehr das Gefühl, Fragen zu stellen, die überflüssig, lächerlich wären. »Was tun?« fragte Cliff zurück. »Wir werden die Menschen aus ihrer Lethargie herausreißen! Wir werden Protestaktionen unternehmen, Demonstrationen. Wir werden dafür sorgen, daß uns alle hören – und da die Dinge, die wir zu sagen haben, höchst

einfach sind, so zweifeln wir nicht daran, daß sich uns der Großteil der Bevölkerung anschließen wird.«

»Und wenn das nicht geschieht?«

Während Cliff bis jetzt eher zu den im Zimmer versammelten Menschen gesprochen hatte und nicht so sehr zu Andres, so wandte er sich nun an diesen, redete so leise, daß ihn die andern nicht verstanden. »Zunächst einmal setze ich voraus, daß es uns gelingt, die Menschen aufzurütteln. Und sollten wir uns wirklich täuschen, dann gibt es immer noch andere Wege, das zu erreichen, was unbedingt nötig ist. Wir werden so weit gehen, wie wir müssen. Vielleicht ist es nötig, das Versorgungssystem stillzulegen, die Silos zu zerstören, die Kuppeln ... Sie brauchen mir nicht vorzuwerfen, das sei Gewalt – ich sehe es nicht als Gewalt an. Der Sinn liegt ja darin, die Entwicklung der Menschheit weiterzuführen. Die meisten Menschen kennen nur noch die technischen Systeme, die zwar ihr Leben sichern, zugleich aber ihre Gefängnisse sind. Wir werden ihnen zeigen, was aus dem Planeten Erde geworden ist, und dann werden sie die Notwendigkeit unserer Maßnahmen einsehen.«

»Und wie sehen diese Maßnahmen denn aus – ich meine das, was nachher geschehen soll?«

Cliff hob abwehrend die Hand. »Es wäre zu früh, so weit zu denken. Zuerst müssen wir das System in Frage stellen, die brachliegenden Kräfte aktivieren. Alle zusammengenommen, für ein gemeinsames Ziel eingesetzt, werden dann den Durchbruch schaffen.«

Andres saß eine Weile in geduckter Haltung da, die er schon während der letzten Worte von Cliff eingenommen hatte. Er schüttelte einmal stumm den Kopf, dann sagte er: »Ich werde euch das Dokument nicht geben.«

Cliff schien fassungslos. »Das Dokument ... Sie werden es uns nicht geben? Und warum nicht?«

»Es gibt zwei Gründe dafür«, sagte Andres. »Den ersten, wichtigsten, werden Sie mir wahrscheinlich nicht glauben – weil ich es nämlich selbst nicht habe und nicht weiß, wo es ist.«

»Warum versuchen Sie zu lügen? Hätten wir nicht eingegriffen, dann wüßten wir es längst – Sie waren im Begriff, es Cordula zu verraten. Was ist der zweite Grund?«

»Wozu brauchen Sie es eigentlich? Das haben Sie mir nämlich nicht erklärt.«

»Wir brauchen es ...« Cliff verstummte.

»Nun?« So unangenehm die Lage war, in die Andres nun wieder geraten war, so wollte er sich doch die Gelegenheit, etwas Näheres über das geheimnisvolle Dokument zu erfahren, nicht entgehen lassen.

»Was für einen Grund sollte ich haben, es Ihnen zu sagen? – Sie sind mit unseren Absichten ja sowieso nicht einverstanden.«

»Von meiner Seite aus sieht die Situation etwas anders aus – im Moment verfüge ich, wie gesagt, nicht über das Dokument, doch ist es nicht ausgeschlossen, daß ich es noch ausfindig mache. Vielleicht werden Sie darüber staunen, aber in der Tat weiß ich bisher noch nicht, was ich damit anfangen werde. Vielleicht komme ich sogar zum Schluß, es sei das Beste, es Ihnen zu übergeben. Dann müßten Sie mir allerdings genauere Auskunft geben: Wozu brauchen Sie es?«

Etwas wie Verlegenheit kam in Cliffs Gesicht. »Dieses Dokument ... sehen Sie – es ist ja nichts Genaues darüber bekannt, wir wissen selbst nicht so recht ... Jedenfalls steht fest, daß sich alle Seiten darum bemühen. Niemand weiß, wieso seine Existenz überhaupt öffentlich bekannt wurde – vielleicht nur ein Gerücht, doch es hält sich nun schon längere Zeit, es dürfte etwas Wahres dran sein.«

»Wenn Sie nichts Genaues wissen, warum legen Sie dann so großen Wert darauf, es in die Hände zu bekommen? Es könnte auch etwas ohne praktische Bedeutung sein.«

»Verstehen Sie«, sagte Cliff nahezu bittend, »es geht uns gar nicht so sehr darum, es selbst zu bekommen – viel wichtiger ist es für uns, daß es nicht den andern zuerst in die Hände fällt. Es scheint sich um etwas außerordentlich Wichtiges, Entscheidendes zu handeln, um etwas, was mit der Lösung unserer Probleme zu tun hat.« Cliff schien einige Sekunden nachzudenken, dann fuhr er fort: »Wir wollen Sie ja zu nichts zwingen, doch werden Sie sicher einsehen, daß das Gemeinwohl, um das es uns geht, wichtiger ist als privates Interesse. Wenn Sie uns Ihr Wissen wirklich vorenthalten wollen, dan bleibt uns nichts anderes übrig, als Sie zu zwingen. Daher fordere ich Sie ein letztes Mal auf, Ihr Schweigen zu brechen.«

»Es gibt nichts mehr dazu zu sagen.« Andres stützte das Kinn in die Hand, blickte zu Boden – ein Zeichen, daß die Auseinandersetzung für ihn abgeschlossen war.

Erst nach und nach merkten die anderen, daß sich die Versammlung nicht in dem Sinn entwickelte, wie sie gehofft hatten – daß ihnen Andres die Auskunft verweigerte. Sie drängten sich um ihn und Cliff, drohende Worte wurden laut, mehrere ballten die Fäuste. Dazwischen gab es einige, die Ruhe verlangten, die anderen vor unüberlegten Handlungen warnten. Das Gedränge und Geschiebe wurde immer stärker, dort strauchelte einer, stürzte, ein anderer wollte ihn halten, stieß an einen dritten ... Mit einem Mal begann ein Handgemenge rund um Andres und Cliff herum, die immer noch auf ihrer Bank saßen. Es dauerte eine Weile, ehe die Besonnenen Oberhand gewannen und sich der Tumult beruhigte.

Cliff stand auf, versuchte das immer noch lebhafte Gewirr der Stimmen zu übertönen. »Achtung! Hört mir zu! Es hat keinen Sinn zu streiten, wir müssen einig sein. Ich habe das Gefühl, das letzte Wort ist noch nicht gesprochen. Wir werden Andres Zeit zum Nachdenken geben – er bleibt hier eingesperrt, damit er sich die Sache überlegen kann. Wir haben uns schon so lange um die Formel bemüht – da kommt es auf ein paar Tage nicht an. Ich bin sicher, früher oder später kriegen wir, was wir wollen!«

Wieder war es ihm gelungen, die anderen zu überzeugen, zu Äußerungen der Zustimmung zu veranlassen. Sie beruhigten sich, verließen den Raum.

»Es tut mir leid – Sie bleiben hier. Da ist Papier, da ein Stift – vielleicht ziehen Sie es vor, Ihre Angaben schriftlich niederzulegen. Hier haben Sie es leidlich bequem, ich muß Sie allerdings darauf aufmerksam machen, daß kein Anschluß zum Versorgungssystem besteht. Aber ich werde mich in einigen Stunden wieder melden – ich hoffe, daß Sie Ihre Einstellung bis dahin geändert haben!«

Als letzter verließ er den Raum, die Tür fiel in die Fassung, Andres hörte das schnappende Geräusch der Verriegelung.

Er war allein.

* * *

Nun befand sich Andres schon ein Jahr in seinem freiwilligen Exil inmitten der Wüste.

Es war einer jener wenigen Tage, an denen sie sich entschlossen, hinaus, ins Freie, zu gehen. Es war Abend, kurz vorher war die Sonne untergegangen, doch die Hitze lag immer noch über der

Hochfläche. Am westlichen Horizont lag eine diffuse, orangerot strahlende Dunstwolke. Darüber ging der Himmel in Gelb und – fast übergangslos – in Schwarzviolett über. Im Osten standen schon einzelne Sterne, und es wurden zusehends immer mehr.

Ossip und Andres wanderten im Feld der Steingebilde umher, der an den Friedhof einer fremdartigen Religionsgemeinschaft erinnerte. In den vom Wind geschliffenen Zufallsgebilden konnte man Gestalten von monströsen Gottheiten erblicken, die da, gebunden an die Gesteinsformation, Reihen und Gruppen bildeten. Es war gerade diese nur teilweise begreifbare Ordnung, die das Bild so malerisch und fesselnd gestaltete. Man konnte sich leicht vorstellen, daß Absicht dahinterstand: Anlage nach den Himmelsrichtungen, Markierung von Planetenpositionen, Spiegelung von Sternbildern ... Andres mußte an die Pyramiden des alten Ägypten denken, mit dessen Kultur er sich immer gern beschäftigt hatte – jenen Gebilden, die stets rätselhaft geblieben waren, so viele Wissenschaftler oder auch Amateure sich damit beschäftigt hatten. Erkenntnisse, unabhängig von den Naturwissenschaften, Einsichten in tiefere Ordnungen, weder durch Experiment oder Ableitung beweisbar ... Gewiß war das alles nur Einbildung, besser, etwas Falsches zu glauben, als Nichtwissen eingestehen zu müssen, Verkörperung von Ängsten und Erwartungen, die uralte Art, sich mit dem Unbegreiflichen auseinanderzusetzen. In einem Zeitalter, da das Gebäude der exakten Wissenschaft allumfassend geworden war, gab es keinen Platz mehr für göttliche Gewalten oder mystische Weisheit. Allenfalls Ethnologen interessierten sich dafür – als Reflexion primitiver Lebensverhältnisse –, die Psychohistoriker nahmen sie als Grundlage ihrer Geschichtsinterpretation ... ein letztes, fast aussichtsloses Bemühen um das Verständnis einer Zeit, in der Kriege noch geführt wurden, um den Göttern zu gefallen. Was mußte das für ein Leben gewesen sein, voll Unwissenheit und Zweifel, gestützt auf Aberglauben, Schicksal, nur durch die Launen überirdischer Mächte erklärbar!

Hier und jetzt, weit abseits von den Wohngebieten, inmitten einer unübersehbaren Einsamkeit, zerstörter Natur, aber immerhin Natur, kamen ihm die alten Götterphantasien längst nicht mehr so fremdartig vor. Unwissende Menschen, mit Gebilden wie diesen Steinfiguren konfrontiert – die nichts von mechanischer Abtragung und chemischer Laugung wußten, nichts von der Innenstruktur des Gesteins, nichts von den Strömungen und Turbulenzen des Windes, mochten angesichts der Landschaft fast zwingend zum Schluß kommen, hinter diesen Anordnungen, Bildwerken, nach bestimmtem Regelmaß in die Landschaft einbezogen, müßten die Absichten, das Ausdrucksvermögen höherer Intelligenzen stecken.

Waren sie nicht in gewissem Sinn wieder an einem entsprechenden Punkt angekommen? Der Grund, aus dem sie sich hier befanden, war nicht definierbar, nicht zu erklären. Das Resultat einer komplizierten Berechnung, hervorgebracht von einer nicht mehr durchschaubaren Maschinerie – wodurch unterschieden sich ihre Beweggründe von denen jener, die an die Götter glaubten?

Immer mehr Sterne erschienen am Himmel, als würden sie von Osten her darübergestreut. Der Glanz fremder Welten, Licht, Jahrmillionen unterwegs, Inventar jenes Teils der Welt, der – zumindest über Ketten von Ursache und Wirkung – faßbar, erreichbar war. Doch jenseits der auf diese Weise so klar vorgegebenen Grenzen war das Universum nicht zu Ende – so wurde angenommen, obwohl nicht der geringste Beweis dafür vorlag. Vorstellungen, Meinungen, die weit über die Insel ihres Begreifens hinausreichten ... Mußten sie notwendigerweise ungültig sein? Durch das Prinzip des gemeinsamen Raums und der gemeinsamen Zeit, des Werdens und Vergehens, des gemeinsamen Ursprungs und des gemeinsamen Endes verbunden, mochte es vielleicht doch eine Brücke geben, die über die bisher anerkannten Grenzen hinausführte. Wissen, abgeleitet aus existentieller Notwendigkeit – vielleicht war das der Weg, den die Maschine gefunden hatte.

»Sterne, Welten, Atome«, sagte Ossip. »Ordnung oder Chaos. Wirklichkeit oder Schein. Einst, jetzt und künftig ... Kategorien, in denen wir Menschen denken – bis jetzt gedacht haben. Wird es bald neue Kategorien geben? Stehen uns neue Einsichten bevor?«

»Vielleicht stellt sich alles, was wir bisher gedacht, bisher getan haben, als falsch heraus«, sagte Andres. »Die Zeit des technischen Aufschwungs, die gräßlichen Auseinandersetzungen, Vernichtungskriege, Zerstörung ... Das ist die Epoche, die wir heute als Beispiel fehlgeleiteter Technik, ins Leere gerichteter Wünsche ansehen. Und dann die Zeit der Ruhe, der Frieden, der allen Menschen guten Willens so lange als höchstes Ziel der Entwicklung schien. Wir hatten ihn, den Frieden. Siebzigtausend Jahre lang, so lehrt es uns die Geschichte. Und immer waren wir sicher, daß alles so richtig war, niemand hatte Zweifel. Und nun? – plötzlich ist alles wieder aufgebrochen. Wir wissen nicht mehr, was wir von der Zukunft erwarten, was wir von ihr verlangen sollen. Und wir stellen all das in Frage, was so lange Zeit hindurch gültig erschien.«

Gemeinsam waren sie das sich leicht anhebende Plateau hinaufgegangen, eine Stufe nach der andern, die breite, manchmal glatte, manchmal auch durchlöcherte Absätze trennte. Jetzt hatten sie den höchsten Stand erreicht, konnten die Gegend nach beiden Seiten überblicken. Sie waren ein wenig außer Atem gekommen und setzten sich nun auf ein Gebilde aus Stein, das einen Sockel für eine den höchsten Punkt beherrschende, hoch aufragende Figur bildete.

»Was ist falsch, was ist richtig? Was für Kriterien gibt es dafür?« Ossip blickte nach Westen, wo das Licht verglomm, als würde eine von innen heraus leuchtende Flüssigkeit – über unzählige Wirbel in den Boden eingesogen – versickern. »Je länger man nachdenkt, um so mehr verliert sich im Vexierspiel der Relativität: Raum und Zeit, der feste Punkt im Kontinuum, Relativgeschwindigkeit, Beschleunigung und Gravitation ... Was uns Einstein hinterließ, ist doch recht simpel, klar nachzuzeichnen. Doch all das war erst der Anfang. Die ewigen Werte des Guten, der Schönheit, der Gerechtigkeit ... was bleibt noch über, wenn man Maßstäbe verändert, Bezugspunkte verschiebt? Das Bild des Menschen, nach dem Vorbild Gottes geformt? Lediglich die zufällige Kombination verschiedenartiger Eigenschaften, Ausdruck des Lebens, das sich an bestehende Verhältnisse anpaßt, Spiel des Zufalls ... Wahrscheinlich waren wir nicht abergläubischer als unsere Vorfahren in den Höhlen, als wir glaubten, diesen Menschentyp, diese Welt, für die Ewigkeit konservieren zu müssen.«

Andres nickte, doch Ossip konnte es nicht mehr sehen – die Dunkelheit hatte sie längst übergossen, doch ihre Augen hingen immer noch an einem weißgelben Lichtsaum, der in einem weiten Bogen, sich nach links und rechts verlierend, den Horizont umspannte. »Was bedeuten siebzigtausend Jahre im Vergleich zur Ewigkeit?« fragte Andres; es war eine Frage, auf die man keine Antwort erwartet.

»Fünf Milliarden Jahre – dann wird die Sonne zum Roten Riesen und schließt die Erde in ihren erlöschenden Feuerball ein.«

»Ein Jahr lang leben wir jetzt hier«, sagte Andres. »Mir kommt es wie eine Ewigkeit vor. Nicht, daß ich ungeduldiger geworden wäre ... ganz im Gegenteil: Je länger ich hier lebe, um so unabänderlicher scheint mir dieser Zustand des Wartens. Wenn ich sage ›warten‹, dann bezieht sich das nicht mehr auf irgendein Ereignis, das eintreten wird, vielmehr ist es eine Existenzform geworden, mit der man sich abfindet ... Aber ich möchte mich nicht abfinden, ich wehre mich dagegen, gegen meine eigene Bereitschaft, die Dinge einfach hinzunehmen, gegen die Trägheit, die Gewohnheit als Gesetz akzeptiert.«

Irgendwo oben, am Himmel, erschien der gelbliche Bogen einer Sternschnuppe, und obwohl sie wußten, daß es sich um einen in die Lufthülle der Erde einschlagenden Meteoriten handelte, war der Eindruck zwingend, ein Stern hätte sich aus seiner Fassung gelöst und mache sich auf eine Reise in die Weiten des Universums hinaus.

Andres stand auf, fast ein wenig ungeduldig – vielleicht lag es am Eingeständnis der Unzufriedenheit mit sich selbst. Wie lange würden sie hier noch ausharren? Zwei Jahre, drei Jahre ... Vielleicht auch noch viel mehr? Vielleicht hatte er dann längst alle Kraft verloren, um sich gegen das Schicksal aufzulehnen – würde hier bleiben bis ans Ende seines Lebens ...

In den ersten Wochen seines Aufenthalts hatte Andres immer wieder geglaubt, es nicht mehr länger aushalten zu können, er hatte sich krank gefühlt vor ungestillter Erwartung ... Noch eine Woche, hatte er sich gesagt, und wenn diese vergangen war, verlängerte er die Frist, die er sich vorgegeben hatte, und das hatte sich mehrmals wiederholt – wie oft eigentlich? Unmerklich hatte ihn die Lethargie erfaßt – und ihn, bis zum heutigen Tag, immer unentrinnbarer gelähmt.

Wie oft hatte er sich damals, in den ersten Tagen, vorgenommen, diese Stätte der Einsamkeit wieder zu verlassen! Es hätte nur eines Worts an Ossip bedurft, und dieser hätte ihm sicher ein geländegängiges Fahrzeug, vielleicht auch einen Raketenschlitten oder ein Luftboot bereitgestellt. Mit einem genügenden Vorrat an Lebensmitteln und Wasser, durch einen Silberfolien-Overall vor der Hitze geschützt, hätte er auch bis zu seinem havarierten

Traktor durchkommen können – wahrscheinlich war es nur eine Kleinigkeit, die den Defekt ausgelöst hatte. Abgesehen davon schien Ossip ein weitaus größeres Beharrungsvermögen zu zeigen als Andres – vielleicht nur deshalb, weil er Genaueres über das bevorstehende Ereignis wußte. Doch alle Versuche, ihn auszuhorchen, hatten Andres nichts genutzt. Obwohl sie einander immer besser verstanden, sich aneinander gewöhnt hatten, bestand doch immer noch eine unüberbrückbare Distanz. Wenn sie sich über Raum, Zeit und Ewigkeit unterhielten, dann genügten schon einige Andeutungen, um dem andern mitzuteilen, was gemeint war – hier, unter dem glasklaren Sternenhimmel, bedurfte es kaum noch gesprochener Worte, um Ausdruck für die Gedanken zu finden, die sich fast von selbst aufdrängten. Auch die Angelegenheiten des täglichen Lebens bereiteten keine Schwierigkeiten, fast von selbst hatte sich ein bestimmter, lose festgelegter Tagesrhythmus eingestellt, Wach- und Schlafperioden, Mahlzeiten, gemeinsam eingenommen, Wanderungen durch die unterirdischen Anlagen, aber auch lange Perioden, in denen jeder für sich seinen Interessen nachging. Diese Zeiten, während derer sie sich voneinander absonderten, waren wichtig, sonst wären sie sich wahrscheinlich auf die Nerven gegangen. Erstaunlich genug, daß es nicht trotzdem zu Reibereien kam – die Umstände wären durchaus dazu angetan gewesen –, doch, wenn Andres auch gelegentlich die Reserviertheit Ossips bedauern wollte, so mußte er sich doch eingestehen, daß er kaum einen angenehmeren Partner hätte finden können. Nur in dieser einen, einzigen Frage, die Bedeutung hatte, kamen sie einander nicht näher. Ossip deutete kein einziges Mal an, welcher Art das ›Ereignis‹ sein würde, auf das sie warteten. Und Andres – verständliche Reaktion! – hätte sich um keinen Preis zum Eingeständnis bewegen lassen, wie sehr er darunter litt.

Wie es aussah, milderte die Zeit alle Spannungen: indem sie eine Art betäubende Wirkung ausübte ... Man vergaß, was man sich vorgenommen hatte, vergaß die Trauer und die Hoffnung ...

Auch Ossip war aufgestanden, und nun wanderten sie nebeneinander, schweigend, doch einträchtig, die Hochfläche hinab, Stufe um Stufe, bis sie – nach einem letzten Blick auf den sternefunkelnden Himmel – unter die Erde tauchten.

* * *

Infolge der Auseinandersetzung waren einige Bänke umgefallen, andere standen kreuz und quer im Raum – ein Bild der Unordnung, geradezu symbolhaft in der Beschränkung auf ganz wenige Requisiten, wie es einem Bühnenbildner kaum zwingender hätte einfallen können. Der Eindruck einer Theaterkulisse wurde weiter durch die schwache Beleuchtung verstärkt: eine einzige, in ihrer Fassung an der Leitung hängende schirmlose Lampe, die auf den Boden schräge Schatten zeichnete und an den roh verputzten Wänden nur schwachen Widerschein erregte.

Andres schob zwei Bänke zusammen, legte sich lang drauf, die Arme unter den Hinterkopf verschränkt. Er spürte sein Herz schlagen, eben war er noch hellwach gewesen, jetzt fühlte er sich ausgelaugt, entkräftet. Eine Weile schloß er die Augen, hätte sich gern einem kurzen Schlaf hingegeben, doch seine Gedanken arbeiteten, er konnte keine Ruhe finden. Abgesehen davon, daß er ein Gefangener war, hatte sich seine Lage noch weiter verschlechtert. Jetzt hatte er sich beide maßgebenden politischen Kräfte zu Feinden gemacht, und selbst wenn er sich für die eine oder andere Seite entschieden hätte, so würde er so lange auf Ablehnung stoßen, als er die an ihn gerichteten Wünsche nicht erfüllte. Ja, genaugenommen war das der eigentliche Grund für all seine Unannehmlichkeiten: daß er jenes sogenannte ›Dokument‹ eben nicht besaß, das von ihm gefordert wurde. Wenn er es besessen hätte …? – ob er standhaft geblieben wäre, allen Pressionen widerstanden hätte? – ob er in der Lage gewesen wäre, nach dem eigenen Gewissen zu handeln? In diesem Augenblick müßige Fragen! Doch im Hintergrund seines Denkens blieb doch das Bewußtsein der Notwendigkeit zurück, sich mit der Lösung des Rätsels zu beschäftigen. Erst dann wieder würde er handlungsfähig sein.

Und jetzt? Sie wollten ihn einsperren, bis er ihren Wünschen gefügig war – es konnte lange dauern, bis sie die Vergeblichkeit dieses Bemühens einsahen. Sollte er so lange warten? Er stützte sich aus seiner liegenden Lage hoch, blickte sich um: Es war ein seltsamer Raum, in dem er sich befand – die Form eines gleichmäßigen Achtecks, nur ein einziger Zugang, keine Fenster. Wahrscheinlich befand er sich tief unter der Erde.

Er trat an die Tür heran, stellte fest, daß sie fest verschlossen war, und auch das willkürliche Eintasten von Ziffernkombinationen an der Schalttafel nützte nichts. Er ging einmal rund-

herum, die Wände entlang – wenn auch da und dort der Putz heruntertiel und eine rotbraune Ziegelwand entblößte, so war sie doch massiv, und es nützte auch nichts, daß Andres wütend darauf schlug. Kurz untersuchte er den Boden, stampfte mit den Schuhsohlen dagegen, lauschte dem Klang – doch überall nur das leise, harte Dröhnen massiven Betons.

Er legte sich wieder auf die Bank, starrte auf die Decke. Ein regelmäßiges Achteck, in der Mitte ein Zapfen, aus dem die Lichtleitung hervorkam. Sollte sich dort vielleicht eine schwache Stelle befinden?

Rasch stellte er einige Bänke zusammen, quer darüber zwei andere und über diese schließlich eine einzelne als drittes Stockwerk der Pyramide ... Sie schwankte zwar ein bißchen, als er hinaufkletterte, erwies sich aber als stabil. Vorsichtig ergriff er die Lampenfassung, leuchtete zur Decke hinauf, klopfte da und dort in der Hoffnung, eine hohle Stelle zu finden ...

Das Geräusch seiner Schläge war dumpf, hin und wieder glaubte er sogar ein leises Rieseln zu hören. Durch Zufall schweifte sein Blick zur Seite ab – nahe der Mauer, an der der Tür gegenüberliegenden Seite der Decke, zeichnete sich im streifenden Licht ein Schattenriß ab, die Andeutung eines Gevierts, lediglich durch eine kaum erkennbare wulstartige Ausbuchtung in der glatten, gemörtelten Fläche erkennbar.

Mit neuem Eifer machte sich Andres an die Arbeit. Zuerst bereitete er einen weiteren turmartigen Aufbau vor, der es ihm erlaubte, die verdächtige Stelle näher zu untersuchen. Er hatte sich nicht getäuscht – wie es schien, hatte man hier einst eine Luke vermauert. Zwar gelang es Andres nicht, sie durch Faustschläge zu durchbrechen, und auch daß er sich mit der Schulter dagegenstemmte, führte nicht zum Erfolg. Doch er gab nicht auf. Er holte weitere Bänke herbei, erweiterte seine Konstruktion, bereitete einen Mechanismus vor, mit dem er mit Hebelkraft nach oben drücken konnte: eine Bank, mit der Sitzfläche nach unten quer über eine andere gelegt, eine weitere, die einen Keil zwischen dem einen Hebelende und der vermuteten Deckenluke bildete. Als diese Anordnung bereitstand, ließ er sich mit seinem ganzen Gewicht auf das andere Hebelende fallen. Der Erfolg übertraf seine höchsten Erwartungen: Die Unterlage gab relativ leicht unter ihm nach, und er fiel – immerhin aus einer Höhe von rund zwei Metern – zu Boden, wobei er mit der Stirn an einer

Holzkante aufschlug. Kurze Zeit blieb er benommen liegen, doch als er wieder klar sehen konnte, merkte er, daß sich oben tatsächlich eine Öffnung aufgetan hatte.

Das Blut lief ihm über das Gesicht, jetzt begann seine Wunde auch zu schmerzen, doch er kümmerte sich nicht darum, beeilte sich, wieder über die Bänke hinaufzusteigen. Wenn er sich aufrichtete, konnte er Kopf und Brust durch das Loch stecken, sich mit den Armen seitlich abstützen, sich hinaufschwingen. Ein paar Sekunden später war er oben, um ihn herum Dunkelheit. Es dauerte eine Weile, ehe sich seine Augen den veränderten Umständen anpaßten, doch dann genügte der schwache Abglanz des Lichtes, das von unten aus der Luke kam, um ihn notdürftig über die Räumlichkeit zu informieren: Unmittelbar neben ihm setzte eine Wendeltreppe an, die, von einer röhrenförmig aufgebauten Ziegelmauer umgeben, steil aufwärts führte. Aufwärts – damit erhöhten sich seine Chancen – der Weg hinauf könnte ihn an die Oberfläche bringen!

Jetzt fühlte er ein Pulsieren hinter dem Stirnbein, sein Kopf begann zu schmerzen, die Wunde schien bedenklicher zu sein, als er zuerst gemeint hatte. Er beeilte sich, die Stufen hinaufzugehen; sie bestanden aus schmalen, gegen die Achse zu bis auf Handbreite zusammenlaufenden Stücken aus gekerbtem Blech, die unter seinen Füßen zu schwingen und zu dröhnen begannen.

Bald befand er sich in undurchdringlicher Finsternis. Er tastete sich das Geländer entlang, das sich kühl und feucht anfühlte. In einer engen Schraube ging es aufwärts, schon nach zwei Minuten war er schweißgebadet, er fühlte, wie Blut über sein Gesicht rann, doch er unterdrückte den Impuls, zu rasten – es war ihm, als müßte er diesen Weg in einem Zug bis zum Ende zurücklegen, um einem Ohnmachtsanfall zu entkommen.

Endlich dämmerte Licht auf, die Helligkeit nahm zu, seine auf Dunkelheit eingestellten Augen täuschten ihm eine Lichtflut vor, die sich von oben herab zu senken schien.

Die letzten Schritte fielen ihm schwerer und schwerer, doch er hielt durch, bis er wieder in einem Raum stand, achteckig wie jener, aus dem er gekommen war, doch bedeutend kleiner, nicht mehr als fünf Meter im Durchmesser. In der Mitte ein schweres Metallgestänge, auffällig drei riesige, altertümliche Glocken, rundherum, in jeder zweiten der Wandflächen, ein großes,

schmales Fenster, das nahe an den Boden reichte – fast schon als Tür anzusehen.

Das Blut hatte sein Gesicht verkrustet, seine Augen waren verklebt, und er kratzte und rieb eine Weile, ehe er unbehindert sehen konnte. Der Ausblick, der sich ihm von den Fenstern aus bot, war erstaunlich: Er befand sich hoch über den Dächern der Altstadt, unter ihm die roten Ziegelflächen, die Erker, das schimmernde Band des Flusses, die Straßen voll von Menschen, die wie durcheinanderwimmelnde Punkte aussahen. Er mußte sich auf dem Turm der gotischen Kirche befinden, die eines der Wahrzeichen der Altstadt war.

Andres fühlte, daß seine Knie zitterten, und da knickte er auch schon zusammen, saß, mit dem Rücken auf die Wand gestützt, neben einem der Fenster am Boden. Hatte er zu lange ins Freie geblickt? War es ein Schwindelgefühl, das ihn erfaßt hatte? Der

Raum war plötzlich mit Silberstaub gefüllt, das Licht von draußen erzeugte diffuse Wolken blendender Helligkeit. In kurzen Abständen liefen schwarze Schatten durch das silberne Grau.

Hatte er geschlafen? Jetzt fühlte er sich ein wenig besser, doch er sah ein, daß er Hilfe brauchte.

Die Fenster waren offen, unverglast, die Fassung lediglich ein gotisches Profil aus gemeißeltem Stein. Er beugte sich – ungeachtet der schwindelerregenden gähnenden Tiefe – hinaus, versuchte sich durch Schreie bemerkbar zu machen ... Doch seine Stimme verlor sich in der Luft, niemand konnte ihn hören, seine Mühe vergeblich ...

Als er, halb vor Schmerz betäubt, an die Wand gelehnt stand und merkte, wie die Schwäche seinen Körper wieder zu überwältigen versuchte, streifte sein Blick die in ihren Fassungen hängenden Glocken, die davor beweglich befestigten schweren Hämmer, die Seile, die von diesen ausgingen, nach unten liefen, in einem Loch im Boden verschwanden ...

Andres raffte sich ein letztes Mal auf, taumelte an den Glockenstuhl heran, setzte das Hammerwerk in Bewegung. Erst ein paar leise, schwingende Klänge, dann aber dröhnten die Glocken auf, so laut, daß sein sowieso schon in Mitleidenschaft gezogener Kopf vor Schmerzen zu bersten schien ... Selbst als er die Seile losließ, schwangen die Hämmer noch hin und her und setzten die Marter fort ...

Andres beobachtete an sich selbst, wie sich seine Sinne verwirrten ... Verzweifelt bemühte er sich darum, seine Bewegungen zu koordinieren, seine Gedanken klar zu halten ...

Der wogende Lärm löste eine Fluchtreaktion in ihm aus, er zog sich zum Fenster zurück, stieg über den niedrigen Sims, stand auf einer schmalen Brüstung, um die ein aus Stein gehauenes Geländer herumlief. Noch immer dröhnten die Glocken hinter ihm, aber hier war es erträglich. Er stützte sich mit den Händen ab, trotzdem sank sein Oberkörper vor, und so hing er wie ein kraftloses Bündel über dem steinernen Rand der Balustrade.

Noch hielt er die Augen offen, es fiel ihm schwer, sie gemeinsam auf einen Punkt auszurichten, die Blickwinkel kreuzten sich, als sei er betrunken, doch hin und wieder, kurzfristig, nahm er ein klares Bild auf, und da war ihm, als hätte sich unten, bei den Menschen, die die Straßen erfüllten, eine Änderung ergeben: Die dunklen Punkte standen jetzt still, hatten sich zu Trauben verei-

nigt ... Die Glocken, die seit Jahrtausenden nicht mehr erklungen waren, hatten ihre Schuldigkeit erfüllt – man war auf ihn aufmerksam geworden, und niemand, weder die Konservativen noch die Fortschrittlichen, konnten ihn – vor den Augen der Öffentlichkeit – ohne weiteres wieder in ihre Gewalt bringen.

Halb unbewußt hörte er ein Rauschen, vor ihm, im Schwebeflug, eine Antigrav-Plattform, wie sie für Reparaturarbeiten an den Wänden der hohen Gebäude benutzt wurde. Zwei Robotarme schwenkten aus, ein Sitzgurt wurde ihm angezogen, ein Bügel legte sich um seine Brust, eine weiche Nackenstütze hielt seinen Kopf in leicht nach hinten gerichteter Lage. Er wurde über die Brüstung gehoben, fühlte die schwankende Bewegung des Schwebens, unwillkürlich erschreckt riß er die Augen auf, blickte in eine verschwommene Tiefe ... dann versank alles wieder in Schwarz.

Als Andres erwachte, befand er sich in einem nüchtern aussehenden, in den Farben grün und weiß gehaltenen Zimmer. Er saß auf einem automatischen Krankenstuhl, vor ihm die Tastatur eines Kommunikators.

Eine Stimme sprach: »... ich bin DISY, das Dienstleistungssystem. Ich bitte Sie, sich zu identifizieren. Ich bin DISY, das Dienstleistungssystem. Ich bitte Sie, sich zu identifizieren ...«

Erst allmählich begann Andres den Sinn der Worte zu erfassen. Schon wollte er zur Antwort ansetzen, doch im letzten Moment besann er sich – vielleicht war es besser ... »Ich habe starken Kopfschmerz«, sagte er, und es war die Wahrheit. »Ich bin verletzt ... Ich glaube, ich leide an einer Gedächtnisstörung.« Ein kleiner Schwindel, der unter den gegebenen Umständen angeraten erschien; es mochte jenen, die jetzt sicher nach ihm suchten, ihre Bemühungen erschweren.

»Ich bin DISY, das Dienstleistungssystem. Bitte, identifizieren Sie sich.«

»Mein Schädel ist leer ... ich kann mich an nichts erinnern. Ich weiß nicht mehr, wer ich bin ... mein Name, meine Identifikationsnummer ... alles leer!«

Einen Moment lang war es still, dann sagte die Computerstimme: »Dieser Fall übersteigt meine Kompetenzebene. Ich bin nur für Dienstleistungen niedrigster Konkordanzstufe bestimmt. Ich muß mit einer höheren Ebene Kontakt aufnehmen. Bitte warten ... bitte warten ...«

Es war still im Raum, nirgends ein Mensch zu sehen. An den

Wänden einige weitgehend in grüne Kästen verkleidete Instrumente – offenbar befand er sich im medizinischen Zentrum. Seine Schädelwunde schmerzte immer noch stark, doch nun machte er sich deshalb keine Sorgen mehr – befand er sich erst einmal in Behandlung, dann war es nur noch ein kurzer Weg zur Heilung; die Fähigkeiten der Operationsautomaten waren sagenhaft. Aber warum dauerte es so lang?

Er mußte eingeschlafen sein, denn er schreckte empor ... Es war das Geräusch hastiger Schritte, das ihn geweckt hatte, und da kam auch schon ein Mann durch die Tür: Er war groß und hager, Haar und Bart kurz geschnitten, eine goldene Schmuckbrille, Ringe an den Händen. Aufgeregt lief er auf Andres zu, seine Worte sprudelten: »Welche Aufregung! So etwas ist in meiner ganzen Dienstzeit noch nicht vorgekommen. Ich bin der Gesundheitsminister, Lasse, genannt Eisenbart. Oh Gott, Sie gehören ja behandelt!« Er beugte sich über Andres, besah sich kurz die Wunde, verzog das Gesicht, als wäre ihm der Anblick offenen Gewebes unerträglich, und holte aus der Jackentasche ein Pillenschächtelchen hervor, von dem er sich bediente. »Sie müssen entschuldigen, ich bin so nervös. Außerdem kann ich kein Blut sehen.«

»Ich habe mein Gedächtnis verloren«, wiederholte Andres. »Ich weiß meinen Namen nicht ...«

»Das ist ja das Problem«, sagte der Gesundheitsminister. »Ohne Identifikation keine Behandlung! Oh, wie werde ich nur mit dieser Situation fertig!« Er lief einige Schritte hin und her, blieb dann vor dem Kommunikator stehen.

Andres beobachtete es mit leichtem Erschrecken – er mußte vermeiden, daß Lasse vielleicht noch andere Regierungsstellen verständigte. Das könnte Buckminster auf seine Spur bringen ...

»Ich habe starke Schmerzen«, sagte er in drängendem Ton, »ich glaube, wir sollten keine Zeit verlieren. Ich fühle mich sehr schlecht!« Er hatte mit leiser Stimme gesprochen, als stünde ein neuer Ohnmachtsanfall bevor.

Lasse drehte sich auch sofort vom Kommunikator weg, rang die Hände. »Wenn ich nur wüßte ... dieses Problem!«

»Wie wäre es, wenn Sie Ihre eigene Nummer eingäben?« fragte Andres.

»Meine eigene ... meine eigene Nummer?«

»Nur wegen der Formalitäten ... es kommt doch darauf an,

daß ich endlich behandelt werde!«

Der Minister seufzte, überlegte kurz, dann folgte er Andres' Aufforderung.

Der Trick hatte Erfolg – nur einen Augenblick später ruckte der Krankensessel an, beförderte Andres in eine Nische des Raums, die von chromblinkenden Metallteilen, Glasröhren und Schläuchen erfüllt waren bis auf eine horizontale Nische, die gerade einen Menschen aufnehmen konnte. Zwölf Pneumoarme schwenkten aus, hoben Andres vorsichtig auf, holten ihn in die Behandlungszelle ein, dann schloß sich ein Deckel. Ein süßlicher Duft wehte Andres über das Gesicht, dann verlor er das Bewußtsein.

Als Andres erwachte, fühlte er sich überraschend wohl. Noch ehe er die Augen öffnete, spürte er, daß wieder Kraft in seinen Muskeln war, daß er wieder über Energie verfügte, körperlich und geistig. Diesem angenehmen Bewußtsein überließ er sich noch ein paar Minuten, döste vor sich hin, kapselte sich von den Erinnerungen und Problemen ab, die sich ihm schon wieder aufzudrängen versuchten.

Andres bemühte sich, an etwas Angenehmes, Beruhigendes zu denken. Der geruhsame Tagesablauf in seiner Wohnzelle, die Beschäftigung mit Musik und Malerei, die Bildschirmspiele, das holografische Theater, und sein Hobby, die alten orientalischen Schriften ... In diese Vorstellungen schob sich wieder etwas anderes vor, zerstörte die angenehm unverbindliche Stimmung: das Dokument, die Notwendigkeit, es zu finden, die Schwierigkeit, es zu entziffern ...

Jäh setzte er sich auf, blickte umher – er befand sich in einem großen Bett, rundherum, in Reichweite, die Armaturen des Versorgungssystems, ein Kommunikator, eine Lichtorgel – interaktiv, vom Krankenbett aus durch Gedanken zu steuern –, daneben auch andere Maschinen, deren Zweck er nicht kannte. Was sollte er als nächstes tun? Er fühlte sich stark genug, um aufzustehen, seine Stirnwunde schien geheilt, als er mit der Hand über die Stelle strich, stellte er nur noch einen Kranz von kaum ertastbaren Narben fest, eine leichte Gefühllosigkeit der nachgebildeten Haut. Alles war wieder in Ordnung! Mit gesundem Appetit stellte er ein Menü zusammen, Hartgelee mit Kokosbrot, Chlorophyllstangen in Bouillon, Klößchen aus Muschelfleisch, in Stärkemehl getunkt, dazu Ingwercola. Er aß mit Appetit, dann lehnte er sich noch einmal in die Kissen zurück, es war anzunehmen, daß, bevor man ihn entließ, noch eine Untersuchung erfolgte, und außerdem mußte er damit rechnen, daß man ihn in Quarantäne hielt, bis seine Identität festgestellt war. Sicher würde es jetzt einfacher sein, sich davonzumachen, als später, wenn er sich mit behördlichen Formalitäten auseinandersetzen mußte.

Er glitt aus dem Bett, öffnete einen Schrank und fand darin seine Kleider. Bevor er sich anzog, suchte er kurz den Waschraum auf, machte sich frisch, ließ sich massieren. Als er sich eben umsah, um sich zu vergewissern, daß er nichts vergessen hatte, rauschte es leise in den Lautsprechern des Kommunikators. Dann eine Stimme, flüsternd, kaum zu verstehen. Er mußte erst genauer horchen, bis er sie erkannte: Isa. »Hallo, Andres, ich melde mich noch einmal, aber nur ganz kurz! Hörst du mich?«

Andres ging zum Kommunikator – der Bildschirm blieb dunkel. »Ja, ich höre dich«, sagte er unsicher.

»Ich wollte noch einmal mit dir sprechen bevor ich aufbreche – zu einer langen Reise. Es war schwer, dich zu finden. Was ist geschehen?«

»Kann ich dich nicht sehen?« fragte Andres. »Der Bildschirm ...«

»Hier gibt es keine Kamera, du kannst mich nicht sehen, Andres – es tut mir leid!«

»Wo bist du?«

»Ich weiß es nicht genau, es ist ein Maschinenraum ... tief unter der Erde ... Es ist einsam hier, bedrückend.«

»... was meinst du damit ... du wirst verreisen ...?«

»Ich hab' etwas für dich, vielleicht hilft es dir?«

»Was?«

»Hör zu: fu-ri-e – hilft dir das?«

Andres glaubte sich verhört zu haben ... »Ich habe dich nicht verstanden?«

»... fu-ri-e – merk es dir! Es ist wichtig: für die Entzifferung der Symbole!«

»Was bedeutet es?«

»Keine Ahnung.« Isas Stimme wurde leiser. »Ob wir uns noch einmal wiedersehen?« Nun waren die Worte kaum noch verständlich: »Ich bin traurig ...«

Es summte noch eine Weile in den Lautsprechern, dann erstarb auch dieses Geräusch.

Andres blickte auf die Uhr des Kommunikators: Es war vier Uhr früh – eine günstige Zeit, um sich heimlich zu empfehlen!

Die Tür öffnete sich, als er herantrat – man hatte keinen Grund gesehen, ihn einzusperren. Um so besser!

Er ging durch einen langen Gang, erreichte ein Foyer, lief ein paar Stufen hinab, dann stand er im Freien. Die Nuklearsonne war auf die schwächste Helligkeitsstufe geschaltet, das Licht reichte gerade aus, um vage Umrisse hervortreten zu lassen. Er sah sich um – er befand sich im Regierungsviertel. Das Gebäude, in dem er sich die letzten Stunden aufgehalten hatte, schien zum Gesundheitsministerium zu gehören. Dort drüben, nur einige Minuten zu gehen, erkannte er den Block der Bibliothek.

Er überlegte kurz. Gewiß war es nicht unbedenklich, das Büro aufzusuchen, andererseits aber brannte er darauf, sich die Ornamente noch einmal vorzunehmen. »fu-ri-e« – was konnte das bedeuten? Mit Hilfe der Fremdwortdateien sollte er es herausfinden können. Er wollte es darauf ankommen lassen. Rasch setzte er sich in Bewegung.

Unangefochten erreichte er sein Büro, es war unbeleuchtet – das Licht flammte erst auf, als er es betrat. Trotzdem blickte er sich nach allen Seiten um, ehe er vor die holografische Bildwand trat. Da waren die Ornamente ... Vielleicht würde er ihre Bedeutung bald schon kennen!

Er ließ sich am Schreibtisch nieder, aktivierte den Kommunikator. Wörterbuch, deutsch, Fremdwortkatalog ... dann tippte er das Wort ein: fu-ri-e. Ohne Zeitverzug kam die Erklärung:

Furie (. . . i^{e}) die; -, n: 1. römische Rachegöttin; vgl. Erinnye. 2. eine in Wut geratene Frau. 3. (ohne Plural) a) Schrecken, Schreckgespenst; b) Wut

... römische Rachegöttin ... eine wütende Frau ... – zum Teufel, was hatte das mit den Figuren zu tun? Er dachte eine Weile darüber nach, suchte krampfhaft nach irgendwelchen Anhaltspunkten – vergeblich. Vielleicht hatte er Isa falsch verstanden? Vielleicht hatte er auch eine falsche Schreibweise gewählt?

Er schaltete das Mikrophon ein und sprach das Wort hinein, dann ließ er die Liste aller phonetisch gleichen Worte ausgeben. Es gab nur zwei – Charles Fourier und Jean Baptiste Joseph Fourier, der eine Politologe, der andere Physiker und Mathematiker. Sollten diese alten Wissenschaftler aus dem 17. und 18. Jahrhundert der Frühzeit etwas mit seinem Entschlüsselungsproblem zu tun haben? Ohne besondere Hoffnung ließ er sich die Lebensläufe ausgeben, suchte nach irgendwelchen Anhaltspunkten, Beziehungen ... Da war etwas, was ihm auffiel – er hätte nicht sagen können, warum. Er las:

Furier-Transformationen liegen optischen Beugungserscheinungen zugrunde, Verwendung unter anderem auch bei der Bildanalyse und -verbesserung . . .

Da stand etwas von Bildern – sollte er auf der richtigen Spur sein? Da sich ihm kein anderer Weg bot, zum Ziel zu gelangen, beschloß er, dieser Spur weiter nachzugehen. Er ließ sich alle möglichen Zusatzinformationen ausdrucken, die ihm allerdings wenig nützten, da sie mit unverständlichen Formeln untermauert waren, noch dazu in einer altertümlichen Darstellungsweise, wie sie schon lange nicht mehr gelehrt wurde. Das einzige, was ihm schließlich blieb, war ein Literaturzitat: Da gab es offenbar in der Bibliothek einige Bände, die Fourier-Transformationen, harmonische Analyse und ähnliche unverständliche Begriffe betrafen – all das nicht mehr von praktischer Bedeutung, nur noch aus historischer Sicht heraus von Wert. Oder doch nicht? Wieder war es eher die Tatsache, daß es keine anderen Anknüpfungspunkte gab, die Andres veranlaßte, sich weiter mit diesen eher kuriosen Dingen zu beschäftigen. Er ging zum Fahrstuhl, fuhr hinunter zur Büchersammlung.

Die Registriernummer hatte er notiert, und so fiel es ihm nicht schwer, das betreffende Regal zu finden. Er stellte fest, daß man sich offenbar auch noch ein oder zwei Jahrhunderte später mit Fouriers Theorie beschäftigt hatte, in Zusammenhang mit der Berechnung elektronenoptischer Systeme, Molekularstrukturuntersuchung, Luftbildauswertung ... Eben hielt er ein unscheinbares, blau gebundenes Bändchen in der Hand, voll von Formeln und primitiven Strichzeichnungen, als er unversehens auf einen Bildanhang stieß – und in diesem Moment kippte seine Hoffnungslosigkeit mit einem Mal in erregte Erwartung um. Die Bilder, die hier – wenn auch in Schwarzweiß – abgebildet waren, hatten bemerkenswerte Ähnlichkeit mit jenen Figuren dort oben an Ossips Schreibtisch! Also doch ein Zusammenhang! Wieder überlegte er lang, blätterte in einigen Büchern, las da und dort – unverständliche Theorie, komplizierte Mathematik, Formeln – eine Art der Darlegung, die noch auf Berechnungen mit Bleistift und Papier abgestimmt waren, doch nirgends die Zahlenfelder *des auf Computerauswertung gerichteten Matrix-Kalküls. Schließlich nahm er wieder das blaue Bändchen zur Hand, betrachtete die Illustrationen, ließ sie auf sich einwirken, als gäbe es einen unmittelbaren Zugang zum Verständnis ... Dieses eigenartige Regelmaß ... Einige der Bilder wiesen eine drei- oder vierzählige Symmetrie auf, wie sie von alten Naturformen oder Sterndarstellungen her bekannt war. Andere folgten eher dem Prinzip der Punktsymmetrie, die zwar in der Geometric Art große Bedeutung gewonnen hatte, doch im praktischen Leben kaum vorkam. Andres brauchte eine Weile, ehe ihm ein Beispiel einfiel: das Feuerrad, die funkensprühende Doppelspirale aus der rotierenden, brandsatzgefüllten Röhre – Stolz der alten Pyrotechniker. Und genau diese besondere Art des Regelmaßes fand sich auch an einigen der geheimnisvollen Symbole.*

Als Andres im Bildteil blätterte, vorsichtig, um das schon brüchig gewordene Glanzpapier nicht zu beschädigen, fiel sein Blick auf eine dünne, bleistiftgeschriebene Notiz. Soweit er die Schrift lesen konnte, stand dort ›Kaleidoskop‹. Dieses Wort löste ein weiteres Mal jene jäh ansteigende freudige Erwartung aus, die jeder erlebt, der sich auf einer schwierigen Suche befindet und letztlich doch auf Hinweise stößt ... Die Kaleidoskopsammlung in Ossips Wohnung! Am liebsten wäre er sofort losgegangen, um sich diese Instrumente, die ihn bisher kaum interessiert hatten, näher anzusehen. Dann besann er sich, überstürzte Eile würde ihn kaum schneller zum Ziel bringen, und so ging er zunächst hinüber in die Ecke des Raumes, in der ein Kommunikator stand. Er tippte das Wort KALEIDOSKOP ein – da er vermutete, daß sich die besten Informationen darüber sowieso hier in den alten Buchbeständen finden lassen würden und nicht im Universalspeicher. Was man seinerzeit als nicht mehr relevant eingeschätzt hatte, war dort nicht aufgenommen worden ... nun ja ...

Andres hatte sich nicht geirrt, mehrere Werke zum Thema ›Kaleidoskop‹ standen sogar hier, auf der selben Etage. Er brauchte nicht mehr als zehn Sekunden, um das Regal zu erreichen.

Diesmal mußte er lange suchen, denn es gab kaum Bücher, die sich nur mit Kaleidoskopen allein befaßten, vielmehr betrafen sie alle möglichen altertümlichen optischen Vorrichtungen – von der Camera obscura bis zu Spezialprojektoren für Bühnenbilder, und da und dort, meist nur in kurzen Absätzen, war von Kaleidosko-

pen die Rede. Erst am Ende der Buchreihe, halb zwischen zwei dicken Bänden verborgen, steckte ein dünnes Büchlein aus dem Jahr 1992 mit dem Titel ›Das Diffraktions-Optoskop‹. Wieder sah sich Andres mit Formeln und Schemazeichnungen konfrontiert, da war die Rede vom Prinzip der Lochblendenkamera, von Bildstrukturen, die durch Beugung an deren winziger Öffnung entstanden, von einem optischen Verstärker, der die schwache Lichterscheinung erst sichtbar machte ... Geradezu elektrisiert aber war Andres, als er ein Abbild des fernrohrartigen Gebildes sah: Ein solches befand sich auch in Ossips Kollektion.

Zwar verstand er den dabei auftretenden optischen Effekt nicht, aber das war schließlich völlig gleichgültig. Worauf es ankam, war die Tatsache, daß der Blick durch dieses Instrument Bilder der anvisierten Gegenstände zeigte, die keinerlei Ähnlichkeit mehr mit den Objekten erkennen ließen, eine Verwandlung – und hier stand es Schwarz auf Weiß –, die durch Fourier-Transformation zustandekam!

Andres hatte sich so auf die Texte konzentriert, daß er nicht weiter auf seine Umgebung geachtet hatte. Als er nun ein leises Schleifen und Rasseln hörte, fuhr er zusammen ... Er lauschte ... Ganz leise glaubte er auch Geräusche laufender Schritte zu erkennen.

Noch ehe er an Flucht denken konnte, tauchte ein Universal-Reparaturwagen auf, näherte sich ihm im Gang zwischen den beiden Regalreihen. Unwillkürlich drehte er sich nach der andern Seite um, doch da bog ein zweiter um eine Ecke herum. Sie kamen auf beiden Seiten auf ihn zu, die Greifarme nach vorn gestreckt. Andres schätzte den Abstand zwischen den Bücherborden ab ... Er beschloß zu warten, bis sie ganz in seine Nähe gekommen waren, um dann an einem der beiden vorbeizulaufen ... Doch, als hätten sie seine Gedanken gelesen, streckten sie die Arme seitwärts und sperrten den Weg völlig ab. Andres blieb nur noch der Ausweg, über eines der Bücherregale hinwegzuklettern. Er sprang auf die Ablageplatte, wollte sich über den Aufbau der Fächer schwingen, doch die metallene Mechanik reagierte schneller als vorgesehen, eine Zangenhand erwischte ihn an der Wade, Andres wurde zur Seite gerissen, rutschte über die Platte ... Als er sich anzuhalten versuchte, riß er ein Brett aus dem Regal – ein ganzes Stapel Bücher fiel heraus, zum Teil über ihn, zum Teil auch über den Tisch und zu Boden.

Ein kurzer für Andres aussichtsloser Kampf begann. Er setzte alle seine Kräfte ein, um sich aus der Umklammerung zu befreien, er stieß mit den Beinen um sich, ließ sich zu Boden fallen, um den Automaten von den Rädern zu reißen und auf diese Weise vielleicht lahmzulegen – doch es war vergeblich, gegen die Kraft der Maschinen konnte er nichts ausrichten. Bald stand er, an Armen und Beinen von vier Zangen festgehalten, bewegungslos da.

»Welches Unglück!« rief eine Stimme – jetzt tauchte auch ein Mann im Gang auf, rannte keuchend näher. »Wo konnte das nur geschehen? Warum haben Sie denn keinen STOP-Befehl gegeben? Loslassen!« schrie er mit sich überschlagender Stimme. Er japste nach Luft, stützte sich am Tisch ab. Die Automaten gehorchten aufs Wort –, die Umklammerung löste sich, Andres war wieder frei, wenn er auch einigermaßen mitgenommen aussah – ein Stück Reißverschluß seiner Jacke war ausgerissen, sein Haar war zerrauft, außerdem hatte er einen Schuh verloren, den er nun unter dem Bücherbord zu suchen begann.

»Entschuldigen Sie vielmals! Nichts ist mir peinlicher als das! Sie erkennen mich doch – ich bin Stig, genannt Adonis.« Ja, gewiß – Andres erinnerte sich an den gepflegten Mann, der jetzt allerdings auf wenig vornehme Art schwitzte. Stig konnte sich immer noch nicht beruhigen. »Ein bedauerliches Mißverständnis ... Dabei hatte ich doch vor, Ihnen meine Hilfe anzubieten.«

Andres hatte seinen Schuh gefunden und übergezogen. Nun versuchte er, seine Kleidung in Ordnung zu bringen, strich sich über das Haar. »Nennen Sie dies Hilfe?« fragte er und deutete auf die beiden Automaten.

Adonis schien noch mehr in Verlegenheit zu geraten. »Ich habe Ihnen einiges zu erklären«, sagte er, »einiges, was Sie sicher mit Genugtuung erfüllen wird. Es betrifft diese Clique um Buckminster. Sie alle sind festgenommen, es erwartet sie die härteste Strafe, die es gibt: Rückverweisung in die Wohnzellen!«

Andres wußte nicht recht, was er davon halten sollte, und blickte Adonis mißtrauisch an.

»Diese Leute kannten keine Rücksicht«, erklärte Adonis. »Es ging ihnen um dieses ominöse Dokument ... Sie hatten sich entschlossen, alle Regeln des menschlichen Zusammenlebens außer Acht zu lassen, um es zu bekommen. Ja – ihre Aktionen grenzten ans Verbrecherische – ich muß es zugeben.«

»Soviel ich mich erinnere, waren ja auch Sie beteiligt!«

»Zum Schein! Nur zum Schein!« Adonis kam auf Andres zu, als wollte er ihm die Hände auf die Schulter legen, um seine Versicherung zu bekräftigen. Dann aber besann er sich, und blieb stehen. »Es blieb mir ja gar nichts übrig – immerhin war Dolf der Regierungschef. Doch in meiner Eigenschaft als Sekretär des Protokolls bin ich auch Chef der Polizei und des Geheimdienstes. Seit ich hier tätig bin, hat es für mich in dieser Eigenschaft allerdings noch keinen Einsatz gegeben, und, soviel ich weiß, auch nicht für eine ganze Reihe meiner Vorgänger. Eine ganz ungewöhnliche Situation – schwer, damit fertig zu werden!«

»Könnten Sie mir diese Situation nicht einmal im Zusammenhang erklären?« fragte Andres; so, wie er es sagte, klang es allerdings wie ein Befehl.

Adonis schien eingeschüchtert, doch offenbar nahm er jetzt gern die Gelegenheit wahr, um seine Ergebenheit zu beweisen. »Es begann mit dem Gerücht«, sagte er. »Sie wissen, das Gerede von jenem Dokument.«

»Gerede?« fragte Andres. »Alle diese Intrigen nur eines Geredes halber?«

Adonis schien sich zu winden. »Es ist so schwierig – irgend etwas Wahres muß ja dahinterstecken. Es ist doch nicht denkbar, daß alles, was geschehen ist, nur auf einer Fiktion beruhte!«

»Was ist geschehen – drücken Sie sich doch deutlicher aus!«

»Alle sind dahinter her. Man spricht davon, niemand weiß etwas Genaues – doch das genügt, um alle in Aufregung zu versetzen. Die Konservativen und die Fortschrittlichen … Keiner will es dem andern überlassen. Wie es heißt, braucht es jeder, um seine Ziele durchzusetzen.«

»Wenn sich beide Seiten so energisch darum bemühen, so müssen sie doch eine Vorstellung darüber haben, worum es sich handelt.«

»Nicht unbedingt!« Ein überlegenes Lächeln lag auf dem Gesicht von Adonis, nur angedeutet, doch unverkennbar. »So einfach liegen die Dinge nicht. Zunächst einmal gilt es doch, zu verhindern, daß der ideologische Gegner das Mittel in die Hand bekommt. Alles andere, beispielsweise auch die Bedeutung des Dokuments, ergibt sich dann von selbst. Wenn man es erst besitzt …« setzte er hinzu.

»Es müßte sich doch feststellen lassen, wer das Gerücht aufge-

bracht hat«, sagte Andres.

»Wann läßt sich das bei einem Gerücht schon feststellen«, meinte Adonis. Allmählich wurde er sicherer, gewann wieder seine aufrechte Haltung zurück. »Wahrscheinlich kommt es gar nicht darauf an, wer es aufgebracht hat, worum es geht. Wesentlich ist, daß es zum richtigen Zeitpunkt auftaucht. Und genau das ist geschehen. Jetzt, da wir einsehen, daß das Zeitalter der Ruhe vorbei ist. Das ist aber auch ein harter Schlag – das Energieproblem gelöst, so hieß es doch: kein Mangel mehr, solange die Erde besteht – und noch viel länger! Und dann, nach lächerlichen siebzigtausend Jahren plötzlich das Ende in Sicht. Die Erde wird immer heißer, immer höhere Energiemengen sind zur Kühlung nötig ... Es ist ein lawinenartiger Prozeß, Zusammenbruch des Klimas, Hitzekatastrophe – das Wasser zerfällt, der Wasserstoff dampft in den Weltraum hinaus, die Erde wird unbewohnbar. Ist das nicht Grund genug, um auf jede Hilfe zu hoffen, die sich anbietet?«

»Ich wußte nichts davon ...« murmelte Andres.

»Wir haben es geheim gehalten«, erklärte Adonis, »wir mußten eine Panik vermeiden.«

»Wie lange noch ... Ich meine: Wie lange haben wir noch Zeit?«

»Vielleicht hundert Jahre, vielleicht fünfzig, vielleicht zehn – wer weiß das?«

»Trotzdem – ich kann das nicht so schnell begreifen. Wenn die von Ihnen beschriebene Gefahr wirklich besteht – was hat es da für Sinn, auf eine Offenbarung zu hoffen – ein Dokument, dessen Inhalt angeblich die Lösung des Problems beschreibt! Wäre es nicht vernünftiger, den Ursachen der Entwicklung auf den Grund zu gehen, den Prozeß, der uns dem Ende zutreibt, zu verstehen und alle Kräfte zu mobilisieren, um etwas dagegen zu tun?«

Wieder lächelte Adonis überlegen, doch diesmal war auch ein Hauch von Traurigkeit dabei. »Wie stellen Sie sich das vor? Es gibt keine Wissenschaftler und keine Techniker mehr, niemand, der es vermöchte, die komplizierten Erscheinungen zu verstehen, die uns bedrohen. Die Forschungsmaschinen, die Computer – gewiß, diese wären dazu in der Lage. Aber können sie Aktionen veranlassen? Sie sind darauf eingestellt, den statischen Zustand zu erhalten; die Möglichkeit, daß es damit einmal zu Ende sein könnte, war nicht vorgesehen – dafür sind sie nicht programmiert. Doch jetzt ist niemand mehr da, der sie programmieren könnte.«

»Und wie steht es mit den Unentbehrlichen? Sie sind doch die Intelligentesten, die Fähigsten! Wenn überhaupt jemand in der Lage ist, mit der Situation fertig zu werden, dann sollten sie es sein!«

Adonis machte eine verneinende Geste. »Ach, wußten Sie das nicht? Die Unentbehrlichen sind verschwunden. Ja«, er nickte bekräftigend – wahrscheinlich hatte er Andres' ungläubiges Staunen gespürt, und es lag ihm etwas daran, diesen zu überzeugen. »Die wenigen, die es noch gab – sie sind fort.«

»Was meinen Sie damit: Sie sind fort? Und seit wann sind sie fort?«

»Es mögen acht oder zehn Wochen sein«, sagte Adonis. »Wie gesagt, es gab nicht mehr viele, und diese wenigen schlossen sich mehr und mehr von den andern ab. So fiel es zuerst gar nicht auf, daß sie verschwunden waren. Ja«, er dachte nach ... »Es muß vor rund acht Wochen gewesen sein – und das war auch genau die Zeit, als das Gerücht vom Dokument aufkam. Das ist wohl der wichtigste Grund dafür, daß es alle so ernst nehmen. Was es auch immer enthält – es hilft ihnen, sich in Sicherheit zu bringen.«

Nun standen sie inmitten der alten Bücher, die Automaten reglos neben ihnen – ein Bild, das nahezu komisch anmutete.

Sie schwiegen. Andres bemühte sich, das zu verarbeiten, was er eben gehört hatte. War das die Wahrheit? Eher kam es ihm wie eine phantastische Geschichte vor, mit denen sich jene, die zu tieferem Verständnis unfähig waren, eine plausible Erklärung zusammenzimmerten. Er blickte auf das blaue Bändchen, das, ein wenig zur Seite geschoben, doch immer noch an der richtigen Stelle aufgeschlagen, am Büchertisch lag. Die Entschlüsselung der Ornamente, seine Bemühungen – sollte das wirklich der Weg sein, der einer sterbenden Erde die Rettung verhieß? Geometrische Muster, künstlerisches Spiel ... All das paßte viel eher zum unverbindlichen Zeitvertreib, der so viele Jahrtausende hindurch Lebensinhalt der Menschheit war.

Adonis hatte beobachtet, daß Andres gedankenverloren auf das Buch schaute, und er sah auch die Kopien, die Andres dort zum Vergleich ausgebreitet hatte. Adonis trat näher, blickte von den

Kopien zu den Hochglanzdrucken des Buchs ...»Sind Sie der Lösung nähergekommen?« Sein Blick war erwartungsvoll, er klammerte sich an das winzigste Anzeichen, das Hoffnung verhieß ...

»Ich weiß nicht«, sagte Andres entmutigt.

Adonis schien plötzlich wieder aktiv, geradezu eifrig bemüht, sich Andres gegenüber dienstbereit zu zeigen. »Wie gesagt – ich bin gekommen, um Ihnen zu helfen. Es ist niemand mehr da, der uns stören könnte. Dolf, Felipe, Cordula ... sie sind stillgelegt, dafür habe ich gesorgt.«

»Und die Fortschrittlichen? Cliff Bernstein?«

»Sind ebenso stillgelegt – was sie Ihnen angetan haben, gab mir guten Grund dazu. Überfall, Freiheitsberaubung, Erpressung – das sind nicht die Mittel, um sich Dinge anzueignen, die einem erstrebenswert erscheinen. Erstaunlich, wie rasch die Sitten verfallen, wenn Gefahr im Verzug ist. So lange hat es kein Verbrechen mehr gegeben. Aber ich werde mich meiner Verantwortung nicht entziehen. Als man mich mit diesem Posten betraute, hielt man mich für einen willigen Mitläufer – damit ist jetzt Schluß. Ich habe es den andern gezeigt!«

»Freiheitsberaubung? Haben Sie nicht selbst zu diesem Mittel gegriffen?«

Adonis verneinte. »Verstehen Sie denn nicht«, sagte er, »Sie und ich – wenn wir zusammenhalten ... Es besteht eine Chance, das Geheimnis zu lösen – dieser Meinung sind Sie doch auch, sonst würden Sie sich doch nicht bemühen.«Er deutete auf die Kopien, auf das Buch. »Sie sind doch schon weitergekommen, weiter als wir alle! Wie schon gesagt – ich helfe Ihnen! Sagen Sie mir, was ich tun soll – Sie können sicher sein, ich werde mich dafür einsetzen.«

Andres antwortete nicht. Nach einer Weile sagte er: »Ich bin müde, am Ende meiner Kräfte – das werden Sie verstehen. Ich brauche etwas Ruhe, dann werden wir weitersehen. Vorderhand bin ich nicht mehr fähig, etwas zu unternehmen – ich gehe in meine Wohnung. Ich muß schlafen.«

»Ich begleite Sie«, antwortete Adonis schnell. Den beiden Automaten zugewandt gab er einen Befehl, dann folgte er Andres, der schon im Begriff war, zum Lift zu gehen. Gemeinsam fuhren sie hinauf ... Andres wäre gern ein Stück durch den Park gegangen, doch Adonis brachte die Kabine im Untergeschoß zum Halten.

»Wir nehmen einen Schnellwagen«, sagte er. Andres verzichtete auf Widerspruch – und er verzichtete auch darauf, weiter über Adonis nachzudenken. Im Kreise der andern war ihm dieser kaum aufgefallen, jetzt zeigte er sich von einer ganz anderen Seite. Selbst innerhalb der letzten Minuten hatte er sich gewandelt: Zuerst war er unterwürfig gewesen, ein höflicher junger Mann, der seine Dienste anbot. Nun kam es Andres eher vor, als würde er von einer Wachmannschaft eskortiert – die beiden Automaten hatten sich nie weiter als einen Meter von ihm entfernt.

Im Moment war es ihm gleichgültig, es war keine Lüge gewesen, als er auf seine Müdigkeit hingewiesen hatte.

Adonis und die Automaten kamen mit in seine Wohnung, als wäre das selbstverständlich. Gerade, daß sie darauf verzichteten, ihm auch ins Schlafzimmer zu folgen; sie blieben im Nebenraum – zum Schutz oder zur Bewachung?

Kaum hatte sich Andres – mit allen Kleidern – auf das Bett fallen lassen, da schlief er auch schon ein.

* * *

Andres hielt sich nun schon zwei Jahre in der Wüste auf.

Immer tiefer versank er in einem Sumpf aus Trägheit und Gleichgültigkeit, der sich lähmend über seine Gedanken legte, gerade noch so viel Spielraum ließ, um den gewohnten Trott zu gestatten, jeden Versuch eines Ausbruchs aber von vornherein erstickte.

Genaugenommen fehlte es Andres an nichts – er war gut versorgt, und auch das Beschäftigungsangebot war ausreichend; vielleicht enthielt es nicht alle ausgeklügelten Varianten der umfassenden Unterhaltungselektronik, wie sie in den Silos bereitstand, doch andererseits reichte es in mancher Beziehung weit darüber hinaus – beispielsweise in der Verfügbarkeit räumlicher Reserven, wie sie Ossip so konsequent für die Gestaltung seiner Environments verwendet hatte, oder auch in der Ungebundenheit hinsichtlich jener Vorschriften und Regeln, die – wenn man das auch kaum empfand – im normalen Leben doch eine beträchtliche Einschränkung der Betätigungsmöglichkeiten bedeuteten.

Die Wohnsilos – aus dem Abstand heraus kam Andres diese Art, sein Leben zu verbringen, völlig sinnlos vor: auf nichtssagende Beschäftigungstherapie, auf das Ausleben der Emotionen, auf unverbindliche Formen kreativer Beschäftigung gerichtet. Bis er plötzlich drauf kam, wie wenig sich sein jetziges Leben vom damaligen unterschied. Bestand überhaupt ein Unterschied? Er lag allenfalls darin, daß jetzt hinter dem Bemühen, sich dem Verrinnen der Zeit durch unnütze Betätigung zu entziehen, das große Warten stand. Gerade hieraus allerdings ergab sich seine zunächst latente, dann aber immer stärker durchschlagende Unzufriedenheit – wenn er nämlich feststellte, daß er das Ziel um so mehr aus den Augen verlor, je mehr Zeit verging.

Zwei Jahre warten – das war genug. Ganz plötzlich war ihm dieser Gedanke gekommen, und die Einsicht war so quälend, aber auch so aufrüttelnd, daß er das Gefühl hatte, keine weitere Minute des Nichtstuns ertragen zu können. Zwei Jahre lang hatte er es auf sich genommen, tatenlos dahinzuleben, sich immer mehr in einer Traumwelt zu verfangen, in der sich das zunächst gesetzte Ziel immer mehr im Ungewissen verlor.

Er befand sich in seinem Raum, der ihm nun als Verlies, als Gefängnis vorkam – er sprang von der Couch auf, auf der er dösend gelegen war, und rannte in die Halle, wo sich, wie er es nicht anders erwartet hatte, Ossip aufhielt, wie meist an seiner Wasserpfeife nuckelnd, die Hand in der Schale mit den Nüssen. Er mußte sich in einem schlafähnlichen Zustand befinden, denn er rührte sich nicht, als Andres hereinkam.

Der Anblick, der sich Andres bot, löste einen Wutausbruch aus. Er riß Ossip den Verbindungsschlauch zur Wasserpfeife aus dem Mund, zog ihn an der Schulter hoch, wobei der Behälter mit den Nüssen umkippte und sich die Kerne über den Fellbezug der Polsterung und des Bodens verteilten.

»Worauf warten wir?« schrie Andres. »Zwei Jahre bin ich nun schon hier, und du hast immer nur geschwiegen. Jetzt ist meine Geduld zu Ende: Worauf warten wir?«

Ossip blieb ein wenig zur Seite geneigt sitzen, schien nichts zu begreifen. Vielleicht stand er unter der Einwirkung einer angenehme Betäubung erzielenden Droge, die er in den Tabak der Pfeife zu mischen pflegte. Erst als Andres weiter auf ihn einschrie und seine Fragen und Forderungen wiederholte, kam wieder Glanz in seinen Blick, obwohl er immer noch müde und wehrlos schien.

»Du fragst mich, worauf wir warten?« Sein zuvor bleiches Gesicht rötete sich ein wenig, sein Körper straffte sich. Es war deutlich zu erkennen, daß Andres einen wunden Punkt getroffen hatte, eine neuralgische Stelle, die den Zugang zu verschütteten, vielleicht unterdrückten, vielleicht auch nur in Vergessenheit geratenen Gefühlen freilegte.

»Du hast mich nie danach gefragt«, sagte Ossip. »Warum hast du nie danach gefragt?«

»Aber jetzt frage ich«, rief Andres, nun ein wenig ruhiger als vorher, deshalb aber nicht weniger nachdrücklich. »Du bist doch der einzige von allen, der wußte, worum es ging. Dieses Dokument – hast du es gefunden? Hast du seinen Sinn begriffen? Du mußt ihn begriffen haben – sonst wärst du doch nicht hier! Sag mir, was du weißt!«

»Und ich dachte, du hättest Erfolg gehabt! Die neuesten Ergebnisse der Erkenntnis – du hast sie dir doch ausgeben lassen, hast dich damit beschäftigt! Ich habe dich beobachtet, die ganze Zeit ... Ein kleiner Trick an der Schaltung ... in der Wohnung und im Büro, bevor ich mich zurückzog. Ich sah, wie du die Blätter vor dir liegen hattest, den Text studiertest. Du bist doch Fachmann für Schriftenkunde. Willst du wirklich behaupten, du hättest nichts verstanden? Schließlich hast du die Bedeutung der Koordinaten erkannt, genauso wie ich. Und du bist hierher gekommen. Warum?«

»Jetzt frage ich! Und ich stelle dieselbe Frage: warum? Was hast du erwartet? Was war so wichtig für dich, daß du dein bequemes Leben aufgegeben hast, auf diese Reise gegangen bist, und all die lange Zeit hindurch hier ausgehalten hast?«

Ossip schien nun wieder völlig wach zu sein. Er beugte sich vor, ergriff den Zuleitungsschlauch zur Wasserpfeife, reinigte das Mundstück. Dann nahm er einen tiefen Zug. »Diese Entscheidung ... schließlich ist sie doch meine Sache, oder nicht? Niemand hat von dir verlangt, daß du mir folgen solltest, und ich am wenigsten. Worauf wir warten? Wieso nimmst du eigentlich an, daß wir beide auf dasselbe warten? Was bedeutungsvoll ist, wertvoll, unentbehrlich ... Es mag für verschiedene Menschen etwas ganz anderes sein. Ich selbst ...« Wieder sog er an der Wasserpfeife, verursachte ein leise blubberndes Geräusch. »... ich selbst ... ich hatte dieses Leben satt. Man hat mich einberufen wie dich auch, und das brachte mich dazu, mich mit all diesen Problemen zu beschäftigen: der Frage der Zeit, dem Prinzip der Stasis, der Ankündigung des bevorstehenden Zusammenbruchs ... Warum man mich einberufen hat? Ganz einfach: Sie hofften über mich an dieses Dokument zu kommen, das die Lösung aller Probleme bringen sollte ... Fast wäre es ihnen auch gelungen – doch was hätte es ihnen schon genützt, niemand ist mehr fähig, es zu verstehen. Die Wissenschaft ist weitergegangen, neue Methoden der Erkenntnis, immer kompliziertere Zusammenhänge, die sich auftun ... die Forschungsmaschine, die Computer – das alles längst dem Verständnis des künstlich auf einem primitiven Entwicklungsstand gehaltenen Menschen entzogen. Wir sind solche Menschen, du und ich. Alles, was uns an Möglichkeiten bleibt, ist die vage Ahnung eines Wunders ... ja, eine Ahnung, mit allen Zweifeln des Unbestimmten belastet, aber eben deshalb auch mit jeder denkbaren Hoffnung verbunden.«

Andres stand immer noch in der Mitte des Raums, doch nun – es war, als verließe ihn plötzlich die Kraft – setzte er sich auf den Platz gegenüber von Ossip, den er schon unzählige Male eingenommen hatte. »Du weißt also nichts«, stellte er fest.

»Die neuen Erkenntnisse aus vielen Jahrtausenden ...« fuhr Ossip fort, jetzt im selben unverbindlich dozierenden Ton, den Andres von langen Vorträgen her noch gut im Ohr hatte. »Worum könnte es sich handeln? Die Vorhersage eines Ereignisses? Ein Rezept, um Versäumtes folgenfrei nachzuholen, falsche Entscheidungen folgenfrei zu revidieren? Ist das nicht naiv gedacht? – ganz im Sinn unserer angeblich so modernen Denkweise, die in Wirklichkeit noch immer jene primitiver Jäger und Sammler ist. Dabei sollten wir es doch besser wissen: Nicht die Probleme sind es, die unsere Fragen herausfordern, sondern unsere Fragen, die die Probleme schaffen. Neue Methoden der Wissenschaft – was sollen sie, da doch die alten Fragen längst beantwortet sind. Also kann es nur um völlig neue Fragen gehen, solche, vor denen die Wissenschaft bisher kapituliert hat.« Er schwieg vielsagend, doch Andres hatte keine Geduld mehr, sich mit Andeutungen zufriedenzugeben.

»Um welche Fragen geht es also?«

Ossip, der bisher mit geneigtem Kopf zum Boden hinuntergesprochen hatte, blickte Andres nun voll ins Gesicht. »Ich weiß es nicht. Es ist eben nur eine Ahnung, ein Glaube ... ich glaube, daß es um den Sinn geht. Ja, es muß etwas mit dem Sinn zu tun haben. Siebzigtausend Jahre ohne Veränderung – gibt es da überhaupt noch eine andere Frage als die des Sinns? Aber, wie gesagt, andere Fragen bedingen andere Methoden, und andere Methoden bedingen andere Ausdrucksformen. Das ist der Grund dafür, daß wir so wenig von dem verstehen, was da niedergeschrieben steht. Unser Verstand reicht gerade aus, um jenes zu begreifen, was den alten Ausdrucksmitteln von Wissenschaft und Technik entspricht, also Zahlen, Daten, Fakten. Sicher sind sie das Unwichtigste daran, doch sie sind eben das einzige, woran wir uns klammern können. Und das ist, so meine ich, der Grund dafür, daß wir hier sind. Einige Zahlen, Koordinaten – die simplen, verständlichen Dinge. Immerhin: Sie sagen uns, daß etwas stattfinden wird. Es wird hier stattfinden, und zwar innerhalb der nächsten Zeit – so viel habe ich verstanden, und du wahrscheinlich auch. Aber schon hier ergibt sich ein Unsicherheitsfaktor: wie lang? Was ist eine kurze Zeitspanne bezogen auf kosmische Ereignisse?«

»Du erwartest also ein kosmisches Ereignis«, sagte Andres.

»Ich nenne es ein kosmisches Ereignis«, antwortete Ossip, »doch nur deshalb, weil mir eine andere Bezeichnung fehlt.«

Andres blieb längere Zeit schweigend sitzen, äußerlich unbeteiligt, innerlich aber zutiefst betroffen. Um den Sinn also ging es. Das konnte alles sein oder nichts. Ein Hirngespinst – oder die Erlösung von allen Zweifeln. Genausogut konnte es eine Lüge sein, ein Täuschungsmanöver Ossips, der diesen Weg gewählt hatte, um sich Andres' mit einem Mal drängend gewordenen Fragen ein für allemal zu entziehen. Ein kosmisches Ereignis! Hier und irgendwann in nächster Zeit, so dehnbar diese Maßangabe war.

Ein jahrelanger Aufenthalt, abseits all jener Annehmlichkeiten, die das Prinzip der Stasis der Menschen bot. Aus der Geschichte wußte er, daß die Menschen früher Not gelitten hatten – Not an Nahrung, Not an Energie, Not an kranken, durch Mikroparasiten geschädigten Körpern. Er konnte es sich nur schlecht vorstellen, vor solchen Überlieferungen versagte die Phantasie eines Menschen, der nie Not gelitten, nie Mangel verspürt hatte. Wahrscheinlich ging es den andern ebenso – daß sie es eben gar nicht mehr zu schätzen wußten, was das sichere und sorgenfreie Leben in den Wohnzellen eigentlich bedeutete. Wahrscheinlich war das der Grund dafür, daß sich Vorstellungen von irgendeiner Veränderung, irgendwelchem Fortschritt, so schnell durchsetzen konnten, ungeachtet des Risikos, das solche Ideen bedeuteten, und nicht nur für jene, die ihnen anhingen, sondern auch für jene, die ihre Ruhe und Sicherheit jedem Wagnis mit unbestimmtem Ausgang vorzogen. Aber er, Andres, glaubte, ihnen allen an Erfahrung voraus zu sein. Er hatte Hunger gelitten und Durst, auf dem langen, schweren Weg hierher. Er hatte Angst gehabt, einer menschenfeindlichen Natur ausgesetzt zu sein, abgeschlossen von den Energiequellen, weit entfernt von all den elektromechanischen und elektronischen Systemen, die den Menschen medizinisch betreuten und im Zustand bester Gesundheit bis ins hohe Alter von hundert oder hundertzwanzig Jahren hielten. Er hatte die Einsamkeit kennengelernt, die Isolation von der angestammten Gemeinschaft, den Druck der Beschäftigungslosigkeit, der Langeweile – hier, in dieser Notunterkunft inmitten eines längst ausgetrockneten Meeres. Keine Nachrichten mehr über wichtige Ereignisse in den Kuppeln, über neue Holofilmprojekte oder Kunstaktionen ... keine Kommunikation mit Freunden, keine sexuellen Kontakte mit phantasievollen Frauen, keine Meditationen im schwerelosen Schwarzen Trog.

Ossip hoffte, den Sinn zu erfahren. Was versprach er sich davon? Vielleicht die Erkenntnis, in ein übergeordnetes, unbegreifliches Geschehen einbezogen zu sein, eine mehr oder minder wichtige Rolle darin zu spielen? – eher eine unwichtige inmitten einer grenzenlosen Welt? Oder erwartete er eine religiöse Einsicht, die Erschließung neuer geistiger Dimensionen, Eindringen in eine neue Gefühlswelt? Und selbst wenn ihm solches zuteil werden würde – was könnte es schon ändern? Einige Tage, vielleicht einige Wochen des Glücks, letztlich aber auch das Eingeständnis der Beschränktheit – der Beschränktheit, der ein Mensch, an einen vergänglichen Körper gebunden, eben unterworfen ist.

Je länger er darüber nachdachte, um so mehr erschien ihm Ossip ein Verrückter zu sein, jemand, der sich in einem Wahn verloren hat, der ihn vielleicht sogar zu Leistungen befähigt, deren er unter anderen Umständen nie fähig gewesen wäre, der ihn aber andererseits auf Abwege leitete – am Ende aller Hoffnung letztlich doch der Abgrund einer grauenvoll enttäuschenden Leere. Je schlechter aber Ossip in seinem Urteil wegkam, um so fragwürdiger wurde dabei auch sein eigenes Verhalten – hatte er sich schließlich durch einen Unbekannten, von dem ihm außer einigem Gerede nichts zugänglich war, zu entscheidenden Maßnahmen hinreißen lassen. Genaugenommen konnte das Urteil irgendeiner neutralen Instanz, eines Beobachters, der beider Treiben aus der Ferne verfolgte, über ihn um nichts besser ausfallen als über Ossip. Oder war da noch irgend etwas, ein tief unter der Oberfläche vergrabener Beweggrund, ein heimliches Motiv, für das alle offenliegenden Fragen wie jene einer Weltkatastrophe oder jene des Sinns nur Vorwand waren?

Andres stand auf, verließ den Raum, als wäre Ossip nicht hier. Er lief ein Stück den Gang entlang bis zu einer Vorratskammer, aus der er sich ein tragbares Lasergerät holte. Dann den Weg wieder zurück, weiter durch den Gang bis vor die Tür jenes Raums, dessen Betreten ihm Ossip verweigert hatte. Ohne zu zögern schaltete er den Laser ein, richtete den Strahl auf das Metall, das an der getroffenen Stelle sofort flüssig wurde und zu zischen begann. Ungeachtet der Spritzer, die von der Schmelzzone nach allen Seiten hinwegflogen, schnitt er einen genau gezirkelten Halbkreis um jene Stelle in gleicher Höhe mit der Eingabetastatur, in der er auch den Verschlußmechanismus vermutete. Der abgetrennte Teil der Füllung blieb an Ort und Stelle sitzen, durch Reste der erstarrten Metallschmelze festgehalten, doch ein Fußtritt von Andres genügte, um ihn herauszubrechen – die Tür flog auf. Vor ihm war es finster, er tastete nach einem Schalter, den er unmittelbar darauf auch schon fand. Ein Druck, das Licht flammte auf – vor ihm ein Weben und Wallen von Rosarot. Die rosaroten Vorhänge, die rosaroten Möbel, der rosarote Bodenbelag ... es war ein Raum, der bis ins Detail mit Einrichtungen und Schmuckgegenständen genauso ausgestattet war wie Isas Zimmer in Ossips alter Wohnung. Andres ging einige Schritte vor, zum vorhangüberdachten Bett, zur dreiteiligen, mit hohen Spiegeln versehenen Kommode ... da und dort gab es Anzeichen, daß dieser Raum bewohnt gewesen war: einige Kleidungsstücke, ein Kamm und mehrere Bürsten, an denen noch einige lange schwarze Haare hingen, ein paar achtlos auf den Boden gestreute Kleidungsstücke, ein einzelner Strumpf, eine Bluse, Unterwäsche ... dieser Raum war bewohnt gewesen, und es gab nur eine Person, die dafür in Frage kam: Isa. Das war Isas Heim! Es waren nicht nur die Kleidungsstücke, die Kosmetikartikel, es war auch ein undefinierbarer Geruch im Raum, Anflug eines ausgesuchten Parfüms, kaum eine Andeutung und doch unverkennbar – in der Unmittelbarkeit der Empfindung weitaus wirksamer als der doch auch typische sichtbare, durch Rosarot geprägte Eindruck ...

Andres kniete neben dem Bett nieder – hier war der Duft noch stärker –, strich mit den Händen über die seidene Daunendecke, legte den Kopf auf ein mit Phantasieblumen besticktes Kissen. Er empfand Isas Fluidum, als wäre sie hier ...

War er überrascht? Hatte er geahnt, was das Zimmer verbarg? Hatte er seine Vermutungen lediglich unterdrückt? Jetzt, durch den gewaltsamen Akt des Eindringens, war all das, was er sich selbst nicht hatte eingestehen wollen, ans Licht gekommen. Sekundenlang empfand er mit unabdingbarer Deutlichkeit, daß es einzig und allein nur Isa war, die ihn zu seinem in der Rückschau höchst ungewöhnlichen Verhalten gebracht hatte. Kurze Zeit darauf aber war er sich gar nicht mehr so sicher ... Die lange Zeit, während der er seine gewohnten natürlichen Bedürfnisse nach dem Zusammensein mit einer Frau nicht hatte stillen können – kann es da nicht vorkommen, daß normalerweise keineswegs vordringliche Wünsche überproportional anwachsen und alle anderen, in Wirklichkeit viel dringlicheren Notwendigkeiten des Lebens unwichtig erscheinen lassen? Die Sehnsucht nach einer Frau auf der einen Seite, und andererseits die Aussicht auf eine entscheidende Änderung der eigenen Existenz ... ließ sich das überhaupt vergleichen? Schon der Gedanke daran erschien lächerlich, und doch war er nicht von der Hand zu weisen. Genaugenommen hatte beides nichts mit echten Problemen zu tun, beruhte eher auf mehr oder weniger offen ausgesprochenen Wünschen und Sehnsüchten. Wie sollte man da angeben können, was wichtiger, wirklicher, entscheidender wäre?

Ob es Ossip ähnlich ergangen war? Er hatte das Mädchen hierher mitgenommen, gegen dessen Willen, wie Andres aus dem letzten mit Isa geführten Telefongespräch herauszuhören geglaubt hatte. Doch sie war nicht lange hier geblieben. War sie geflohen? War ihrer Flucht ein Streit vorangegangen? Oder hatten sich die beiden im Guten getrennt? Offenbar nahm es Ossip als Niederlage, hatte sich von den Tatsachen abgeschlossen, die Erinnerung getilgt, das Zimmer versperrt – jedenfalls hatte Andres niemals beobachtet, daß Ossip es betreten hätte. Der Versuch, mit dem Mißerfolg zu leben ... Da hatte es doch Anzeichen dafür gegeben, daß sich Ossip zu betäuben versuchte – Zeiten, in denen er nicht ansprechbar war ... Seine philosophisch untermauerten Ausführungen, von denen viele eher den wirren Vorstellungen eines Träumers glichen als dem fundierten Wissen eines Philosophen, war das alles nicht eher ein Versuch, die Gedanken auf andere Bahnen zu lenken? Konnte man vielleicht nicht sogar sein Beharrungsvermögen, die Tatsache, daß er über alle Vernunft hinaus in einer trostlosen Einsamkeit ausharrte, als Demonstration des Starrsinns nehmen, der eigentlich nur der Beweis sein sollte, daß Ossips Pläne weitaus wichtiger waren als persönliche Sympathien und Antipathien, in Wirklichkeit aber eher das Eingeständnis einer Niederlage, die in ihrer Unerträglichkeit alle denkbaren Grenzen überschritt?

Und was bedeutete das für Andres? Noch nie hatte er es so klar wie jetzt empfunden, wie stark er üblichen Empfindungs- und Denkweisen bereits entwöhnt war, wie sehr er sich in einem Netzwerk verstrickt hatte, dessen Fäden von einem gewoben worden waren, der längst schon selbst nicht mehr Herr seiner Sinne war.

Andres war so tief in seinen Gedanken versunken, daß er die sich nähernden Schritte nicht gehört hatte. Er sah Ossip erst, als ihn dieser hintübergerissen hatte; er wäre gefallen, doch Ossip griff ihm an die Kehle, versuchte Andres zu würgen. Der Kraft, die Ossips Wut entsprungen war, hätte Andres auch kaum etwas entgegenzusetzen gehabt, wäre dem Würgegriff nicht entronnen, wenn Ossip noch einen Rest von Selbstbeherrschung bewahrt hätte. So aber ließ er Andres' Hals wieder los, versuchte ihn zu schlagen, zu treten, griff ihm dann erneut an die Kehle ...

Es waren nur einige Sekunden vergangen, meßbar in keuchenden Atemzügen, seit Ossip das Zimmer betreten hatte – so lang brauchte Andres, um wieder in die Wirklichkeit zurückzufinden, zu merken, daß er in Lebensgefahr war, einem Menschen überantwortet, der ihn ohne zu zögern getötet hätte. Verzweifelt begann er sich zu wehren, der andere war stärker gebaut, doch erheblich älter, und so merkte Andres bald, daß diese Auseinandersetzung zu seinen Gunsten ausgehen sollte, und das bestärkte ihn, ließ ihn kühler werden, den Attacken Ossips überlegt, fast unpersönlich entgegenzutreten ...

Und dann standen beide still, einige Handspannen voneinander entfernt, bewegungslos, die Aufmerksamkeit plötzlich auf etwas gerichtet, das von außen kam, etwas Erschreckendes, von dem zunächst noch keiner hätte sagen können, worin es bestand, etwas, dessen bedrohliche Wirkung so vorherrschend war, daß sie sich schon einstellte, ehe der Verstand überhaupt darauf reagieren konnte. Es begann mit einem Vibrieren, setzte sich in einem dumpfen Grollen fort, auf- und abschwellend, dazwischen kurze Pausen, in denen knisternde und knirschende Geräusche um so stärker hervortraten, um schließlich in ein die gesamte Umgebung erfassendes Rütteln überzugehen. Möbel begannen zu schwanken, Verputz löste sich von der Decke, das Licht flakkerte ...

Hinaus! – hatten sie es gerufen oder nur gedacht? Der Aufruhr der Elemente war so ungeheuerlich, daß ihre Auseinandersetzung vergessen schien. Nebeneinander rannten sie los, in den Gang, und kaum hatten sie das Zimmer verlassen, als der gläserne Lüster im ersterbenden Licht aufgebreitet wie ein Fallschirm zu Boden fiel ...

Das Erdbeben hielt mit unveränderter Gewalt an. Zwar schienen die auf natürliche Weise entstandenen Gewölbe den stoßenden und zerrenden Kräften besser standzuhalten als die künstliche Ummauerung, die wie eine Bühnenkulisse zusammenbrach, doch wie lange mochte diese Widerstandsfähigkeit noch dauern? Schon sprangen da und dort schalenförmig abgesplitterte Bruchstücke von den Wänden, rieselte Sand aus verborgenen Klüften, fielen Blöcke aus dunklen Bereichen der Decke dumpf aufdröhnend zu Boden. Es sah aus, als wäre der feste Felsuntergrund plötzlich zu einer plastischen Masse geworden, die unter dem Einfluß des Bebens ins Schwingen und Schwanken geriet ... Der Boden hob und senkte sich, durch die Wände liefen Wellen. Es war schwer, unter diesen Umständen das Gleichgewicht zu bewahren, sich auf den Beinen zu halten. Es riß sie einmal nach links, dann wieder nach rechts, immer wieder stützten sie sich von den Wänden ab, zuckten aber zurück, da diese beweglich geworden zu sein schienen wie die Haut von Schlangen. Endlich kamen sie an der Tagöffnung an, und Ossip, der etwas hinter Andres zurückgeblieben war, tat nichts, um diesem den Vortritt streitig zu machen, er wartete sogar, bis dieser die Leiter hinaufgestiegen, jenseits des Schachtrandes verschwunden war ... Oder war er schon so erschöpft, daß er sich vor der letzten Anstrengung etwas Zeit zum Atemholen gönnen mußte? Noch immer zitterte und bebte der Boden unter den Füßen, die Leiter kratzte am Felsuntergrund, glitt zur Seite ... als Ossip hinaufstieg, hielt

Andres oben die Barren fest.

Noch einige Schritte von der Felsstufe weg ... nun waren sie in Sicherheit. Als hätte sie plötzlich die Kraft verlassen, sanken sie zu Boden, duckten sich in eine Mulde, als bestünde dort erhöhte Sicherheit. Erst langsam setzte ihr Denkvermögen wieder ein, sie blickten sich um, fanden sich in einem Trümmerfeld wieder – die meisten der den eigenartigen Charakter des Plateaus prägenden von Windschliffen geschaffenen Figuren waren umgestürzt, einzelne Bruchstücke lagen über den Fels verstreut. Obwohl es erst früher Nachmittag war, hatte sich der Himmel verdunkelt. Vor ihnen, gerade dort, wo Ossip seine Sensoren verteilt hatte, war das Zentrum des Geschehens: eine Art Wirbelsturm, glühende Sand- oder Staubmassen rotierten wie ein großes Karussell, schienen alles mit sich zu reißen, alles niederzuwalzen, was sich dort befand. Dicht über den Boden hielt sich das kreisende Gebläse, fraß sich in die Felsoberfläche ein, zermahlte das Gestein zu Staubmassen, die durch die erhitzte Luft hinaufgerissen wurden und eine kugelförmige Wolke bildeten. Von dieser Stelle schienen auch die Erschütterungen auszugehen, die das Land rundum auf die Zerreißprobe stellten.

Als alles vorbei war, konnte niemand abschätzen, wie lange das Schauspiel gedauert hatte – fünf Minuten oder einen Tag. Die Turbulenz erstarb, als hätte jemand die Energiezufuhr abgeschaltet, die schwarze, von glühenden Strähnen durchsetzte Wolke stiebte nach allen Seiten auseinander, verdünnte sich zu einem in Waben über dem Land hängenden Schleier. Sobald sich die Staub- und Dunstmassen verzogen hatten und den Blick auf das Feld des Geschehens wieder freigaben, stellte sich heraus, daß dort eine Schale eingetieft worden war, rund ein Kilometer im Durchmesser, in deren Mitte noch ein Glühen lag, als sei es der Rest einer verdampfenden Flüssigkeit.

* * *

Es war ein sanftes Zupfen, durch das Andres geweckt wurde. Träge öffnete er die Augen, dann fuhr er auf – vor ihm ein Automat, den Schwenkarm ausgestreckt, die Zangenbacken noch um eine Falte seiner Jacke geschlossen. Dahinter tauchte Stig Adonis auf, er lächelte beruhigend, wobei er allerdings seine Nervosität nicht verbergen konnte.

»Es tut mir leid, wir mußten Sie wecken ... Sie haben schon

neun Stunden geschlafen ...«

Andres rieb sich die Augen, die von verdickter Tränenflüssigkeit verklebt waren, ordnete die Haare.

»Ich hoffe, Sie haben gut geruht«, fuhr Stig fort. »Darf ich eine Erfrischung bestellen?«

»Eine Erfrischung? Warum nicht ein ordentliches Frühstück? – ich könnte es vertragen.« Andres stand auf, räkelte sich. Stig Adonis, die beiden Automaten, der futuristisch gestaltete Raum ... es paßte nicht zusammen, erschien absurd. Warum nicht diese Absurdität noch verstärken, indem er sich bedienen ließ? Er spürte einen gesunden Hunger. »Ich hätte gern Glukose-Chips, Proteinflocken, Toast mit Chiliaufstrich und Limonensirup.« Dann rief er dem Automaten, der sich schon auf den Weg gemacht hatte, noch nach: »... und zwei Tassen Malzkaffee, achtzigprozentig!«

»Ich will Sie ja nicht beunruhigen«, sagte Stig, »doch die Lage spitzt sich zu, es ist Zeit zum Handeln.«

»Die Lage spitzt sich also zu«, sagte Andres und nickte. »Und jetzt werden Sie mir sicher erklären, was das bedeuten soll.«

Stig trat einen Schritt zur Seite und gab den Blick auf einen Monitor frei. Zuerst erkannte Andres nur eine wimmelnde Masse, doch als sich Stig zum Regler bückte und die Lautstärke erhöhte, klang das Rauschen von durcheinanderschreienden menschlichen Stimmen auf ... Die Kamera schwenkte langsam von rechts nach links und wieder zurück, Blick von schräg oben, offenbar das Gelände vor dem Eingang der Bibliothek. Es mochten einige tausend Menschen sein, die sich dort versammelt hatten, und das entsprach gut der gesamten Einwohnerschaft der Kuppel.

»Ein ungewöhnliches Ereignis«, sagte Stig. »So etwas hat es seit undenkbarer Zeit nicht mehr gegeben. Unruhe, Aufstand ... Und das genau in jenen wenigen Jahren, in denen ich meinen Dienst absolviere!«

Inzwischen hatte der Automat das Frühstück gebracht, das Tablett geschickt auf den vorgestreckten Armen balancierend. Mit sicheren und flinken Bewegungen arrangierte er Teller, Tassen, Schüsseln, Gläser und Besteck auf dem niedrigen Tisch inmitten der Sitzmulde. Andres nahm Platz, wobei er darauf achtete, den Monitor weiterhin beobachten zu können.

»Worum geht es?« fragte er, ein wenig undeutlich, da er den

Mund voll von Proteinflocken hatte.

»Dabei haben wir alles getan, um eine Panik zu vermeiden«, erklärte Stig. »Ich weiß nicht, wie die Nachricht an die Öffentlichkeit gedrungen ist. Vielleicht Ihr Abenteuer von gestern? Wir haben eine harmlose Meldung ausgegeben, um die Leute zu beruhigen, doch offenbar hat man uns nicht geglaubt – was ungewöhnlich genug ist!«

Andres hob ihm den Teller mit aufgehäuften Toaststücken entgegen, doch Stig schüttelte dankend den Kopf, deutete auf einige auf einem Regal abgestellte Teller und Tassen – er hatte sich einen Imbiß bringen lassen, während Andres schlief. »Seltsam, wie rasch sich unerfreuliche Nachrichten ausbreiten! Man muß berücksichtigen, daß nichts über das öffentliche Informationssystem gegangen ist. Auf einmal spricht jeder davon – von der Suche nach dem Dokument, von Ihrer Entführung ... Sie sind eine wichtige Persönlichkeit geworden, jedermann kennt Sie! Der Bibliothekar! Sie sind der populärste Mann der Stadt – wissen Sie das?«

Auf dem Bildschirm nun eine Nahaufnahme, ein Mann war aus der Menge heraus vorgetreten, schrie etwas zu dem unter der Fernsehkamera angebrachten Mikrofon hinauf, das aber wegen des Lärms im Hintergrund nicht zu verstehen war.

Trotz all der Unruhe um ihn herum ließ sich Andres den Appetit nicht verderben, kaute genüßlich seine mit Sirup übergossenen Flocken, schlürfte den heißen, bitter schmeckenden Kaffee. »Schade, daß man nichts versteht!« sagte er, als er den Teller zurückschob.

»Ich kann es Ihnen sagen, was die wollen – diese Versammlung dauert ja schon eine Weile ... Nun ja, man verlangt, Sie zu sehen, man bittet Sie, eine Erklärung abzugeben ... im Prinzip immer wieder dasselbe.«

»Vielleicht sollte ich diesen Wunsch erfüllen«, sagte Andres, doch Stig wies ihn mit einer heftigen Handbewegung zurecht.

»Sie vergessen: Wir haben andre, vordringlichere Aufgaben. Waren Sie nicht der Lösung des Rätsels schon recht nahe gekommen? Gewiß, Sie brauchten die Erholung, und ich habe sie Ihnen gern gegönnt. Nun aber ist keine Minute mehr zu verlieren, ich rechne mit Gewaltmaßnahmen. Die Leute wurden schon mehrfach aufgefordert, in ihre Wohnräume zurückzukehren, doch wider alles Erwarten, ja wider die Vernunft, sind sie geblieben,

stehen dort unten, schreien ...«

Der Lösung des Rätsels nahegekommen ... Andres glaubte zwar nicht mehr daran, daß die größten Hürden bereits überwunden waren, doch jetzt, da er gesättigt war, sich ausgeruht fühlte, voll Lust, etwas zu tun, fielen ihm die Ornamente wieder ein, seine Vermutungen im Zusammenhang mit dem Kaleidoskop, seine Hoffnung, ja seine Sicherheit, damit einen entscheidenden Schritt weiterzukommen ...

Wo hatte er doch die optischen Spielgeräte gefunden? Er stand auf, wischte sich den Mund mit einer Serviette ab, die er dann achtlos auf das Tablett warf. Er sah sich um, ging einige Schritte hinauf ... ja, hier war das in die Wand eingelassene Regal, und hier standen auch, aufgereiht, die Schachfiguren, die Geräte, die man für wissenschaftliche Instrumente hätte halten können, wären sie nicht mit buntem Papier beklebt, einige sogar mit Einlegsteinen verziert gewesen.

Das ›Diffraktions-Optoskop‹, so hieß es doch ... Andres griff wahllos zu, betrachtete die Objekte, die – so verschieden sie in den Abmessungen auch waren – doch dem gleichen Prinzip folgten: Auf der einen Seite ein Okular zum Hineinblicken, auf der anderen Seite eine Linse, die Licht von außen einzufangen hatte. An einigen fand er Aufschriften: TRIOSKOP, REFLEKTOSKOP, LETTROSKOP und so fort. Einige davon setzte er ans Auge, blickte hindurch ... er sah bunte Ornamente, drei-, vier- oder sechszählig, ständiger Wechsel der Formen und Farben, die meisten davon flach, andere aber auch räumlich verteilt ...

Andres hatte nicht darauf geachtet, daß Stig ihm gefolgt war, sich eines der Kaleidoskope genommen hatte, hindurchsah ... Dann ließ er es mit einem verzweifelten Laut sinken. »Um Gotteswillen, was machen Sie da? Mit diesem Spielzeug können Sie sich doch auch noch später beschäftigen. Wissen Sie denn nichts Besseres zu tun?«

Andres ließ sich nicht beirren. Könnte es nicht dieses sein ... oder jenes ... Da stand es, mit unscheinbarer Prägeschrift, doch deutlich lesbar: DIFFRAKTIONS-OPTOSKOP. Die Bilder, die es vermittelte, waren bemerkenswert genug: strahlig vom Mittelpunkt auslaufende Striche, Lichtflecken, von denen einige in Gruppen verschmolzen, hellere und dunklere Felder, die sich in scheinbar willkürlichen Windungen um die Bildelemente herum-

schlängelten ... und all das in ständiger Bewegung, verlaufende Übergänge, wenn Andres den Blickwinkel langsam veränderte, überraschende Sprünge, wenn er der Unruhe seiner Hand nachgab und einmal diesen, einmal jenen Gegenstand anvisierte. Aber konnten diese Bilder wirklich Aufschluß über die Bedeutung der Ornamente über Ossips Schreibtisch geben?

Andres hatte nicht die Absicht, Stig ein weiteres Mal darauf zu stoßen. Aus diesem Grund schlenderte er scheinbar ziellos in den Räumen umher, blickte einmal diese, einmal jene Ecke durch sein optisches Instrument an. »Wie hübsch sie sind, diese wechselnden Bilder«, sagte er. »Sie regen die Phantasie an, aktivieren Ideen ... Nein, ich wüßte wirklich nichts Besseres, was ich jetzt tun könnte.«

Einen Augenblick lang sah es aus, als würde Stig die Fassung verlieren, mühsam beherrschte er seine Stimmung. »Ich habe dafür gesorgt, daß Sie sich erholen konnten. Aber jetzt ... Mit diesen Dingen können Sie sich immer noch beschäftigen, zunächst gibt es doch Wichtigeres zu tun. Schließlich haben Sie ja die Verantwortung übernommen – es ist höchste Zeit, daß Sie sich an die Arbeit machen!«

Scheinbar widerwillig ließ sich Andres überreden, ins Büro zu gehen. Das Diffraktions-Optoskop steckte er – scheinbar achtlos – in die Jackentasche.

Zehn Minuten später befanden sie sich im Chefzimmer der Bibliothek, auch die Roboter waren mitgekommen. Unverzüglich trat Stig an den Monitor, ließ sich das Bild der demonstrierenden Menge einspielen. Währenddessen gab sich Andres weiterhin arglos, zerstreut ... Er ging ohne erkennbares Ziel durch die Räume, betrachtete hier ein großes auf dem Boden stehendes Keramikgefäß, dort einen in allen Farben schillernden, einen Meter über dem Boden schwebenden Oktaeder.

Während Stig hinter ihm herkam, ihn beobachtete, dann wieder einen Blick auf den Monitor warf, zwischendurch verzweifelt die Hände rang, trat Andres wie unabsichtlich an die Bildwand heran, blickte zuerst zur Decke hinauf, ließ das Instrument dann sinken: Er hätte es selbst nicht zu hoffen gewagt, daß das Experiment so gut gelingen würde. Noch ein Schritt näher an die Wand heran ... ganz deutlich waren jetzt Ziffern zu erkennen, dunkel, auf hellem Grund, von einem Muster nach außen zu dünner werdender Linien umgeben. Und jede Figur ergab eine andere Ziffer: 1, 5, 6, 3, 2.

Fast hätte er sich verraten – so gebannt war er von diesem frappierenden Verwandlungstrick. Glücklicherweise war Stig nicht in der Lage, auf geringfügige Regungen zu achten, er teilte seine Aufmerksamkeit zwischen Andres und dem Monitor, ging dann wieder aufgeregt einige Schritte in den Raum hinein, als wüßte er plötzlich den gesuchten Weg zum Ziel, hielt dann jäh wieder an, kehrte um, beobachtete Andres, den Bildschirm ...

1 5 6 3 2 ... ein unsichtbares Signal blinkte in Andres' Gedächtnis. Diese Ziffernfolge ... jetzt wußte er es, wo er sie schon gesehen hatte, und rasch setzte er sich an den Schreibtisch, holte den Ausdruck aus der Erkenntnismaschine aus der Lade, wobei er nicht versäumte, bei dieser Gelegenheit sein Kaleidoskop einzuschließen.

Das Papier vor sich ausgebreitet, überflog er die Zeilen. Wie war die Folge? ... 1 5 6 3 2 ... es mußte eine wichtige, eine entscheidende Angabe sein, sonst hätte Ossip nicht so viel Mühe darauf verwandt. Offenbar hatten sie sich aber auch ihm keineswegs mühelos erschlossen, sonst wäre es nicht nötig gewesen, daß er sie sich ständig vor Augen hielt – allerdings in einer raffiniert verschlüsselten Weise! Es schien ein Spaß ganz in Ossips Manier zu sein: das Geheimnis für alle sichtbar an der Wand anzuschlagen und es mit derselben Methode, wie er es offenbarte, auch wieder zu verbergen.

Stig stand wartend im Hintergrund, jetzt verhielt er sich still, er hatte beobachtet, daß sich Andres an die Arbeit gemacht hatte, auf sein Problem konzentriert ... Und er wäre der letzte gewesen, der ihn daran hätte hindern wollen. Obwohl sich Andres einen ganzen Stoß Blätter vornehmen mußte, kam er rasch voran, ging es doch nur darum, aus dem Chaos der unverständlichen Zeichen und Formeln jene kurzen Passagen herauszufinden, die mit normalen Ziffern geschrieben waren. Schon nach wenigen Minuten lag ein Blatt vor ihm, von dem ihm die bedeutungsvolle Ziffernfolge geradezu entgegensprang, und zwar mit einigen Worten bzw. Abkürzungen verbunden, deren Sinn ohne weiteres klar war: 156° 32′ w. L. ... Zweifellos: Es war eine Ortsangabe, wobei die Längenkoordinaten allerdings noch durch Breitenkoordinaten ergänzt werden sollten. Eine Weile suchte Andres nach einer entsprechenden Zahl, die er zwar nicht fand, stattdessen jedoch die Abkürzung Äqu.; wenn er das mit ›Äquator‹ interpretierte, war die Angabe vollständig. Also ein Ort! Wo mochte er liegen?

Andres drehte sich mit seinem Schwebestuhl zum Kommunikator herum, tippte einige Anweisungen ein ... auf dem Schirm erschien eine Weltkarte, darüber ein Koordinatennetz. Andres stellte auf ZOOM, regelte den herausgegriffenen Bereich mit Hilfe von zwei Steuerrädchen. Wohlweislich hütete er sich davor, die fragliche Stelle länger ins Auge zu fassen, was Stigs Aufmerksamkeit in unerwünschter Weise hätte darauf lenken können. Aber der kurze Augenblick, in dem er die Region ausgeblendet hatte, genügte ihm, wenn das auch keinerlei Aufschluß bedeutete: denn der genannte Ort lag in einem der größten Wüstengebiete der Erde, inmitten des früher vom Pazifischen Ozean erfüllten Beckens.

Andres hatte keine Ahnung, was sich dort verbergen könnte, doch vielleicht deutete gerade die Entlegenheit des Orts auf etwas hin, was der Öffentlichkeit verborgen bleiben sollte – ein ideales Versteck in der größten Wüste der Erde, eine Region, die allenfalls einmal für kurze Zeit in den Aufnahmebereich eines Wettersatelliten geriet, im Grunde genommen aber völlig ohne Interesse war. Vor einigen tausend Jahren sollte es ein paar Verrückte gegeben haben, die Expeditionen in die neu gebildeten Wüsten der vertrockneten Meere gestartet hatten, sie hatten sich mit den Resten verstorbener Meerestiere beschäftigt, hatten nach versunkenen Schiffen gesucht, doch zu Aktivitäten dieser Art – die noch dazu anstrengend, ja lebensgefährlich waren – fanden sich immer weniger und weniger Menschen bereit, und genaugenommen bestand auch nicht der geringste Anlaß dazu. Wahrscheinlich hatte jenen Ort in der Wüste noch nie eines Menschen Fuß betreten.

Gewiß hätte sich auch Andres nicht dafür interessiert, und es war fast kurios, daß es jetzt keinen Ort auf der Erde gab, der ihn mehr fesselte, reizte, herausforderte! Was hatte doch Isa gesagt – sie bereiteten eine Reise vor? Diese Ortsangabe, die Bedeutung, die ihr Ossip zumaß, seine Beschäftigung mit dem Geheimdokument, sein Entschluß, die Bequemlichkeit der Kuppeln zu verlassen, irgendwo hinzugehen, wo Isa nichts von alledem zur Verfügung stand, was sie bisher als Selbstverständlichkeit empfunden hatte ...

So kurz auch die Zeit war, seit Andres die rätselhaften Muster entschlüsselt hatte, so genügte sie doch, um in ihm einen Entschluß reifen zu lassen: Auch er wollte diesen Ort aufsuchen, mußte das finden, was dort verborgen lag ... Jetzt, als er sich darüber klar war, arbeiteten seine Gedanken rasch und zielbewußt. Er überlegte: Eine Expedition in ein entlegenes Wüstengebiet erschien keineswegs unmöglich, bedurfte aber einiger Vorbereitungen. Was er am dringendsten benötigte, war ein Raketenschlitten oder ein Raupenfahrzeug. Dazu mußte eine gut durchdachte Einrichtung treten, wobei es weniger auf die Vorräte ankam, als auf die Möglichkeit der Selbstversorgung bzw. des Recycling. Eine Fusionsbatterie, einen Materietransformer ...

All das würde lange Zeit in Anspruch nehmen – wie lange hatte Ossip gebraucht, bis er starten konnte? Doch da kam ihm eine hilfreiche Idee: Vielleicht gelang es ihm, sich einfach auf Ossips Spuren zu setzen. Er, Andres, brauchte ja nichts zu tun, als dem

Beispiel seines Vorgängers zu folgen. Gewiß hatte dieser seine Spuren verwischt, niemand sollte wissen, welches Ziel er erreichen wollte, aber gerade darum brauchte sich ja Andres nicht zu bemühen. Ihm kam es auf etwas anderes an: Wo hatte er ein Fahrzeug gefunden, wo standen jene Geräte bereit, die man auf einer Expedition brauchte? Hatte Isa nicht eine ›Fabrik‹ erwähnt? Wo lag diese? Auch Ossip mußte danach geforscht haben, und wenn es Andres gelang, dessen Vorbereitungen nachzuvollziehen, dann könnte Andres schon bald reisefertig sein ...

Er hatte einige Zeit unbewegt auf seinem Sessel gesessen, hatte vor sich ins Leere gestarrt. Stig wurde allmählich unruhig, ging zögernd einige Schritte näher, stand wieder still, kam noch ein Stück heran ...

»Wie sieht es aus?« fragte er. »Haben Sie Erfolg gehabt?«

Andres drehte sich so rasch herum, daß Stig erschrak. »Stören Sie mich nicht!« sagte er herrisch. »Ich glaube, daß ich der Lösung nahe bin. Aber, wie gesagt, ich brauche absolute Ruhe!« Er blickte Stig herausfordernd an, und dieser zog sich sofort zurück, murmelte etwas – eine Versicherung, daß er alle Störungen von Andres fernhalten würde.

Andres saß nun wieder über die Konsole gebeugt, er arbeitete eifrig. Schon nach einer halben Stunde hatte er einen Zeitablaufplan für die Organisation einer Expedition gefunden, der – wie aus Begleitdaten zu entnehmen war – erst vor kurzem aufgerufen worden war. Wenig später stieß er auch auf eine Spezifikation für zwei Personen – mit allen Angaben, die er sich nur wünschen konnte. Auf einem Plan waren sogar die Lager eingezeichnet, in denen sich große Reserven an Ausrüstungsgegenständen befinden sollten – von alten Expeditionen übriggeblieben –, auf einem anderen war jene ›Fabrik‹ eingezeichnet, in der sich Ossip und Isa noch in den letzten Tagen aufgehalten hatten. Einiges Kopfzerbrechen hatte Andres die Frage bereitet, auf welche Weise man diese unterirdischen Räume erreichen konnte, die – wie er vermutet hatte und wie auch aus den Plänen hervorging – einem anderen Ministerium angehörten. Doch auch darüber fand er Auskunft in den gespeicherten Aufzeichnungen Ossips: Offenbar hatte sich dieser einen heimlichen Zugang verschafft, wobei ihm zugutegekommen war, daß der hinterste Teil der Halle mit der Erkenntnismaschine an den vollautomatisierten Versorgungs- und Fabrikationsbereich angrenzte. Jetzt kam es also nur noch darauf an, Stig Adonis und seine Automaten loszuwerden. Doch auch dafür hatte Andres eine gute Idee. Die eleganteste Methode, jeder gewaltsamen Auseinandersetzung aus dem Weg zu gehen, war es, Stig scheinbar zu Willen zu sein. Er brauchte also nichts anderes zu tun, als eine ›Übersetzung‹ des Dokuments vorzubereiten, die Stig zufriedenstellen und für genügend lange Zeit beschäftigen würde. Kurzentschlossen setzte er sich wieder an die Konsole und ließ sich Listen geeigneter Texte ausschreiben, und er wählte zwei davon aus, die – in geeigneter Weise präpariert – eine harte Nuß für Stig bedeuten würden. Er gab ein kurzes Programm ein, wartete einige Sekunden – dann erschien der Text auf dem Bildschirm ... Er hielt sich nicht lange damit auf, stellte nur anhand der ersten Zeilen fest, daß die besten Voraussetzungen zum Gelingen des Tricks gegeben waren, und ließ dann das gesamte Schriftstück ausdrucken. Jetzt brauchte er nur noch ein wenig schauspielerische Begabung.

Stig, der dumpf wartend im Hintergrund des Raumes an die Wand gelehnt gestanden war, schrak zusammen, als Andres einen erstickten Laut ausstieß. Irgend etwas Entscheidendes mußte geschehen sein.

Stig lief zu Andres herüber, sah, daß dieser einige zusammengefaltete Papiere in der Hand hielt und darauf starrte. Sein Mund bewegte sich, doch kein Laut kam hervor.

»Was ist geschehen? Ist es Ihnen gelungen? ... wirklich gelungen?«

Einen Moment vergaß Stig seine Zurückhaltung, packte Andres an der Schulter, tätschelte ihn ...

Das Dokument

Ein Gespenst geht um - von der Absicht geleitet - zu einer heiligen Hetzjagd - für die Landesverteidigung zu sorgen - das allgemeine Wohl - französische Radikale und deutsche Polizisten - das Glück der Freiheit uns selbst und unseren Nachkommen zu bewahren - sowohl wie ihren reaktionären Gegnern - den gleichen Bedingungen genügen - ihre Tendenzen von der ganzen Welt offen darlegen - niemand kann Abgeordneter werden - Patrizier und Plebejer - jedoch ausschließlich der nicht besteuerten Indianer - Unterdrücker und Unterdrückte - drei Fünftel der Gesamtzahl aller übrigen Personen - in stetem Gegensatz zueinander - die Zählung selbst erfolgt innerhalb von drei Jahren...

Umgestaltung der ganzen Gesellschaft - für ihre Tätigkeit eine Entschädigung - mit dem gemeinsamen Untergang der kämpfenden Klassen - außer bei Verrat, Verbrechen und Friedensbruch - fast überall eine vollständige Gliederung der Gesellschaft - vor der Verhaftung geschützt - in fast jeder dieser Klassen wieder besondere Abstufungen - so lange sie an einer Sitzung ihres jeweiligen Hauses teilnehmen - Bourgeoisie und Proletariat - oder sich auf dem Wege dorthin oder auf dem Heimweg befinden - neue Gestaltungen des Kampfes an die Stelle der alten gesetzt...

Steuern, Zölle, Abgaben und Akzisen - die Entdeckung Amerikas, die Umschiffung Afrikas - für die Erfüllung der Zahlungsverpflichtungen - der ostindische und chinesische Markt - Münzen zu prägen, ihren Wert und den fremder Währungen zu bestimmen - und damit dem revolutionären Element - Krieg zu erklären, Kaperbriefe auszustellen - die Vermehrung der Tauschmittel und der Waren überhaupt - Armeen aufzustellen und zu unterhalten - die Manufaktur trat an ihre Stelle - eine Flotte zu bauen und zu unterhalten - die Teilung der Arbeit zwischen den verschiedenen Korporationen darunter Aufstände zu unterdrücken und Invasionen abzuwehren...

Teilung der Arbeit in der einzelnen Werkstatt - Gesetze, Urkunden und richterliche Entscheidungen - aber immer wuchsen die Märkte, immer stieg der Bedarf - des Verrats oder eines Verbrechens oder Vergehens angeklagt - da revolutionierten der Dampf und die Maschinerie die industrielle Produktion - sich der Strafverfolgung durch Flucht entzieht - an die Stelle des industriellen Mittelstandes traten die industriellen Millionäre - in einem anderen Staat aufgegriffen - vermehrte sie ihre Kapitalien - unter dessen Gerichtsbarkeit dieses Verbrechen fällt - einer Reihe von Umwälzungen in der Produktions- und Verkehrsweise - darf aufgrund dort geltender Gesetze oder Bestimmungen von dieser Dienst- oder Arbeitspflicht befreit werden - bewaffnete und sich selbst verwaltende Assoziation in der Kommune - innerhalb des Hoheitsbereichs eines anderen Staates gebildet - Gegengewicht gegen den Adel - sie schützen jeden von ihnen gegen feindliche Einfälle - in der ständischen oder in der absoluten Monarchie - auch gegen innere Gewaltakte - erkämpfte sie sich endlich seit der Herstellung der großen Industrie - jenachdem, welche Form der Ratifikation vom Kongreß vorgeschlagen wird...

Andres drehte sich herum, atmete tief, als wäre eine schwere Last von ihm genommen, bemühte sich wieder zu sprechen. Stockend kamen seine Worte: »Das Resultat ... hier: eine Übersetzung ... Endlich ist es soweit – jetzt ... jetzt werden wir es erfahren ...« Er ließ es geschehen, daß ihm Stig die Papiere aus der Hand nahm, zu lesen begann. »Ja ... das sieht gut aus ... ich hätte es kaum noch gehofft ...« Mit einer entschlossenen Bewegung drehte Stig das Papierbündel zu einer Rolle zusammen. Er warf einen flüchtigen Blick auf Andres, der wie benommen in seinem Stuhl saß und leise auf und ab schwankte.

So saß er noch, als Stig den Raum bereits verlassen hatte, doch dann erhob er sich rasch ... Er war nicht allein: Da standen noch die Automaten ... Hatte sie Stig vergessen oder sollten sie ihn bewachen? Er ließ es auf einen Versuch ankommen.

»Der Raum bedarf einer Reinigung«, sagte er. »Ich möchte, daß alle Möbel gesaugt und gebürstet werden, fangt bei den hintersten Räumen an!«

Die Zeit der Ungewißheit war nur ganz kurz, fast unmittelbar danach drehten sich die Automaten um, holten Bürst- und Saugaufsätze aus einer Nische neben der Tür und zogen sich in den Hintergrund des Büros zurück. Gleich danach setzte das Summen des Staubsaugers ein.

Mit eiligen, auf dem weichen Boden nahezu lautlosen Schritten verließ Andres den Raum, ging die Treppe hinunter, durch die Tür, den Gang zum Lift entlang. Eine Expedition in die Wüste! Er war nie ein Sportler gewesen und schon gar kein Abenteurer. War er fähig, die mit einem Aufenthalt in freier Natur verbundenen Anstrengungen zu ertragen? Hier, im Bereich der Kuppeln und Wohnsilos setzte sich kein Mensch der verunreinigten Luft aus, die Hustenreiz und Bronchienschäden verursachte. Doch dort draußen, inmitten einer einsamen Gegend, weitab von Industrie und Abgasen? Er hatte einige Filme der alten Expeditionen gesehen – die Menschen hatten sich ohne Masken bewegt. Das wichtigste war wohl, daß es in diesen Breiten nicht regnete, denn darin lag die tödliche Gefahr: daß man in einen mit Stickoxiden und Schwefelsäure angereicherten Regen geriet ...

Der Lift führte ihn abwärts, er hatte das tiefste Stockwerk eingestellt, doch plötzlich hatte er eine Idee. Wollte er damit seine Spur verwischen oder reizte ihn einfach der Gedanke ...? Kurzentschlossen drückte er auf die Haltetaste und verließ die Kabine im Erdgeschoß. Die Tür öffnete sich, als er den Code eingetippt und sich durch Auflegen der Hand auf den Sensor identifiziert hatte. Vor ihm, am Rande der Stufen, nur einige Meter von ihm entfernt, standen die Menschen, die nun stiller geworden waren. Sie hatten Gruppen gebildet, die diskutierten, einige standen auch nur wartend da, enttäuscht oder resigniert.

Es war Abend, die Nuklearsonne leuchtete nur noch gedämpft, der überdachte Raum vor dem Tor lag im Schatten. Deshalb dauerte es eine Weile, ehe die Menschen auf Andres aufmerksam wurden. Zuerst waren es nur wenige, die sich nach ihm umdrehten, dann aber ging ein Raunen durch die Menge und schließlich rissen sie die Arme hoch und brachen in ein Triumphgeschrei aus.

Andres winkte ihnen zu – für ihn war es ein überraschendes, unerwartetes, aber durchaus angenehmes Gefühl, mit einem Mal im Mittelpunkt des Interesses zu stehen, sich feiern zu lassen. Nachdem er es genügend ausgekostet hatte, winkte er ihnen abwehrend zu, bat mit einer großen Geste um Stille.

Der Lärm hatte sich ein wenig gelegt, Andres überlegte kurz, dann sprach er, so laut er konnte, um auch von den hinten Stehenden noch gehört zu werden: »Ich danke euch – für diese Begrüßung, aber auch dafür, daß ihr so lange gewartet habt. Aber sicher habt ihr Verständnis dafür – ich hatte etwas zu erledigen, was sich nicht verschieben ließ. Nun aber stehe ich zur Verfügung. Was kann ich für euch tun?«

Die Zurufe, die er als Antwort erhielt, waren wieder unverständlich, im Tumult verloren sich Andres' Worte, mit denen er sich Gehör zu verschaffen versuchte. Da holte er kurzentschlossen einen Mann und eine Frau aus der Menge heraus, zog sie mit sich auf die Stufen, fragte nach ihren Wünschen.

»Wir haben von jenem Dokument gehört«, erklärte die Frau, »es soll die Rettung für unsere bedrohte Welt bedeuten. Und Sie sind der einzige, der es beschaffen kann. Ist es Ihnen schon gelungen?«

Und der Mann fügte hinzu: »Sie müssen es der Allgemeinheit zur Verfügung stellen! Wir wissen, daß sowohl die Konservativen wie auch die Fortschrittlichen alle Mittel anwenden, um es für ihre Zwecke zu mißbrauchen.«

»Was versprecht ihr euch davon?« erkundigte sich Andres.

»Es geht uns nicht um irgendein politisches Prinzip«, sagte die Frau. »Wir glauben auch nicht, daß man irgendeine Gefahr mit

Kundgebungen oder Protestaktionen abwenden kann. Wir möchten gern etwas tun, um die Erde zu retten – für die Menschheit zu erhalten. Wissenschaft und Technik haben immense Fortschritte gemacht – es müßte doch eine Möglichkeit geben, dieses Wissen vernünftig anzuwenden. Unter den gegebenen Umständen können wir doch nicht unter den Kuppeln sitzen bleiben und uns unfruchtbaren Träumen hingeben, während die Erde verdirbt.«

»Wir wissen nur nicht, wie wir es anpacken sollen«, sagte der Mann. »Sicher aber ist die Bibliothek der Schlüssel dazu – ein unerschöpflicher Wissensspeicher. Und darum sind Sie es, auf den wir unsere Hoffnung setzen.«

Andres war von den Worten, die er eben gehört hatte, ergriffener, als er selbst zugeben wollte. Er warf einen Blick auf die Menge, die nun stiller geworden war, er hatte den Eindruck, daß alle wichtige Worte von ihm erwarteten.

»Es ist noch nicht soweit«, sagte er. »Denkt an die lange Zeit, die in Untätigkeit vergangen ist – auf ein paar Tage oder Wochen kommt es jetzt auch nicht mehr an.«

In den Gesichtern der beiden, die seine leise gesprochenen Worte verstanden hatten, spiegelte sich Enttäuschung, Betroffenheit. Eigentlich hatte er damit rechnen müssen, doch nun war es zu spät, die Worte waren gesagt, er konnte sie nicht mehr rückgängig machen.

»Was habt ihr von mir erwartet?« fragte er. »Ich habe euch die Wahrheit gesagt, und das ist nicht die schlechteste Art, auf Wünsche zu reagieren. Aber ich verspreche euch eins: Ich werde mich bemühen, den richtigen Weg zu finden.«

Er winkte den Versammelten noch einmal zu, und die Menge, die von dem vorn geführten Gespräch nichts mitbekommen hatte, jubelte ihm wieder zu.

Rasch, als befände er sich auf der Flucht, zog er sich durch die Tür zurück.

Mit dem Lift fuhr er hinunter, ins tiefste Geschoß, suchte die Halle mit dem großen Computer auf, fand an der Hinterwand – genau an der Stelle, die am Plan verzeichnet war – den nur mit einer angelehnten Platte verschlossenen Zustieg zu jenem Bereich, in den seit der Einführung der vollautomatischen Versorgungs- und Fabrikationsanlagen kaum noch ein Mensch gekommen war – mit Ausnahme von Ossip und Isa natürlich. Er staunte über die riesigen Anlagen, Kolosse von Behältern, mit Röhren und Leitungen verbunden, unzählige Blöcke, in mehreren Stockwerken angeordnet, die sich sowohl nach oben wie auch nach unten fortsetzten – das Ganze durch ein räumliches Muster bläulich leuchtender radioaktiver Lampen erhellt. Der Weg führte über eine Folge von Brücken, die durch schmale, hohe und steile Treppen verbunden waren.

Nach einer Wanderung, die ihn zwei oder drei Kilometer durch die Anlage geführt hatte, deren Sinn er nicht zu begreifen vermochte, gelangte er in Reparaturhallen, die schon ein wenig menschenfreundlicher gestaltet waren. Das Licht hell, da und dort Bänke und Tische, an einer Wand sogar die Konsole eines Versorgungssystems. Hier konnte man es – wenn man keinen großen Wert auf Komfort legte – einige Zeit aushalten.

Offenbar war das auch Ossips Stützpunkt gewesen, denn in einer Nische fand Andres ein aus mehreren Schichten von Matratzen aufgebautes Bett. Die Gewißheit, daß er seinen Plan verwirklichen können würde, brachte ihm aber erst der Blick durch ein offenes Tor: Er konnte in einen Hangar sehen, in dessen Mitte mehrere Raketenschlitten, Schwebeboote, geländegängige Fahrzeuge und dergleichen bereitgestellt waren, an den Wänden angeordnet Fusionsbatterien, Materietransformer, tragbare Kommunikatoren und anderes Expeditionsmaterial.

Andres würde einige Tage zu tun haben, ehe er sich genügend vorbereitet, genügend versorgt hatte. Und diese angestrengte Aktivität würde ihn vielleicht die Begegnung mit den Menschen, die sich vor der Bibliothek versammelt hatten, vergessen lassen – eine Episode nur, Konsequenz eines plötzlichen Entschlusses, einer Laune … Er war mit der Situation fertig geworden, hatte sich mit unverbindlichen Worten aus der Affäre gezogen, er kannte diese Menschen nicht, war ihnen in keiner Weise verpflichtet – und trotzdem dachte er immer wieder an die Begegnung, fühlte sich irgendwie schuldig und wußte nicht warum.

Zweiter Teil

Das Ereignis

Es war ruhig geworden, beängstigend ruhig. Aus der Luft regneten feine Sandteilchen herab, bedeckten die Felsoberfläche mit weißgrauem Staub. Das Leuchten am Grunde des neu entstandenen schalenförmigen Tals war ein wenig blasser geworden, nicht mehr das aggressive Rot des Feuers, sondern das fahle Weiß der Kälte.

Die beiden Menschen oben, am Kraterrand, schienen aus einem Traum zu erwachen. Sie richteten sich auf, blickten sich um ... Rundherum die Auswirkungen entfesselter Gewalt, Zerstörung, aber nicht Zerstörung allein. Diese Eintiefung vor ihnen war kein Krater, wie ihn eine vulkanische Eruption oder ein Meteoriteneinschlag auswirft, er war kreisrund, wie mit dem Zirkel gezogen. Der Boden bestand nicht aus Schutt oder Lava, sondern schien fest, vielleicht oberflächlich geschmolzener Fels, glatt wie mit der Töpferscheibe geformt. Noch immer stieg leuchtender Dunst auf, doch er verlor sich nicht in der Atmosphäre, sondern sammelte sich im Raum einer Kugel, die genau in das ausgehobene Becken paßte. Je mehr die Leuchterscheinung am Boden ihre Kraft verlor, umso heller wurde die Kugel.

Waren sie tatsächlich in die Wirklichkeit zurückgekehrt, war der Alptraum zu Ende? Irgend etwas hatte sich verändert. Es betraf nicht nur die umgeformte Landschaft, die seltsame, kilometerhoch greifende Lichterscheinung. Diese Stille war nicht die Stille einer einsamen Gegend, sondern etwas ganz anderes. Vielleicht ein Wechsel in der Empfindung – hervorgerufen durch die Überreizung der Sinnesorgane während der Katastrophe? Mit Betroffenheit stellte Andres fest, daß diese Stille nicht nur etwas Äußerliches war, sondern irgendwie tief nach innen reichte ... Es war, als wäre der gesamte Raum, das Innere seines Körpers nicht ausgeschlossen, mit einer isolierenden Masse gefüllt, einer unsichtbaren Watte, durchsichtig und schwerelos, mit seltsamen, widersprüchlichen Eigenschaften. Er scharrte mit dem Fuß über den Boden und stellte fest, daß das Geräusch von der diffusen Masse erstickt wurde. Angestrengt und irritiert lauschte er in die Umgebung hinein, und auf einmal – vielleicht war es eine Sinnestäuschung – vernahm er ein Rauschen ... Es war, als hätte er sich darauf irgendwie einstellen müssen – denn in dem Moment, als es ihm bewußt wurde, erschien es ihm laut und überwältigend, gleichmäßig, aber doch nicht eintönig ... als sei es aus unzähligen variantenreichen Lautmustern zusammengesetzt, die sich so dicht überlagerten, daß eben nichts anderes als dieses Rauschen zu hören war.

Die watteähnliche Masse schien aber auch das Licht zu beeinträchtigen. Als das Erdbeben begann, war es Tag gewesen, und es war zweifelhaft, welche Tageszeit nun bestand. Der Himmel, so weit nicht von der leuchtenden Kugel verdeckt, war weder hell noch dunkel; es könnte die Stunde der Dämmerung sein, doch auch diese Deutung schien zu einfach, und es gab Anzeichen von etwas Befremdlichem. Das Grau war nicht nur Mangel an Licht, vielmehr schien es sich körperlich verteilt zu haben, den gesamten Raum zu erfüllen – und alles das, was sich in weiterer Entfernung befand, abzudämmen, auszuschließen.

Andres warf einen Blick zu Ossip hinüber, der noch immer neben ihm kniete und offenbar ähnlich wie er Mühe hatte, sich zurechtzufinden. Aber selbst der Gefährte einer langen Zeit des Wartens schien, so nahe er sich befand, von ihm getrennt zu sein. So wohltuend es gewesen wäre, eine menschliche Stimme zu hören, so versuchte es Andres erst gar nicht – so sicher war er, daß sich jede Schallschwingung schon in unmittelbarer Nähe seines Mundes verlieren würde, aufgesogen von der plasmatischen Substanz.

War die Begrenzung der Kugel bisher ruhig und fest gewesen, zwar nicht materiell, so doch durch eine Konzentration von Licht gebildet, so schienen nun kleine Wellen darüber zu laufen, die Stabilität zu stören. Das zunächst ungeordnete Spiel der Wellen fügte sich nach und nach in einen gleichförmigen Takt, der immer größere Bereiche erfaßte, bis es eine einzige, die gesamte Kugeloberfläche erfassende stehende Welle war – Übergang zu einem Pulsieren, das stärker und heftiger wurde, mit seinen Ausschlägen in die Umgebung griff, unbehindert durch Luft oder Materie, und schließlich über Andres und Ossip hinweggriff, sie in einen Strom von Zeitquanten einbezog.

Es war, als wären sie mit einem Schlag in eine andere Welt geraten, eine Welt, die kaum noch an erfahrbare Wirklichkeit erinnerte, allenfalls an abstrakte holografische Projektionsspiele:

wie sie manche Künstler anwandten, um ihrem Publikum – und sich selbst – zu völlig neuen Erfahrungen zu verhelfen. Während sich die wirbelnden Lichter der Tech-Art-Präsentationen trotz des guten Willens der Akteure in äußerlichen Effekten erschöpften, schien das, was Künstler lediglich vage als Zielvorstellungen ihres Wirkens erahnten, hier Realität zu werden: Lösung von allen Bindungen, uneingeschränktes Begreifen, Freiheit ... Der Eindruck war überwältigend, doch wie der Blinde, der plötzlich wieder sieht, durch die Eindrücke überwältigt wird und keineswegs begreift, so versuchten sich Andres und Ossip gegen die Flut von Eindrücken zu wehren, die sie an den Rand des Wahnsinns trieb. Keine Gegenstände mehr, kein fester Boden, weder oben noch unten – statt dessen eine vage Ahnung vieler nach verschiedenen Richtungen hin gerichteter Raum- und Zeitkoordinaten. Nichts mehr von den üblichen Denkbildern, Kausalität, Wirkungsnetze, Logik ... Statt dessen Schichtenmuster, die einander auf komplizierte Weise überlagerten und dabei seltsame Interferenz-Figuren bildeten.

Als die leuchtende Grenzfläche über sie hinweggelaufen war, hatte sich die Geometrie des Raums verändert ... Verzweifelt versuchte Andres die seltsamen Vorgänge in das gewohnte Denkschema einzupassen, die üblichen Worte und Begriffe dafür anzuwenden. Eine Gravitationslinse, ein Schwarzes Loch, Vergangenheit und Zukunft vertauscht, das Innerste der Materie nach außen gestülpt, der Mikrokosmos zum Weltall vergrößert, neue Dimensionen erschlossen, die verborgenen Strukturen des Weltgesetzes offengelegt, Physik und Metaphysik, Auflösung elementarer Funktionen in Zahlen, Bitmuster und Datenquellen, Sicht diagonal ...

Doch alles das, was als vage Spekulationen fortgeschrittener Wissenschaft ausdrückbar, wenn auch nicht begreiflich war, erwies sich als unzulänglich – etwas, was nur die Oberfläche erfaßt und die Tiefe unberücksichtigt läßt. Abgesehen davon wäre es Andres in diesem Augenblick sowieso nicht möglich gewesen, das Geschehen nüchtern zu analysieren, konsequent zu durchdenken. Er schwebte in einem farblosen Raum, dort, wo früher der Mittelpunkt der Kugel gewesen sein mochte, befand sich ein rotierendes Zentrum, das sich langsam, aber unaufhaltsam ausdehnte. Noch stand Andres in der Leere, doch es würde nicht lange dauern, und er selbst wäre einbezogen in diesen

Prozeß, dessen einzige feststehende Eigenschaft der ständige Wechsel zu sein schien. Keine Bilder, keine Gestalten, und doch etwas Geordnetes – seltsame Figuren, ungewöhnliche Symmetrien ... Sie erinnerten ihn an etwas Bekanntes ... Was war es nur? – jetzt fiel es ihm ein: Ja, es war das Ordnungsprinzip jener Figuren, die er mit seinem Optoskop entschlüsselt hatte. Freilich war auch das nur ein dürftiger Vergleich – das, was auf ihn zukam, war nicht flächenhaft, auch nicht räumlich, zumindest nicht in der üblichen Dreidimensionalität des normalen Raums.

Noch hatte ihn die wachsende Wolke elementarer Prozesse nicht erreicht, doch schon spürte er ihr Wirkungsfeld. Ein Flimmern lag in der Luft, eine Vibration, der gespannte Zustand elektrischer oder auch andersartiger Aufladung. Er merkte, daß die Art seines Denkens aus den gewohnten Bahnen ausbrach, sich ganz anderer Vorstellungen bediente, nur noch die Gefühlsregungen waren ihm geblieben, und so übermannte ihn wieder jene grenzenlose Angst, die jeden erfaßt, der sich aller festen Anhaltspunkte, jeder Basis beraubt sieht. Und dann noch eine letzte, verzweifelte Anstrengung, ein Auflehnen gegen die absolute Gewalt, die nun auch seinen Körper auflöste – er beobachtete selbst, wie er sich verformte, in mehrere Schichten auseinanderbrach, wie sich diese in Bruchstücke teilten, in immer kleinere Teilchen, bis es schließlich nur noch Koordinaten waren, Daten ... Und schließlich die erstaunliche Erkenntnis, daß dieses nun über einen weiten Bereich verteilte Ich dennoch eine Einheit geblieben war – daß es gar nicht auf irgendeine räumliche oder zeitliche Kontinuität ankam, sondern nur auf Beziehungen zwischen Zahlen, im Prinzip zwar veränderlich, doch aus irgendwelchen Gründen, die aus dem Standpunkt von innen heraus nicht einsichtig waren, zusammengehörig, integer.

* * *

Sie waren von einer Singularität erfaßt worden ... Einer von ihnen hatte es so ausgedrückt, Andres wußte nicht, ob er es gewesen war oder Ossip. Fest stand allerdings, daß auch das nur eine vereinfachte Ausdrucksweise war, ein simples Bild für etwas, das anders nichts zu beschreiben ist.

Der Blick durch ein Mikroskop – einen Moment lang der Blick in die hinter den Scheinbildern liegende Wirklichkeit zugänglich, normalerweise unsichtbare Strukturen offengelegt, Einsicht in das Unvorstellbare – im Grunde genommen ein ganz einfacher Vorgang, Konsequenz der geometrischen Optik, Wellenfronten und Brechung, im richtigen Moment auf das richtige Objekt angewandt ...

Null, dividiert durch null – Gedankenspiel der Mathematik, und doch Teil einer konkreten Welt, nachprüfbar, bewertbar, der Trick, der Unmögliches möglich macht – und dann gibt der Punkt, in dem alle Linien zusammenlaufen, sein Geheimnis preis, enthüllt eine Struktur, indem sich symbolhafte Zusammenhänge immer weiter verkleinert wiederholen – bis, unvermutet, etwas völlig Neues entsteht ...

Man hätte die Reihe solcher Umschreibungen beliebig fortsetzen können – und doch nichts damit erreicht. Vergeblicher Versuch, die eigenen Grenzen zu sprengen. Unzureichende Möglichkeit, Geschehnisse zu erfassen, die nicht nur das betreffen, was oberflächlich liegt.

Aber es war eben die Art der Beschreibung, in der sich menschliches Denken bewegt.

Unten, inmitten des Kessels, stand das Raumschiff. Es war riesengroß und prächtig, am Tag blausilber- und goldglänzend, in der Nacht von bunten Lichtern übersät. Ein Dutzend dünner, ausgespreizter Beine hielt seine Unterseite vom Boden ab, als solle es mit dem profanen Felsgrund nicht in Berührung kommen. Es ragte zum Himmel empor wie ein Turm, die Spitze verschwand in einer flimmernden Aura. Vielleicht war es erhitzte Luft, die die Wand hinaufstieg und oben Turbulenzen bildete, vielleicht war es auch Auswirkung gepeicherter Energie, die, unvorstellbar konzentriert und unbegrenzt, im Innern gespeichert lag. Denn das Schiff war von weither gekommen, aus geradezu unvorstellbaren Fernen, und es würde in ebenso unvorstellbare Fernen entschwinden, in Bereiche, die sich der Vorstellung entzogen.

Fetzen von Musik drangen bis zum Kraterrand empor, wo Andres und Ossip saßen und hinabblickten, Andres mit freien Augen, Ossip mit einem Fernglas versehen. Er hatte es aus den Trümmern ihrer ehemaligen unterirdischen Behausung geholt, ebenso wie das Zelt, das sie einige Meter weiter hinten aufgebaut hatten. Es schützte sie vor der Sonne, für die Nacht wäre es nicht nötig gewesen – Schaumgummimatten und Decken genügten als primitive Ruhebetten, die meiste Zeit verbrachten sie ohnehin an ihrem Aussichtsplatz. Zuerst hatten sie gemeint, sich verstecken zu müssen, doch dann merkten sie, daß sich niemand um sie kümmerte. Es wäre nicht einmal nötig gewesen, das Zelt so weit zurückzuversetzen, daß es von unten nicht zu sehen war.

Die Musik kam von einem Vergnügungspark, der das Raumschiff zu fast einem Drittel des Umfangs umgab. Es gab Pavillons mit abenteuerlich geformten Dächern, Spazierwege, Felder für Spiele mit ferngelenkten Bällen und Fahrzeugen, ein Amphitheater, in denen die ganze Nacht hindurch räumliche Projektionen gezeigt wurden: Lichtkaskaden, hoch empor geschleudert, schwebende Schleier, von denen leuchtende Farben heruntertropften, Fontänen bunt sprühender Lichtblitze ...

Der übrige Teil des Geländes war von Gebäuden besetzt, einige als Hotels erkennbar, anders als Kuppeln von Musik- oder Erlebnistheater. Neben diesen pompösen Bauwerken gab es luftig dahingesetzte Blöcke mit matt durchsichtigen Dächern, offenbar Schalter- und Warteräume, Restaurants, Büros und Lagerhallen.

Ein dritter wichtiger Teil der Anlage war ein auf einer dicken Glassäule errichteter Landeplatz für Schwebeboote. Hier herrschte reger Betrieb, manchmal kreisten mehrere Fahrzeuge in Warteposition, ehe sie landen konnten. Dann stiegen die Passagiere aus, von oben nur als Punkte zu erkennen, und bewegten sich zum Fahrstuhl, der im Inneren der durchsichtigen Säule unermüdlich auf und ab lief.

Durch das Fernrohr ließ sich das Bild immerhin soweit vergrößern, daß die Gesichter erkennbar waren, doch weder Andres noch Ossip hatten herausfinden können, wer sich hier versammelte, um – ein anderer Zweck war kaum denkbar – sich einzuschiffen, die Erde zu verlassen. Nur soviel war zu bemerken: Diese Menschen waren fröhlich, sie freuten sich auf ihre Reise – keine Rede von Flucht, von Panik.

Drei Tage hielten sie sich nun schon hier oben auf. Andres hatte vorgeschlagen, hinunterzugehen, sich unter die Menschen zu mischen, die Lage zu erkunden, doch Ossip hatte sich strikte geweigert. Sicher hätte er Andres nicht zurückgehalten, wenn sich dieser allein auf den Weg gemacht hätte, doch auch Andres zögerte. Sie hatten wenig miteinander gesprochen, und genaugenommen gab es auch gar nichts zu besprechen, denn eines stand für sie beide fest: Die Ankunft dieses Raumschiffs, die Aufnahme der Passagiere, der bevorstehende Start ... das war das Ereignis, auf das sie gewartet hatten. Ein Ereignis, das sich vielleicht in der gesamten Evolutionsgeschichte des Menschen nur einmal vollzieht ... Ein Ereignis, das sich nach den klassischen Regeln der Physik nicht berechnen läßt, sondern anderen Gesetzen gehorcht, zu einem anderen, vielleicht einem übergeordneten Plan gehört. Metaphysik? Es mußte nichts mit Zeichen und Wundern zu tun haben – vielleicht gab es eine ganz nüchterne Erklärung im Rahmen eines Weltgeschehens, das umfassender war, als es die beschränkte Sicht des Menschen glauben lassen mochte.

Und doch war es irgendwie gelungen, die Koordinaten zu berechnen. Vielleicht mit den Mitteln der progressiven Wissenschaft, die kein Mensch mehr verstand? Vielleicht aufgrund von Erkenntnissen, die nur den komplizierten Datennetzen der Computer zugänglich waren? Angesichts der Situation, mit der sie konfrontiert waren, schienen solche Fragen unwichtig, überholt ... Die Frage, die sich nun stellte, war auf die aktuelle Lage gerichtet und bezog sich auf die bevorstehende Fahrt. Überflüssig, darüber zu diskutieren, ob sie mitkommen wollten oder nicht – denn die langwährenden Bemühungen, die endlos scheinende Wartezeit, die Beharrlichkeit und Geduld, das alles hatte nur Sinn, wenn sich daraus etwas völlig Neues ergab, die entscheidende Wende, die Lösung aller Fragen. Sie waren hierher gekommen, um mitzufliegen, das stand fest.

Warum zögerte Ossip? Hatte er einen Plan, von dem er nichts verriet, wußte er etwas, was ihnen den Eintritt verschaffen würde, die Zulassung zur Passage?

Ossip starrte noch immer durch das Fernglas, gespannt und doch unbewegt. Plötzlich ließ er es sinken, legte es achtlos auf den Fels, als wenn er es nicht mehr brauchte, und deutete hinunter: »Jetzt gehe ich.«

Er ließ es offen, ob ihm Andres folgen sollte oder nicht, und dieser fühlte sich wieder einmal verunsichert, wie schon so oft, wenn Ossip zielbewußt zu handeln schien und keine Erklärungen darüber abgab. Was blieb Andres anderes übrig, als dem Gefährten der langen Tage des Wartens zu folgen?

Das erste Teilstück ihres Weges war steil, am glatten Hang hatten sie Mühe, sich fortzubewegen ohne auszugleiten, doch allmählich verringerte sich der Neigungswinkel, und sie konnten bequemer und sicherer ausschreiten. Zehn Minuten später waren sie am Rand des bebauten Geländes angekommen, Ossip ging geradeaus, als hätte er ein bestimmtes Ziel vor Augen. Andres konnte nichts anderes erkennen als die milchig getrübte Glaswand des Hafengebäudes. Irgendeinen Eingang hatte er nicht zu entdecken vermocht. Wie sollten sie ins Innere kommen? Auch das Freigelände war von der Glasmauer umzogen, die mindestens vier Meter hoch reichte – mit einer glatten Wand, die ein Erklettern ohne Hilfsmittel unmöglich machte.

Nun standen sie direkt vor der Wartehalle, von dem hell erleuchteten Raum nur durch wenige Zentimeter Glas getrennt und doch von der innen herrschenden Geschäftigkeit ausgesperrt. Sie konnten die Menschen sehen, die sich in der Halle befanden, manche einzeln, andere in Gruppen, einige stehend oder sitzend in den Stühlen, andere in Bewegung, ziellos schlendernd oder eilig und zielbewußt. Kein Laut überwand die dünne Barriere, das opalisierende Glas zeichnete Menschen und Gegenstände weich, keine Kontraste, die Konturen ein wenig verschwommen. So sahen jene, die zweifellos als Passagiere gekommen waren, gesichtslos aus, nur wenn einer durch Zufall näher herankam, waren Details zu erkennen – Kleidung, Gepäckstücke, Gesichter ...

Ossip stand unbewegt, starrte hinein, zuckte kaum mit den Augenlidern. Andres wurde allmählich unruhig, er ging einige Schritte nach links, einige nach rechts, suchte nach einem Durchlaß, einer verborgenen Tür, einer Luke, doch die Oberfläche war glatt, und sie ging am Ende der Halle nahtlos in die den Vergnügungspark umgebende Mauer über. Ja, wenn sie ein Schwebeboot gehabt hätten! Immer noch herrschte reger Verkehr, immer noch wurden Fluggäste herangebracht, die durch den Schacht des Landedecks nach unten fuhren, auf einem Laufband in die Halle gebracht wurden und sich dort zerstreuten. Wer waren sie? Es konnten keine gewöhnlichen Sterblichen sein – vielleicht waren es die Unentbehrlichen, jene Menschen mit ganz besonderen Eigenschaften, die sie über die große Masse des gewöhnlichen Volks erhoben? Sie alle bewegten sich ungezwungen, selbstverständlich, niemand schien etwas Besonderes daran zu finden, von diesem ungewöhnlichen Ort aus zu einer ungewöhnlichen Reise aufzubrechen. Sie mußten wissen, was ihnen geschah, sie waren darauf vorbereitet, sie kamen, um etwas zu tun, was selbstverständlich für sie war. Aber Andres selbst? Und Ossip? Sie gehörten nicht zu den Unentbehrlichen, und jetzt erst, als er das Gefühl des Ausgeschlossenseins so stark empfand, mußte sich Andres die

Frage stellen, ob er und Ossip nicht einem Phantom nachjagten. Was hier geschah, war nicht für sie bestimmt, nur eine ungewöhnliche Verkettung von Geschehnissen hatte dazu geführt, daß sie etwas davon erfahren hatten. Ohne eigentlich zu begreifen, selbst jetzt noch ahnungslos, glaubten sie sich die Erfüllung ihrer Wünsche erschleichen zu können und sahen nicht ein, daß es auswegslos war ...

Der Schmerz, der ihn nun übermannte, verleitete ihn zu unsinnigen Handlungen. Er trommelte mit den Fäusten auf die Scheibe, preßte die Stirn an die kühle glatte Fläche, versuchte vorbeikommende Menschen auf sich aufmerksam zu machen. Zu seiner Überraschung gelang ihm das schnell, ein Mann und eine Frau drehten sich zu ihm herum, näherten sich ihm von der anderen Seite der Scheibe her. Neugierig starrten sie ihn an, zwei Gesichter ohne besondere Merkmale. Er setzte zu einer Erklärung an, erinnerte sich, daß kein Schall hindurchdrang, und versuchte sich dann durch Zeichen verständlich zu machen. Er deutete auf sich, dann ins Innere und formte mit Mund und Lippen den Satz: »Ich will hinein!«

Sie schienen ihn zu verstehen. Die neugierigen Mienen entspannten sich, ein mildes Lächeln, eine zum Gruß erhobene Hand. Ihre Gestik war nicht schwer zu entschlüsseln – hier bestand keine Möglichkeit zum Durchkommen ... es auf andere Weise versuchen ... und noch viel Glück!

Die beiden Gestalten entfernten sich, verschwammen. Eine Weile stand Andres noch da, mit seiner Hoffnung war auch die Kraft gewichen, und mit weichen Knien ging er hinüber zu Ossip.

Dieser stand immer noch unbewegt an der Wand, doch sein Gesichtsausdruck, seine Haltung hatten sich verändert. Obwohl Andres nicht wußte, woran es lag, so erkannte er doch, daß sich etwas Entscheidendes zugetragen hatte, er vergaß seine Schwäche, war wieder aufmerksam, konzentriert. Er stand neben Ossip, blickte in dieselbe Richtung wie dieser – und da löste sich aus dem Weben milchiger Schatten plötzlich ein Mensch, ein Mädchen, ganz rasch war der Übergang von einem anonymen Fleck zu einem Individuum: Es war Isa. Sie stand so nahe an der Wand, daß sie fast so gut zu erkennen war wie auf dem Bildschirm, ihre Züge durch das trübe Medium gesehen vielleicht noch eine Spur weicher als in Andres' Erinnerung.

Isa schien nur Ossip zu sehen. Sie nickte kurz, hob eine Hand, streckte drei Finger aus, deutete nach links. Dann brachte sie das Handgelenk mit der Armbanduhr ganz nahe an die Scheibe heran, deutete mit dem Zeigefinger der anderen Hand auf eine Stelle auf dem Ziffernblatt: dieselbe Stunde, fünf Minuten später ... Dann winkte sie, trat zurück, schien sich aufzulösen ...

Ossip wandte sich nach links, doch Andres merkte nichts davon. Er stand an der Scheibe, Gesicht und Hände an das Glas gepreßt, als könne er auf diese Weise die Nähe des Mädchens festhalten, die er so ersehnt hatte. Und – als hätte sie etwas von dieser Sehnsucht gespürt: Langsam kam sie wieder näher, ihr Umriß wurde größer, ihr Gesicht wurde deutlicher, kam nahe, ihr Mund legte sich auf das Glas, genau dort, wo Andres von der andern Seite her sein Gesicht daran preßte ... Nur eine Sekunde lang dauerte dieser Kuß, dann fiel das Gesicht zurück, ging in den diffusen Bewegungen unter, dem Auf und Ab von Licht und Schatten, dem Schleier von vage verteiltem Licht.

Andres war an der Wand in die Knie gesunken, und so blieb er lange Zeit – bis er Ossip seinen Namen rufen hörte. Das war ungewöhnlich genug – bisher hatte er nicht erkennen lassen, daß er sich in irgendeiner Weise mit Andres verbunden fühlte –, und vielleicht war das der Grund dafür, daß dieser aufhorchte, sich aus einer schwebenden Wolke von Gefühlen löste und in die Richtung stapfte, in der Ossip verschwunden war.

Waren die fünf Minuten schon vorbei, die Isa angedeutet hatte? Auf einmal war Andres von wahnsinniger Hoffnung erfüllt. Sie hatte ihnen einen Weg gewiesen – anders waren ihre Gesten nicht zu deuten, und das ließ die Hoffnung, ja die Sicherheit zu, daß sie einander begegnen würden. War erst einmal die Barriere der Mauer überwunden, dann würden sich auch die anderen Probleme lösen. Vor allem aber galt das eine: Isa befand sich hier, sie war als Passagier gekommen, ganz offiziell mit den andern, und sie war bereit, ihnen zu helfen.

Gehörte sie zu den Unentbehrlichen? So wie sie aussah, wie sie sich benahm – Andres hatte eine andere Vorstellung von ihnen gehabt. Aber was wußte er schon davon? Welche Eigenschaften waren entscheidend? Nach welchen Kriterien wurde ausgewählt? Kenntnisse, Bildung, Erfahrung? Vielleicht gab es Eigenschaften, die nichts mit den üblichen Attributen angesehener Lebensart zu tun hatten und doch wesentlich waren ... An der Stelle, an der Ossip gehalten hatte, fiel das Licht nur noch gedämpft an die

Scheibe. Vielleicht eine abgelegene Ecke der Halle, eine Nische, weitab vom Mittelpunkt des Geschehens?

Auf was warteten sie? Die fünf Minuten mußten längst vorbei sein ...

Und dann stand ein Mann an der anderen Seite, gestikulierte, schüttelte den Kopf, verschwand kurz im Hintergrund, erschien wieder, ein punktförmiger heller Lichtschein flammte auf, dann zischte es – ein Laserstrahl bewegte sich in einem weit gezogenen Kreis über das Glas, hinterließ einen blasig aufgequollenen Streifen, dann ein Schlag, die Scheibe fiel hinaus, rollte ein Stück weiter, drehte sich, lag still ...

Ossip und Andres bückten sich, traten durch die neu geschaffene Öffnung hindurch. Der Mann, der vor ihnen stand, trug eine dunkelblaue Uniform, sein Gesicht war glatt – wahrscheinlich ein Android.

»Eine ungewöhnliche Art, sich hier einzufinden«, sagte er. »Warum kommen Sie nicht auf dem üblichen Weg, mit einem Schwebeboot?«

Weder Ossip noch Andres gaben Antwort, und der Android schien auch keine erwartet zu haben. »Kommen noch andere auf diesem Weg?« erkundigte er sich. »Ich werde die Öffnung mit Schaumstoff verschließen, dann sieht das nicht so übel aus.«

»Das ist eine gute Idee«, sagte Ossip, als hätte er es mit einem normalen Reparaturroboter zu tun, als wäre nichts Ungewöhnliches an der Situation. »Und noch schönen Dank für die prompte Hilfe!«

Der Android nickte. »In Ordnung – stets zu Diensten.«

Ossip und Andres traten in die Halle hinaus, mischten sich unter die Leute. Zuerst zögerten sie, fühlten sich beobachtet, dann schritten sie freier aus, ihre einfache, durch die jüngsten Ereignisse etwas mitgenommene Kleidung paßte zwar nicht in den Rahmen, doch auch die Menschen, die sich hier befanden, richteten sich nach keiner einheitlichen Mode – Arbeits- oder Festkleidung, moderner Schnitt oder historische Tracht, Glitzerlook oder Trainingsanzug, niemand schenkte dem Äußeren besondere Beachtung. Und außerdem schienen die meisten einander fremd zu sein; da und dort unterhielten sich einige miteinander, bildeten eine kleine Gruppe, die wieder auseinanderging ... Die Stimmung war heiter, der Umgang gelöst, melodische Klänge aus zentral gesteuerten Tongeneratoren wanderten im Raum hin und her, schufen einen angenehmen Untergrund für das leise Gemurmel der Stimmen. Durch eine riesige, gewölbte Klarsichtscheibe hatte man Ausblick auf den Vergnügungspark, obwohl die Halle hell erleuchtet war, fiel ein Abglanz der Farbfontänen ein, huschte wie ein flüchtiger Belag aus Leuchtfarbe über den Boden, über die Kleidung der Passagiere. Inzwischen hatte sich die Nacht heruntergesenkt, rasch wie es für äquatornahe Zonen üblich ist, und so war der Himmel schwarz, die Sterne versanken gegenüber dem gleißenden Spiel der Lichter, und von der Umgebung war nichts zu sehen – es sah aus, als ob die ganze Welt aus dem in das Land eingesenkten Becken bestünde. Und in der Mitte ragte das Raumschiff hoch, eingekleidet in ein buntes Muster weich strahlender Lichtzentren, ein Turm, dessen höchste Teile mit dem Himmel verbunden zu sein schienen.

In der Halle gab es Erfrischungsautomaten, eine Caféteria, lange Reihen von Liegesitzen, Nischen, in denen man Projektionsspiele abrufen konnte. Eine Front war von einer Sperre gebildet, ein Gitter aus silbernem Rohr, dazwischen Schranken, Drehkreuze, flankiert von Androiden, die den hineingehenden Passagieren freundlich und unterwürfig zunickten. Darüber befand sich ein Bildschirm, zwanzig Meter lang, drei Meter hoch, die Schrift bläulich weiß auf dunkelsilbernem Grund. Es waren Aufrufe an die Passagiere, die dort auftauchten, Codenummern, Gruppenklassifikationen und dergleichen, und immer, wenn der Text wechselte, ging eine Bewegung durch die wartenden Menschen, da und dort lösten sich einzelne aus den Gruppen heraus, einige nur mit leichtem Handgepäck, andere von Robotträgern begleitet, wandten sich zur Sperre und gingen ohne Drängelei und Hast hinein.

Die Halle war eine Durchgangsstation. Die neu angekommenen Passagiere wurden vom Landedeck mit einem breiten Laufband in die Halle gebracht, wo sie von Androiden in Empfang genommen wurden. Ohne Hast verteilten sie sich im Raum, beschäftigten sich mit den Spielen oder nahmen einen Imbiß ein – bis ihre Charge aufgerufen wurde. Alles schien nach einem bekannten, gut durchdachten Plan zu verlaufen.

Eine Durchgangsstation – noch waren sie nicht am Ziel ihrer Wünsche, genaugenommen hatte sich ihre Chance, mitgenommen zu werden, nicht im Geringsten verbessert. Durch die Gitteraufbau hindurch konnten sie in den nächsten Raum sehen,

Schalter, an denen sich die Passagiere versammelten, eine Rolltreppe, die sie in eine obere Etage beförderte, wo sie den Blicken von unten entschwanden. Von dort mußte Zutritt zu den Hotels, zum Vergnügungspark bestehen. Und Zutritt zum Schiff ...

Es war nicht schwer, eine Übersicht über die Lage zu gewinnen, über den Ablauf, die Organisation. Es gab jedoch keinen Anhaltspunkt für den Zweck des Unternehmens, keine Lösung für die Frage, wer nun eigentlich an dieser Fahrt teilnehmen durfte. Andres sah sich die Menschen an, die an ihm vorüberkamen, arglos, gleichgültig, selbstverständlich. Natürlich hoffte er, Isa zu finden, doch nach einigen Minuten war er sicher, daß sie sich nicht mehr in diesem Teil des Gebäudes befand. Und es war ihm, als wären jetzt weniger Menschen in der Halle. Trafen die Schwebeboote nicht in längeren Abständen ein? Waren es vielleicht nur noch Nachzügler, die sich gerade noch rechtzeitig sammelten? Stand der Start bevor? Wie zur Bestätigung dieser Vermutung erloschen all die Lichter, die das Gelände des Parks mit einem funkelnden Muster überzogen hatten, die farbigen Schleier schienen sich in Luft aufzulösen, die Fontänen sanken in sich zusammen, nur noch einige trüb scheinende Lampen erinnerten an den früheren Glanz.

Andres spürte seine Nervosität wie elektrische Spannung. In den nächsten Stunden, vielleicht in den nächsten Minuten würde es sich entscheiden ... Sie gehörten nicht dazu, gewiß. Doch wie streng waren die Kontrollen? Gab es besondere Ausweise, Geheimnummern, Schlüsselworte? Nirgends waren Anzeichen eines Überwachungssystems festzustellen, nirgends Aufsichtspersonal oder Polizei.

Ossip schien ähnlich überlegt zu haben. Die Durchgangsstation hatte keine Bedeutung, sie mußten weiterkommen, handeln.

»Ich glaube, wir sollten es auf einen Versuch ankommen lassen«, sagte Ossip, und Andres nickte nur. Sie warteten den nächsten Aufruf ab, ließen einigen anderen Passagieren den Vortritt, reihten sich dann in die Gruppe der Wartenden ein, die sich in der Nähe der Durchgänge sammelten.

Eine Minute später befanden sie sich im nächsten Raum – niemand hatte ihnen den Eintritt verwehrt. Andres spürte sein Herz klopfen; es war ihm gelungen, äußerlich ruhig zu bleiben, doch seine Aufregung war größer gewesen, als er selbst es erwartet hatte.

Sie waren hindurchgekommen. Bedeutete das, daß es keine Kontrollen gab? Genügte die Anwesenheit an diesem Platz, zu dieser Zeit zur Legitimation? Oder kam es, vielleicht schon in den nächsten Sekunden, zu einer peinlichen Bloßstellung – Festnahme, Verhör, Strafe?

Wieder blickte sich Andres nach Isa um. Wenn sie hier gewesen wäre … Sie war mit den offiziellen Transporten gekommen, sie mußte mehr wissen, konnte Auskunft geben, vielleicht einen entscheidenden Hinweis … Aber Isa war nicht zu sehen.

Auch dieser Raum war eine hoch aufragende Halle, hell beleuchtet, mit luxuriösen Liegesitzen ausgestattet, und doch ein wenig öd und leer. Oder lag es daran, daß die Zahl der Menschen immer mehr abnahm?

Auch hier, gegen das Zentrum gewandt, ein riesiges, gewölbtes Klarsichtfenster. Draußen war die Nacht niedergegangen, nur der Turm des Raumschiffs stand in seinem Lichtgewand da, hoch aufragend, fest und unbewegt wie ein Monument. Doch dieser riesige Körper war nicht an die Erde gebunden, die wenigen Stützen erfüllten eher die Aufgabe von Tastorganen, es war auf andere Art im Raum verankert, schien ein Teil dieses Raums zu sein.

Sie setzten sich für kurze Zeit, versanken im nachgiebigen Polstermaterial der Sitze. Niemand außer ihnen befand sich noch hier, nur noch wenige Menschen standen an Schaltern, sprachen mit Androiden, die ihnen Papiere aushändigten, Mappen oder Prospekte …

War das die entscheidende Stelle? Wurde hier die Buchung geprüft? Wurden hier Marken ausgegeben? Unterkünfte verteilt? Wurde hier eingeteilt: erste Klasse, zweite Klasse, Raucher, Nichtraucher …? Wurden hier Einladungen verlangt, Tickets, Berechtigungsscheine? Sollten sie an einen jener Schalter herantreten, so tun, als gehörten sie dazu? Oder war es besser, auf die Rolltreppe zu steigen, sich hinauftragen zu lassen? Andres stellte mit einem leisen Erschrecken fest, daß es keine Treppe gab, die herabführte. Reise ohne Wiederkehr. Bisher war Andres' Denken und Trachten völlig auf dieses Ziel gerichtet, das sich nun als eine Reise herausstellte. Eine Reise wohin? Eine Reise ohne Wiederkehr?

Noch nie war ihm bewußt geworden, daß es sich um etwas handeln könnte, das nicht mehr rückgängig zu machen war. Was gab es im gewöhnlichen Leben schon, was sich nicht umkehren ließ? Die Erde verlassen ... hinaus ins Unbekannte ... Welten, Zustände, fremdartig, nicht vorstellbar ... War er vorbereitet? Würde er es ertragen können?

Doch andererseits – was verlor er schon? Die Erde, in weiten Bereichen verödet, wüstenhaft? Die Wohnsilos mit ihren billigen Vergnügungen, endlos, sinnlos? Die Kuppelstädte, Märkte der Eitelkeit, ein wenig Luxus, die Einbildung, etwas für die Geschichte Bedeutendes zu leisten ... Was tauschte er dafür ein? Was befand sich im Inneren des Schiffs? Kabinen, Restaurants, Aussichtsräume? Paßten diese Begriffe noch in eine Situation, die sich total verändert haben würde? Wie lange sollte die Reise dauern? – gerade so gut könnte sie in die Ewigkeit führen. Und wohin sollte sie gehen? – lag das Ziel noch in dieser Welt?

Vielleicht wurden die Menschen, die teilnahmen, in eine Art Schlaf versetzt, vielleicht wurden sie auf den absoluten Nullpunkt abgekühlt, vielleicht auch auf irgendeine Weise aufgelöst, umgewandelt? Freilich – irgendetwas an ihnen mußte erhaltenswürdig sein. Aber war es der Körper? Das Gehirn? Vielleicht kam es lediglich auf Erfahrungen an, auf Daten, vielleicht auch auf etwas, was er nicht ahnen konnte – weil es sich seinem Begriffsvermögen entzog.

In diesem Schiff befand sich Isa. Worauf kam es an? An der Reise teilzunehmen oder Isa wiederzusehen? Ein befremdlicher Gedanke schoß ihm durch den Kopf: Könnte sich Isa dazu bewegen lassen, mit ihm zurückzubleiben? Doch gleich darauf schalt er sich einen Träumer, einen Phantasten. Auf irgendeine Weise wußte er, daß das nicht möglich war.

Immerhin – Isa nahm an der Reise teil. Sie hatte den Mut teilzunehmen, für sie war es selbstverständlich. Also gut – auch er würde es ertragen können. In diesem Moment hatte er mit allem abgeschlossen, was hinter ihm lag, mit seinem Leben, mit seiner Vergangenheit ...

Neben ihm das leise Quietschen der Polsterung ... Ossip hatte sich erhoben. Ein wenig schwerfällig richtete er sich auf und ging zur Rolltreppe. Er hatte seine Entscheidung getroffen. Sollte er, Andres, es an den Schaltern versuchen? Er zögerte kurz, dann ging er, in einigem Abstand, hinter Ossip her. Am oberen Ende ging die Treppe unmittelbar in ein Laufband über, es gab keine Gelegenheit, hinunterzutreten, sich umzuschauen.

Ossip befand sich schon weit vor Andres, es sah aus, als hätte sich ihr Abstand vergrößert. Sie befanden sich in einem Gang, einer Röhre mit kreisrundem Profil, die obere Begrenzung nicht viel höher als ihre Köpfe, die Umrandung aus durchsichtigem Material, doch war es nicht möglich zu erkennen, was dahinter lag, da von allen Seiten eine Lichtflut herausbrach, bläulich weiß, orangerot und azurblau, dazwischen, da und dort, heftiges Pulsieren gelblich getönter Punktlichter. Es sah aus, als trieben hinter der Wand fluoreszierende Flüssigkeiten, die sich mitunter zu kristallinen, energieabstrahlenden Kristallen verdichteten.

Ein Flimmern lag in der Luft, Andres war noch immer in Bewegung, doch stand er nicht mehr auf einem Laufband, eher in einer elastischen, perlmuttschimmernden Masse, eine plastische Flüssigkeit, die am Grunde der Röhre entlangrann.

Ein künstlerischer Effekt, ein Mittel, um die Passagiere in die richtige Stimmung zu versetzen? Oder eine im Grunde genommen banale Maßnahme, vielleicht ein Reinigungsprozeß, Sterilisation ...? Oder auch: Bestandsaufnahme, Prüfung? Andres fühlte sich ein wenig benommen, und er hatte Mühe zu denken. Er verlor die Orientierung im Raum, die Wände waren zurückgetreten, er befand sich in einer Wolke aus webendem Licht, er hatte Mühe, das Gleichgewicht zu halten, seine Füße glitten über eine Unterlage, die immer schmäler wurde, sich zu einem Grat zusammenzog, der nicht breiter war als die Schneide eines Messers.

Dann verlor er das Bewußtsein.

Als er erwachte, lag er auf einer Couch, dicht vor ihm eine Frau mit jungem Gesicht und weißem Haar. Die Haut des Gesichts faltenlos wie bei Androiden, doch es bestand kein Zweifel daran, daß sie kein Android war. War sie ein Mensch? Eine Unentbehrliche? Irgendwelche nicht näher definierbaren Anzeichen deuteten darauf hin, daß sie nicht zu diesen gehörte. War sie aus dem Raumschiff gekommen? Ein Mitglied der Besatzung? Eine Ärztin? Eine Richterin?

Andres richtete sich auf, rasch gewann er seine Kräfte zurück, doch immer noch hatte er Mühe, seine Verwirrung zu bekämpfen.

»Du bist nicht für die Reise vorgesehen«, sagte die Frau. »Ich kann dir die Teilnahme nicht gestatten.«

»Warum? Andres blickte ihr in die hellen Augen, deren Farbe er nicht bestimmen konnte. »Benötige ich eine Fahrkarte? Bedarf es einer besonderen Erlaubnis.«

»Warum?« Ganz einfach – du erfüllst die Bedingungen nicht. Deine Zeit ist noch nicht abgelaufen. Jene, die wir brauchen, haben wir gerufen. Du gehörst nicht dazu. Erstaunlich genug, daß du von unserer Ankunft weißt. Weshalb wolltest du mitkommen?«

»Die Erde ...« sagte Andres – wie sollte er ihr das erklären, was er sich selbst nicht erklären konnte? »Die Erde bietet mir kein Ziel, keine Hoffnung. Die Reserven sind verbraucht, vor allem das Wasser. Ohne Wasser gibt es kein Leben. Nur noch kurze Zeit ... vielleicht kommt es zum Aufstand, zu einer Welle von Gewalt.« Er merkte selbst, wie banal das klang, was er hier vorbrachte. Er verstummte.

»Kein Wasser?« Es sah aus, als hätte ihr Andres etwas völlig Neues mitgeteilt. »Warum tut ihr nichts dagegen?«

Andres glaubte einen Moment, sie wollte sich über ihn lustig machen, doch dann sah er die Teilnahme in ihren Zügen, und er bemühte sich um eine nüchterne Antwort, »Was sollte man dagegen tun? Irgendwann sind alle Reserven erschöpft. Aus dem Nichts entsteht nichts ... das ist Naturgesetz.«

»Naturgesetz«, wiederholte sie. »Ach ja, Naturgesetz.« Sie schwieg einige Zeit, schien nachzudenken.

»Da ist noch etwas ...« sagte Andres. »Ein Mädchen, Isa. Sie gehört zu den Passagieren. Ich war mit ihr ... verabredet. Ich wollte ...« Er schwieg – diesmal gab es keine sachliche Erklärung.

»Ja, wir haben einige Mädchen bei uns aufgenommen«, sagte die Frau. »Wer ist sie? Ich kennen nicht alle Passagiere. Kannst du sie mir zeigen?«

Als Andres sie verwundert ansah, lächelte sie und sagte: »Denke nur ganz fest an sie!«

Sie wandte sich zur Seite. War es ein Bildschirm, der dort stand? Ein Rahmen für holografische Projektion? Er hatte eine ungewohnte Form: ein feines Gespinst aus Silberdraht, zu einer Linse geformt.

Andres konzentrierte sich. Isa ...

Kaum hatte er ihren Namen gedacht, da baute sich über dem Drahtgeflecht eine verschwommene Kugel auf, und aus dieser blickte Isa hervor. Sie schien zu lächeln, hob die Hand, winkte ...

War es Isa, irgendwo im Inneren des Raumschiffs, zu der auf nicht näher beschreibbarem Weg Kontakt hergestellt war – die ihm da zuwinkte, ein letzter Gruß ...?

Vielleicht war es auch nur das Bild seiner Gedanken, mit einer überlegenen Technik abgetastet, nach außen geleitet, als Lichterscheinung zusammengesetzt?

Das Bild verblaßte, und Andres wußte, daß er Isa das letzte Mal gesehen hatte. Das also war das Ende.

Die weißhaarige Frau beugte sich zu ihm herab, und in ihren Augen war Mitleid. »Man kann es auch anders sehen«, sagte sie. »Was du heute wünschst, kann morgen bedeutungslos sein. Unter anderen Umständen ... vielleicht bedeutet es gerade das Glück, daß du hierbleiben darfst.« Sie richtete sich wieder auf, blickte zur Projektionseinrichtung; inmitten der Kugel war nun eine Uhr entstanden, ein Zeiger bewegte sich langsam und stetig auf eine rote Linie zu. An dieser Linie brach die Skala ab. »Wir starten in fünf Minuten. Ich lasse dich aus der Kernzone bringen.«

* * *

Es hatte keine Verzögerung mehr gegeben. Von einem Hügel aus blickte Andres hinunter zum Kessel, in dem immer noch das Raumschiff stand, gewaltig, schön ... Noch war die Sonne nicht aufgegangen, im Osten lag ein mattgelber Saum, und bald würde das Land wieder von Hitze erfüllt daliegen, trocken und verlassen.

Noch war die Lichtumkleidung des Raumschiffs heller als der Hintergrund, heller als der Himmel, an dem jetzt einige wenige Sterne zu erkennen waren. Dann schien es plötzlich in einer Nebelwolke zu liegen, die zuerst durchsichtig war, dann immer dichter wurde. Zugleich begann eine Vibration, die nicht durch den Boden, durch die Luft kam, sondern unmittelbar spürbar wurde, in verdichtenden und verdünnenden Wellen, Auswirkungen bis zur Körperlichkeit konzentrierter Gravitation. Für Sekunden gab der gequälte Raum nach, verzerrte sich bis ins Absurde, löste das Bild der Umgebung in rotierende Spiralen auf, in denen nur hin und wieder huschende Lichter – die Positionslampen des Raumschiffs? – erkennbar waren. In der Luft lag ein Klirren, das seinen Höhepunkt in einem sekundenlang anhaltenden Ton fand, der auf einsame Höhen stieg und im innersten Gefüge der umliegenden Materie zerrte, erst langsam, dann immer rascher abklang und erstarb. Zu gleicher Zeit normalisierte sich das Bild, da lag die Landschaft, da lag der Kessel ... Dort, wo sich das Raumschiff befunden hatte, erstreckte sich nun eine Säule aus wirbelnder Luft, die immer noch von einem inneren schwachen Leuchten erfüllt schien, darüber schwebte eine pechschwarze Wolke, die hoch aufstieg und sich oben irgendwo am Himmel verlor. Sie verbreitete sich zusehens, wie ein Dach legte sich das flüssig anmutende Schwarz über das Tal, griff hinaus auf die Ebene, bis zu den Hügeln. Plötzlich war es wieder Nacht geworden, und in die Schwärze hinein brachen die Entladungen von Blitzen. Und dann, wie auf ein lautloses Signal hin, begann es zu regnen – so stark, daß Andres unversehens in einem reißenden Bach stand und Mühe hatte, sich an einem Felsvorsprung zu halten. Eine Viertelstunde lang hatte er genug damit zu tun, gegen die Flut anzukämpfen, nach Atem zu ringen, die letzten Kräfte zu mobilisieren. Dann war das Gewitter ebenso rasch, wie es gekommen war, zu Ende.

Es mochte tausende von Jahren her sein, daß es hier geregnet hatte.

Andres saß müde, an einen Felsen gelehnt, seine Kleidung war feucht, auf der Stirn spürte er die Strahlen der aufgehenden Sonne. Unten im Tal, dort, wo sich noch vor kurzem der Kessel befunden hatte, lag ein See, in dem sich blau der Himmel spiegelte.

Ich danke Herrn Dr. habil. Reinhard Breuer für fruchtbare Diskussionen über das Ende der Welt sowie Herrn Horst Helbig für die gemeinsamen Arbeiten an den Fouriertransformationen am System DIBIAS der DFVLR, Oberpfaffenhofen.

Phantastische Bibliothek in den Suhrkamp Taschenbüchern

Abe, Kōbō: Die vierte Zwischeneiszeit. Aus dem Japanischen von S. Schaarschmidt. st 756

Aldiss, Brian W.: Der unmögliche Stern. Science-fiction-Geschichten. Aus dem Englischen von Rudolf Hermstein. st 834

Babits, Mihály: Der Storchkalif. Phantastischer Roman. Aus dem Ungarischen von Stefan J. Klein. st 976

Ballard, J. G.: Das Katastrophengebiet. Science-fiction-Erzählungen. Aus dem Englischen von Alfred Scholz und Rudolf Hermstein. st 924

– Der tote Astronaut. Science-fiction-Erzählungen. Aus dem Englischen von Michael Walter. st 940

– Billennium. Science-fiction-Erzählungen. Aus dem Englischen von Alfred Scholz und Michael Walter. st 896

– Hallo Amerika! Science-fiction-Roman. Aus dem Englischen von Rudolf Hermstein. st 895

– Kristallwelt. Science-fiction-Roman. Deutsch von Margarete Bormann. st 818

– Die Tausend Träume von Stellavista und andere Vermilion-Sands-Stories. Aus dem Englischen von Alfred Scholz. st 833

– Der ewige Tag und andere Science-fiction-Erzählungen. st 727

– Die Dürre. Science-fiction-Roman. Aus dem Englischen von Maria Gridling. st 975

– Der vierdimensionale Alptraum. Science-fiction-Erzählungen. Aus dem Englischen von W. Eisermann. st 1014

Becher, Martin Roda: An den Grenzen des Staunens. Aufsätze zur phantastischen Literatur. st 915

– Hinter dem Rücken. Phantastische Erzählungen. st 1041

Bierce, Ambrose: Das Spukhaus. Gespenstergeschichten. Deutsch von G. Günther, A. Strauß und K. B. Leder. st 365

Bioy Casares, Adolfo: Morels Erfindung. Phantastischer Roman. Aus dem Spanischen von Karl August Horst. Mit einem Nachwort von Jorge Louis Borges. st 939

– Die fremde Dienerin. Phantastische Erzählungen. Aus dem Spanischen von Joachim A. Frank. st 962

Blackwood, Algernon: Besuch von Drüben. Gruselgeschichten. Deutsch von F. Polakovics. st 411

– Der Griff aus dem Dunkel. Gespenstergeschichten. Deutsch von F. Polakovics. st 518

– Das leere Haus. Phantastische Geschichten. Deutsch von F. Polakovics. st 30

51/1/8.84

Phantastische Bibliothek
in den Suhrkamp Taschenbüchern

Blackwood, Algernon: Tanz in den Tod. Unheimliche Geschichten. Herausgegeben von Kalju Kirde. Aus dem Englischen von Friedrich Polakovics. st 848

Blick vom anderen Ufer. Europäische Science-fiction. Hg. F. Rottensteiner. st 359

Braun, Johanna u. Günter: Conviva Ludibundus. Utopischer Roman. st 748

– Der Fehlfaktor. Utopisch-phantastische Erzählungen. st 687

– Der Irrtum des Großen Zauberers. Phantastischer Roman. st 807

– Unheimliche Erscheinungsformen auf Omega XI. st 646

– Der Utofant. In der Zukunft aufgefundenes Journal aus dem Jahrtausend III. st 881

– Die unhörbaren Töne. Utopisch-phantastische Erzählungen. st 983

– Das kugeltranszendentale Vorhaben. Phantastischer Roman. st 948

Die Büßerinnen aus dem Gnadenkloster. Phantastische Erzählungen aus Phaïcon 2. Hrsg. und mit einem Vorwort von R. A. Zondergeld. st 632

Bulwer-Lytton, Edward: Das kommende Geschlecht. Roman. st 609

Dick, Philip K.: Mozart für Marsianer. Science-fiction-Roman. Aus dem Amerikanischen von Renate Laux. st 773

– LSD-Astronauten. Deutsch von Anneliese Strauß. st 732

– UBIK. Science-fiction-Roman. Deutsch von Renate Laux. st 440

Erckmann-Chatrian. Das Eulenohr und andere phantastische Erzählungen. Herausgegeben von Kalju Kirde. Aus dem Französischen von Hilde Linnert. st 989

Faguendes Telles, Lygia: Die Struktur der Seifenblase. Unheimliche Erzählungen. Aus dem brasilianischen Portugiesisch von Alfred Opitz. st 932

Franke, Herbert W.: Keine Spur von Leben . . . Hörspiele. st 741

– Tod eines Unsterblichen. Science-fiction-Roman. st 772

– Transpluto. Science-fiction-Roman. st 841

– Einsteins Erben. Erzählungen. st 603

– Paradies 3000. Science-fiction-Erzählungen. st 664

– Schule für Übermenschen. st 730

– Sirius Transit. Roman. st 535

– Ypsilon minus. st 358

– Zarathustra kehrt zurück. st 410

– Zone Null. Science-fiction-Roman. st 585

51/2/8.84

Phantastische Bibliothek
in den Suhrkamp Taschenbüchern

Franke, Herbert W.: Die Kälte des Weltraums. Science-fiction-Roman. st 990

Grabiński, Stefan: Das Abstellgleis und andere Erzählungen. Nachwort S. Lem. st 478

Gruber, Marianne: Die gläserne Kugel. st 997

Hodgson, William Hope: Stimme in der Nacht. Unheimliche Seegeschichten. Deutsch von Wulf Teichmann. st 749

James, M. R.: Der Schatz des Abtes Thomas. Zehn Geistergeschichten. Deutsch von F. Polakovics. st 540

Kirde, Kalju: Das unsichtbare Auge. st 477

Le Fanu, Sheridan: Der besessene Baronet und andere Geistergeschichten. Deutsch von Friedrich Polakovics. Mit einem Nachwort von Jörg Krichbaum. st 731

– Maler Schalken und andere Geistergeschichten. Deutsch von Friedrich Polakovics. Mit einem Nachwort von Rein A. Zondergeld. st 923

Lem, Stanisław: Eine Minute der Menschheit. Eine Momentaufnahme der Phantastik des Alltags. Aus dem Polnischen von Edda Werfel. st 955

– Waffensysteme des 21. Jahrhunderts. Aus dem Polnischen von Edda Werfel. st 998

– Das Katastrophenprinzip. Die kreative Vernichtung in der Natur. Aus dem Polnischen von Friedrich Griese. st 999

– Terminus und andere Geschichten des Piloten Pirx. Aus dem Polnischen von Caesar Rymarowicz. st 740

– Die Astronauten. Utopischer Roman. Deutsch von R. Pabel. st 441

– Der futurologische Kongreß. Deutsch von I. Zimmermann-Göllheim. st 534

– Imaginäre Größe. Aus dem Polnischen von C. Rymarowicz und J. Reuter. st 658

– Die Stimme des Herrn. Aus dem Polnischen von Roswitha Buschmann. st 907

– Die Jagd. Neue Geschichten des Piloten Pirx. Deutsch von R. Buschmann, K. Kelm, B. Sparing. st 302

– Memoiren, gefunden in der Badewanne. Deutsch von W. Tiel. Mit einer Einleitung des Autors. st 508

– Mondnacht. Hör- und Fernsehspiele. Aus dem Polnischen übersetzt von Klaus Staemmler, Charlotte Eckert, Jutta Janke und I. Zimmermann-Göllheim. st 729

– Nacht und Schimmel. Erzählungen. Deutsch von I. Zimmermann-Göllheim. st 356

51/3/8.84

Phantastische Bibliothek in den Suhrkamp Taschenbüchern

Lem, Stanisław: Phantastik und Futurologie II. Aus dem Polnischen v. E. Werfel. st 1013

Lem, Stanisław: Die Ratte im Labyrinth. Ausgewählt von Franz Rottensteiner. Aus dem Polnischen von Roswitha Buschmann, Caesar Rymarowicz, Jens Reuter und Klaus Staemmler. st 806

– Robotermärchen. st 856

– Der Schnupfen. Kriminalroman. Deutsch von K. Staemmler. st 570

– Solaris. Roman. Deutsch von I. Zimmermann-Göllheim. st 226

– Sterntagebücher. Deutsch von C. Rymarowicz. Mit Zeichnungen des Autors. st 459

– Die Untersuchung. Kriminalroman. Deutsch von J. Reuter und H. J. Mayer. st 453

Über Stanisław Lem. Hg. W. Berthel. st 586

Lexikon der phantastischen Literatur. Hrsg. Rein A. Zondergeld. st 880

Lovecraft, H. P.: In der Gruft und andere makabre Geschichten. Deutsch von Michael Walter. st 779

– Stadt ohne Namen. Deutsch von Charlotte Gräfin von Klinckowstroem. Mit einem Nachwort von Dirk Mosig. st 694

– Die Katzen von Ulthar. st 625

– Berge des Wahnsinns. st 220

– Cthulhu. Geistergeschichten. Deutsch von H. C. Artmann. Vorwort G. Manganelli. st 29

– Das Ding auf der Schwelle. Unheimliche Geschichten. Deutsch von R. Hermstein. st 357

– Der Fall Charles Dexter Ward. Zwei Horrorgeschichten. Deutsch von R. Hermstein. st 391

Über H. P. Lovecraft. Hg. F. Rottensteiner. st 1027

Madsen, Svend Åge: Dem Tag entgegen. Utopischer Roman. Aus dem Dänischen v. H. Schröder. st 1020

Das Mädchen am Abhang. Science-fiction-Erzählungen aus Polaris 2. st 630

de la Mare, Walter: Aus der Tiefe. Seltsame Geschichten. Aus dem Englischen von Traude Dienel und Elizabeth Gilbert. st 982

Maupassant, Guy de: Die Totenhand und andere phantastische Erzählungen. Aus dem Französischen v. W. Widmer u. a. st 1040

Maximovič, Gerd: Die Erforschung des Omega-Planeten. st 509

– Das Spinnenloch und andere Science-fiction-Erzählungen. st 1035

51/4/8.84

Phantastische Bibliothek
in den Suhrkamp Taschenbüchern

Mercier, Louis-Sébastien: Das Jahr 2440. Ein Traum aller Träume. Deutsch von Christian Felix Weiße (1772). Herausgegeben, mit Erläuterungen und einem Nachwort versehen von Herbert Jaumann. st 676

Nesvadba, Josef: Die absolute Maschine. Science-fiction-Erzählungen. Aus dem Tschechischen von Erich Bertleff. st 961

Owen, Thomas: Wohin am Abend? und andere seltsame Geschichten. Deutsch von Rein A. Zondergeld. Mit einem Nachwort des Übersetzers. st 908

Phaïcon 3. Almanach der phantastischen Literatur. Hg. Rein A. Zondergeld. st 443

Phaïcon 4. st 636

Phaïcon 5. st 857

Phantasma. Polnische Geschichten aus dieser und jener Welt. st 826

Phantastische Träume. Herausgegeben von Franz Rottensteiner. st 954

Plank, Robert: Orwells »1984«. Eine psychologische Studie. st 969

Poe, Edgar Allan: Der Fall des Hauses Ascher. Deutsch von A. Schmidt und H. Wollschläger. st 517

Polaris 4. Ein Science-fiction-Almanach von Franz Rottensteiner. st 460

Polaris 5. Ein Science-fiction-Almanach. Herausgegeben von Franz Rottensteiner. st 713

Polaris 6. Ein Science-fiction-Almanach. Herbert W. Franke gewidmet. Herausgegeben von Franz Rottensteiner. st 842

Polaris 7. Ein Science-fiction-Almanach. Herausgegeben von Franz Rottensteiner. st 931

Ray, Jean: Die Gasse der Finsternis. Phantastische Erzählungen. Aus dem Französischen v. W. Thaler. st 1034

Rottensteiner, Franz (Hg.): »Quarber Merkur«. Aufsätze zur Science-fiction- und Phantastischen Literatur. st 571

Schattschneider, Peter: Zeitstopp. Science-fiction-Geschichten. st 819

– Singularitäten. Ein Episodenroman im Umfeld Schwarzer Löcher. st 1021

Slonimski, Antoni: Der Zeittorpedo. Phantastischer Roman. Aus dem Polnischen v. K. Staemmler. st 1028

Smith, C. A., Der Planet der Toten. Phantastische Erzählungen. Aus dem Amerikanischen von Friedrich Polakovics. st 864

– Saat aus dem Grabe. Phantastische Geschichten. Aus dem Amerikanischen von Friedrich Polakovics. st 765

51/5/8.84

Phantastische Bibliothek
in den Suhrkamp Taschenbüchern

Smith, Cordwainer: Herren im All. st 888
Strugatzki, Arkadi und Boris: Die gierigen Dinge des Jahrhunderts. Phantastischer Roman. Aus dem Russischen von Heinz Kübart. st 827
Strugatzki, Arkadi und Boris: Der ferne Regenbogen. st 956
– Fluchtversuch. Science-fiction-Roman. Aus dem Russischen von Dieter Pommerenke. st 872
– Montag beginnt am Samstag. Aus dem Russischen von Hermann Buchner. st 780
– Picknick am Wegesrand. Aus dem Russischen von A. Möckel. st 670
– Die Schnecke am Hang. Deutsch von H. Földeak. Nachwort D. Suvin. st 434
Suvin, Darko: Poetik der Science fiction. Zur Theorie und Geschichte einer literarischen Gattung. Deutsch von F. Rottensteiner. st 539
Szilard, Leo: Die Stimme der Delphine. Utopische Science-fiction-Erzählungen. Mit einem Vorwort von Carl Friedrich von Weizsäcker. st 703
Tod per Zeitungsannonce und andere phantastische Erzählungen aus Rußland. Herausgegeben von Elisabeth Cheauré. Aus dem Russischen von Edda Werfel und anderen. st 889
Ulbrich, Bernd: Der unsichtbare Kreis. Utopische Erzählungen. st 652
Das unsichtbare Auge. Erzählungen. Hg. K. Kride. st 477
Vidal, Gore: Messias. Roman. Deutsch von H. und P. von Tramin. st 390
Weisser, Michael: DIGIT. Science-fiction-Roman. st 873
– SYN-CODE-7. Science-fiction-Roman. st 764
Der Weltraumfriseur. Science-fiction-Erzählungen aus Polaris 3. st 631
Wie der Teufel den Professor holte. Science-fiction-Erzählungen aus Polaris 1. st 629
Die andere Zukunft. Phantastische Erzählungen aus der DDR. Herausgegeben von Franz Rottensteiner. st 757
Zulawski, Jerzy: Auf dem Silbermond. Science-fiction-Roman. Aus dem Polnischen von Edda Werfel. Mit einem Vorwort von Stanisław Lem. st 865
– Der Sieger. Ein klassischer Science-fiction-Roman. Aus dem Polnischen von Edda Werfel. st 916
– Die alte Erde. Science-fiction-Roman. Aus dem Polnischen von Edda Werfel. st 968

51/6/8.84